정선교 창작소설집

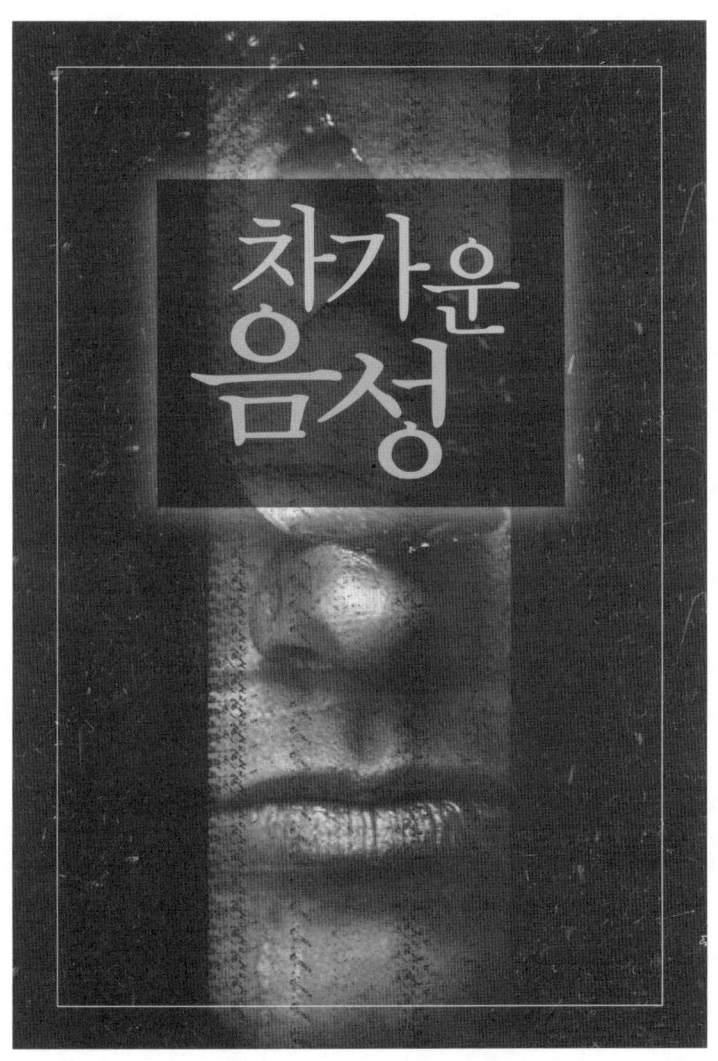

차가운
음성

한누리미디어

국립중앙도서관 출판시도서목록(CIP)

차가운 음성 : 정선교 창작소설집 / 정선교. -- 서울 : 한누리미디어, 2009
   p. ;   cm

ISBN 978-89-7969-351-5 03810 : ₩10000

한국 현대 소설[韓國現代小說]

813.6-KDC4
895.735-DDC21   CIP2009002375

잔인한 5월

모두 어렵다고들 하지만 자고 나면 수없이 쏟아져 나오는 수많은 책들……. 어떻게 보면 나 또한 책 한 권 더 엮음으로써 출판공해의 한 부분을 담당하게 되는 것은 아닌지 모르겠다. 아무튼 출판사에서 책이 팔리지 않아 문학출판을 꺼려 한다. 한 마디로 놀면 그게 버는 것이란다. 하지만 우리 언어가 말살되어 가는 현 세태에서 어찌 가만히 보고만 있을 수 있겠는가. 그러니까 언어의 견지에서 봤을 때 이는 하나의 자살행위인데 이러한 상황이 되면 오히려 그러한 것들을 관찰하고 발견해서 소설책에서나마 바로 잡으려고 시도해 본다.

자기 나라 국어를 사랑한다면서도 '구두선(口頭禪)' 이란 단어의 뜻을 'shoe something' 으로 이해하는 지성인이라면 '국어사전' 을 찾은 지가 몇 달이 되는 지 반성해 볼 만하다고 하겠다.

아마도 나는 이런 저런 이유로 할 말이 많은 모양이다. 이렇게 시대적 어려움이 나 자신을 압박해 오지만 나만의 시대정신으로 10번째 소설집을 출간하는 것이 아닌가 싶다. 아니 내가 할 말이 많다는 것은 분단, 전쟁, 빈곤, 군사독재, 산업화, 민주화투쟁이라는 험한 역정을 보아왔고 겪어오는 과정에서 우리 세대가 어찌 할 말이 많지 않겠는가. 자본주의 체제에서 고도의 경제성장에 의한 얼마간의 달콤한 열매를 누리는 인간들은 빈곤을 모르고 자기네 주장만을 내세우고 있다.

오늘날 한국사회는 근거가 불확실한 대로 어떤 종류의 자신감(혹은 열등감)에 차 있는 사회가 되어 버렸다. 그 결과 소위 식자들 사이에서는 악마로 표상되는 집단적 에너지의 폭발적인 발현에서 '민족적 웅비(雄飛)'의 가능성을 운운하는 사람들도 적지 않게 확산되어 버렸다는 점에서 씁쓸하다.

삶 속에 체현되어 있는 경험은 광범한 사회역사적 실상을 고루 담고 있지 못할 때가 많고 그나마 핵심에서 어느 정도 벗어난 것일 수밖에 없다는 점이 항상 아쉬움으로 남는다. 그러나 드물기는 하나 그렇지 않은 개인의 일생이 있을 수 있음은 물론이다.

얼마 전에 하늘나라로 가버린 둘째 여동생의 남편, 그러니까 매제의 삶이 바로 그러한 예라고 할 수 있다. 매제의 생애는 숨 가쁜 한 시대의 한복판에서 걸어간 삶이었다. 그의 고뇌와 애증은 바로 우리 시대의 고뇌와 애증이었으며, 그 시대적 아픔을 곱씹어야 하는 나에겐 잔인한 5월이었다.

5월 교정에서 저자 씀

Contents

차가운
음성

1
델리에서 만난 여인

더블 침대가 놓여 있는 사각방에는 단 둘이 마주보고 앉을 수 있는 소파와 아담한 원형 유리로 된 탁자가 놓여 있었다. 은밀하고도 단절된 좁은 공간의 한쪽 벽면을 타고 화장대와 텔레비전이 놓여 있었다. 커다란 거실창 너머로 두 평 정도의 발코니에 흔들의자도 있었고, 또 한쪽은 화장실로 향하는 문짝이 보였고, 목재장(캐비닛)이 있었다.

어떻게 보면 소꿉놀이하는 것 같은 방이었는데, 이런 방에서 하룻밤 묵는 데 12만원이었다. 그만한 돈이라면 특정인들에게는 껌값에 불과하겠지만 내게는 거금이었다. 그러나 이런 거금의 방 값은 내가 지불할 것도 아니었다. 나를 이끌고 들어온 예쁜 인형이 이미 지불한 상태다.

내 앞에 와 있는 인형은 브래지어와 팬티도 안 입은 채 맨몸 위에 나이트가운만을 걸치고 발코니로 나갔다. 그리고는 막 어둠이 내려앉은 도시의 등불을 훑어보다가 흔들의자에 자신의 몸을 의지하며 기대앉았다. 뒤이어 담배 한 개비를 피워 물었다. 한 모금의 담배연기를 빨아들여 폐 깊숙이 들이마셨다가는 다시 목구멍을 통해 토해냈다.

아마도 그녀는 나를 기다리고 있는 것이리라.

북한에서의 생활과 중국에서 유학했던 그녀는 수많은 사연이 담긴 치욕의 인도행 이야기와 델리에서 치여 죽은 자신의 아이를 얘기하고 싶었는지도 모른다. 혹은 한국에 들어와 사는 몇 년 동안 카드빚에 쪼들리는 신세로 룸살롱에 나오게 되었다는 구구절절한 사연을 풀어놓고 싶었는지도 모른다. 그러나 그런 수많은 사연을 늘어놓고 풀어놓는다고 해서 내게는 별 감흥이 없을 것이었다.

이거든 저거든 어쨌든 내겐 관심 없는 것이었다. 지금 이 순간 내가 바라는 건 당장 그녀를 침대에다 냅다 던지고 나서 그녀의 몸 위에 엎어져 간질병 환자처럼 허우적대는 것이었다.

분위기를 만들고 이렇게 뜸들이는 것은 싫었다. 그래서일까. 나는 홍등가에 가서 욕정을 해결하는 것이 훨씬 편할 때도 있었다. 오로지 나 자신만을 위한 성적 유희이지만 동시에 그것은 자학이 되기도 했다.

잠시 후에 닥쳐올 허무를 예감하며, 오로지 본능만을 좇아 네 발 달린 동물의 그 모습으로 허우적거리며, 고통 속으로 스스로를 빠뜨릴지도 모르는 일이었다.

잘은 모르겠지만 나는 자학을 원하고 있는 것인지도 모른다. 난 짐승이었고 그녀는 인형이라고 해 두었다. 안 그래도 그녀는 인형같이 생겼다. 그보다 그녀는 자본주의 여성답게 잘 다듬어진 세련된 품이 색기가 철철 넘쳐나고 있었다. 그렇다고 해서 그녀는 자신의 몸에 칼을 댄 인공미인은 절대 아니었다. 귀에 구멍 하나 뚫지 않은 자연미인으로 순수 그 자체였다.

그래서일까. 그녀는 나를 이끌고 여관보다는 비싼 호텔방으로 들어왔던 것이다. 아니 그녀는 여관보다는 호텔에 드나드는 것이 더 잘 어울렸다. 그렇다고 해서 그녀가 호텔을 드나들 정도로 부유하지는 못했다. 다만 오늘은 나를 위해 이 호텔방에 왔다는 것쯤은 나도 알 것 같았다.

발코니에 있던 그녀는 피우던 담배의 목을 자르고 들어와 침대 위에 반듯하게 누웠다. 그리고 그대로 한바탕의 욕정을 풀어내는 거친 몸싸움을 끝냈다. 거친 숨을 가라앉힌 후 살펴본 그녀의 몸매는 누드족상처럼 매끈하게 잘 빠졌다. 그대로 세워놓으면 마네킹 같았을 것이다. 그래서 그녀가 알몸으로 왔다 갔다 하면 마치 살아 있는 마네킹으로 착각에 빠지기도 하지만, 어떨 때는 만화책에서나 볼 수 있는 예쁜 주인공 여자가 빠져 나와 움직인다고 느껴졌다.

인간도 저처럼 잘 빠질 수 있었나 하는 의구심이 갈 정도였고, 저 정도의 미인의 조건을 가진 여자가 룸살롱에서 술 따르고 웃음을 판다는게 아깝기도 했다. 허기사 룸살롱에서도 저 정도의 미모는 갖추어야 주인의 배를 채우고 매상을 높일 수 있을 것이다.

"오빠, 오빠 형님이 중국에서 근무하다 행방불명됐다고 했지?"

"음, 근데 왜?"

"아니 오빠를 만나니까 갑자기 백냥개발 백사장이 생각나서……."

난데없이 백냥개발을 꺼내서 무슨 말을 하려는 것일까.

"지금까지도 형님이 행방불명이라는 것 때문에, 우리 아버지는 화병에 돌아가셨지."

그랬었다. 우리 집이 너무 가난해서 어머니는 어느 큰 건물에 청소원으로 근무했었다. 환갑을 바라보는 나이에도 불구하고 매일 새벽 5시면 집을 나섰다.

어느날 어머니는 청소 일을 하다가 갑자기 쓰러져 병원 응급실로 실려 갔는데 깨어나지 못한 채 뇌혈관 파열로 숨을 거두고 말았다.

어머니가 죽은 후에 부동산 재벌이던 건물 주인은 보상 한 푼 없이 유야무야 사건을 덮으려고 했다. 꼭 보상을 바라는 건 아니었지만 예의상 인사치레 정도는 기대하고 있었다.

그런데 아무 반응이 없는 것이 너무 미워서 따졌다. 건물주는 그렇게 억울하면 법원에다 소송하란다. 참으로 어처구니가 없었다.

나는 대처할 능력도 없었다. 가난을 비관하며 환각본드를 마셨다. 아마 나는 그 본드를 마시지 않았다면 그 건물에다 불을 지르거나 건물주를 찾아가 목을 졸라 죽여버렸을지도 모른다.

"만약에 내가, 오빠 형님과 동거했다가 나중에 오빠와 동거한다면 어떻게 되는 거지?"

"뭐? 그야 한 구멍 동서? 에이 그런 경우가 있을까?"

인형은 한 구멍 동서라는 말에 마구 웃어댔다.

"그런데 그런 게 있다. 그건 그렇고, 내일 같이 갈 거야 말 거야?"

그녀가 호텔에 가자고 했을 때 어떤 부탁이 있을 거란 생각은 했었다.

"그 자식을 가만 뒀어?"

"응. 그 놈을 만나게 되면 죽여 버리고 싶거든, 그렇잖아도 기회는 몇 번 있었지만 참았어. 나 살인범이 되긴 싫거든."

그녀는 복수로 백사장을 죽이겠다고 독극물(공업용 염산)을 싸가지고 백냥개발에 자주 갔었다고 했다.

"찾아가서 죽여 버리자, 이 말이군."

"난 살인범이 되기 싫다고 했잖아."

인형은 열아홉 살 때 중국에서 유학을 하고 있었다. 중국어를 공부하던 중 백냥개발 백사장을 만나 중국어 통역을 부탁 받았다.

백사장은 백냥개발 부동산업자로 반년 동안 중국에 있으면서 땅에다 투자했다. 6개월이 지날 무렵에 백사장은 인형과 동거를 시작하면서 상류층 이상 호화스럽게 살았다. 백사장은 인형이 통역해 주는 덕택에 중국 자치정부와 대지를 50년간 염가에 임대계약하고 공업단지를 조성했다. 말하자면 50년 동안은 백사장의 땅이나 마찬가지였다.

백사장은 한국기업들을 끌어들여 3배 이상의 이익을 남기며 분양했다. 사업은 왕성했지만 인형과의 동거만은 장막처럼 오래 가질 못했다. 중국 현지 사무실에는 백사장이 한국에서 데리고 온 남자 경리직원이 있었는데, 사업차 백사장이 한국에 들어가 있는 동안 인형은 그 직원과 사귀고 있었다.

위장결혼해서 한국에 들어가 살겠다는 희망에 벅찬 인형은 그에게 미련없이 몸을 허락했다. 아니 백사장이 한국에 가 있는 동안 그 직원과 동거하다시피 했다. 그렇지만 그것 또한 오래 가지 못하고 백사장한테 들키고 말았다. 백사장은 눈이 뒤집혀 골프채로 그 직원의 머리를 후려 쳤는데, 그는 그 자리에서 풀썩 쓰러지고 말았다. 그 직원은 일어나지 못하고 끝내 눈을 감고 말았다.

백사장은 시체를 아무도 모르게 암매장하고 완전 범죄로 만들기 위해서 이 사건을 알고 있는 인형을 홍콩으로 보냈다. 그때 인형은 스물 두 살이었다.

인형은 홍콩에 있으면서 임신 6개월이라는 사실을 알았다. 인형은 그 사실을 백사장에게 알렸고, 백사장은 펄쩍 뛰면서 뱃속의 아이를 지우라고 했다. 인형은 한국에 들어갈 욕심으로 아이를 지우지 않았다.

그렇게 임신 8개월이 되던 어느날 백사장이 찾아왔다. 인형은 백사장에게 한국에 들어가게 해달라고 간곡하게 부탁하자, 백사장은 의외로 쉽게 허락을 했다.

인형은 며칠 후 한 사내의 안내를 받으며 비행기에 올랐다. 그런데 한국에 간다는 꿈에 부푼 인형이 비행기에서 내린 곳은 한국이 아니라 인도였다. 순간 인형은 그곳으로 안내했던 사내가 청부살인업자라는 사실을 눈치 채고 모르는 척 그의 눈을 피해 기어이 탈출에 성공했다.

"오빠, 나가서 술이나 한 잔 할래?"

그녀는 언제나 나를 오빠라고 불렀다. 그녀가 나보다 두 살 연상이었다. 연상인 그녀는 동생뻘 되는 나에게 오빠라고 부르는 것은, 주변에 결혼한 여자가 남편보고도 오빠, 직장에서도 오빠, 술집에서도 오빠라고 부르는 것을 보고 무조건 그렇게 부르게 되었다고 했다.

"그럴까, 우리 인형."

나는 그녀를 인형이라고 불렀다. 그녀의 성씨가 인씨라서가 아니라, 나보다 연상인 사람인(人)과 맏형(兄)으로 높인 말이기도 했지만, 그보다 인형같이 생겨서 그렇게 부르게 되었다.

그러고 보니 아직 난 그녀의 성씨와 이름도 모르고 있었다.

"오빠, 내 이름이 뭔지 모르지?"

그녀가 호텔 1층 로비를 걸으면서 내뱉은 말이었다.

"인형. 인형이라는 것 외에 다른 이름은 말하지 마."

"내가 태어날 때의 이름과 대한민국에서의 이름이 달라. 그래도 알고 싶지 않아?"

"응. 인형 외에는 말하지 말랬지."

화가 난듯 거친 내 음성에 인형은 다음 말을 하지 않았다. 그녀가 원하는 대로 나는 호텔 밖을 나와서 근처에 있는 포장마차로 따라갔다.

견고한 콘크리트 구조물이나 철제 기둥도 없이, 그 흔한 나무 간판 하나 안 붙이고 서 있는 포장마차가 마치 내 처지와 같았다.

멀쩡하게 중국에 갔던 형이 행방불명이 되지 않고 살아 돌아왔다면 부모는 화병으로 죽지도 않았을 것이고, 나는 이런 처지에 놓여 있지도 않았을 것이다. 그 바람에 나는 떠돌이 신세에다 소외된 기분으로 늘 혼자였다.

나는 '사람은 누구나 혼자'라고 대꾸하며 술잔을 비웠다. 인정하기 싫은 사실이지만 사람은 누구나 혼자인 것 같았다. 그녀는 '지랄, 네가 뭘 안다고?' 하는 그런 눈빛으로 나를 쳐다보았다. 그리고 그렇게 무시하며 담배에 불을 붙이려는데 갑자기 봄비가 후드득후드득 떨어지기 시작했다. 내가 사랑했던 그녀는 포장마차에서 듣는 빗소리를 좋아했다. 인주빛 포장을 때리는 빗소리에서 웬지 종말이라는 것이 느껴졌다. 그런 느낌에 코끝이 찡해졌다. 그냥 그 뿐이었다. 그녀는 비밀을 말하듯 내 귀에 대고 조그맣게 속삭였다.

'듣기 싫어'라고 말하려다 참았다. 대신 그녀 앞에 놓인 술잔을 들어 한 번에 들이키고 난 후 담배 연기를 깊숙이 빨아들였다.

단발머리에 꼭 끼는 청바지를 입고 다니는 현대적이면서 귀여운 외모

와는 어울리지 않게 절정에 다다른 그녀의 모습은 바로크시대의 석고
상을 연상시켰다. 특히 눈을 감은 채 멍하니 입을 벌리고 있는 그 얼굴
은 베르니니가 조각해낸 환희에 젖은 성 테레사의 표정 그 자체였다.

종교적 황홀감과 성교에서 얻는 극치감 사이에 위치한 듯 성 테레사
의 얼굴 속에서 나는 내가 20대 후반을 바라보면서 살아야 했던 이유를
깨달았다.

나는 지금 그녀의 귀를 핥으며 사랑한다고 속삭이고 싶었다. 하지만
그것은 위험한 비밀이었다. 그 비밀을 발설하는 순간 뱀처럼 달라붙는
그녀에게 휘감겨 어떤 일을 당하게 될지 모르는 일이다.

그녀는 그리스신화에 나오는 라오콘을 떠올리게 했다. 트로이의 목마
에 대한 비밀을 발설함으로써 자신의 자식들과 함께 바다뱀의 희생양
이 되지 않았던가. 최후의 순간은 그렇게 쉽게 맞이하는 게 아니다.

기나긴 게임의 과정에서 그나마 유일하게 선택할 수 있는 게 Quit 버
튼이라는 말이다. 죽음은 바로 마지막 카드인 것이다.

형의 행방불명과 부모의 죽음 뒤에 나를 사로잡아온 화두가 있다면
그것은 바로 죽음이었다.

죽음 중에서도 흥미로운 죽음. 그다지 추하지도 않으면서 고통스럽지
않고 평온히 맞이할 수 있는 죽음이었다. 심장이 멈추고 목구멍을 들락
거리던 숨이 끊기는 순간, 특히 고통스러운 죽음을 맞이하게 되는 순간,
뇌에서는 엄청난 양의 엔도르핀이 분비되어 정작 죽음에 이르는 그 시
간에는 오르가즘을 느끼게 된다고 한다. 적어도 육체적인 입장에서 죽
음은 그다지 고통스럽지 않을 것이라는 이야기이다. 하지만 그 때까지
느끼게 되는 공포와 주변 사람들의 시선. 교통사고로 온 몸이 망가진 친

구의 주검과 델리 찬드니촉에서 일순간에 앗아간 인형아기의 주검을 목격한 일이 있었다.

삶과 죽음을 오가는 문턱에서 고통스러운 울부짖음으로 어서 빨리 자신에게 죽음이 내려지기를, 자신이 남들 앞에서 정액을 질질 싸든 말든 엔도르핀이 분비되어 자신을 평온으로 안내하길 바랄 뿐이다.

"델리에서 우리 처음 만났을 때, 억울해서 인도에 여행 왔다고 말했었지?"

"응, 그런데 왜?"

"한국 사람은 중국에서 죽거나 행방불명되면 중국인한테 당했다고 하지들?"

"응. 현금을 많이 가지고 있어서 그 돈을 뺏으려고 죽인다고 하더라."

"절대 아니야. 오빠 형님도 중국인들한테 당했다고 생각해?"

물론 기관에서 중국인한테 당해서 죽거나 행방불명되었다고 하니까 그런 줄 알고 있었다. 그러나 인형의 말은 중국에서 죽는 우리 한국인은 대부분 한국인한테 죽는다고 한다. 인형은 내 형도 중국인이 아니라 우리 한국 사람한테 당했을지도 모른다고 했다. 중국에서 여자관계라든가 또는 무역관계와 금전관계로 죽이고 살리는 일들이 심심찮게 벌어지는 것을 많이 보아왔다고 했다.

"아마 남북관계가 안 좋았으면, 형님의 경우라면 무조건 북한으로 납치되었다고 했거나, 그들 손에 죽었을 거라고 했을걸."

인형의 말은 틀린 말이 아니었다. 또 그렇게 말을 하는 그녀가 무척 발랄해 보였다. 지금까지 인형은 그렇게 발랄해 보인 적이 없었다.

스무 여덟이란 나이, 한창 발랄해야 할 나이, 동시에 끝없이 어두워질 수 있는 나이, 어느 쪽이든 결핍을 인정하기 어려운 나이였다. 혹은 자신의 상실을 자랑하고 싶은 그런 나이였다.

인형이 나에게 휙 내던졌던 말. 사전을 뒤적이며 고독에 대한 단어들을 찾고 있을 때 어디선가 나타난 인형이 나에게 말을 건넸다.

"바보, 오빠 아직도 외로움과 쓸쓸함의 관계에 대해서 모르니? 외로움을 즐기면 쓸쓸한 게 되는 거고, 쓸쓸한 것을 견디지 못하면 외로운 게 되는 거야. 이런 거는 여고생들도 아는 상식이라고."

인형의 말에 따르면 확실히 외로운 상태였다. 외로움, 장롱 속에 들어 있는 검은색 정장을 볼 때마다 느끼는 그런 감정이었다.

어느 날 갑자기 신지식인이 되어버린 바보 전문 코미디언의 얼굴에서 볼 수 있는 생소함 그 자체였다.

영화 '스타트랙' 중에서 광물의 형태를 가진 외계인은 커크선장을 향해 '야, 이 물주머니들아'라고 말했다. 커크선장이 '왜 저 돌덩어리가 나에게 물주머니라고 하는 거지?'라며 화를 내자 옆에 있던 사이보그 데이터가 대꾸했다.

'지구인의 신체는 70퍼센트가 물로 이루어져 있습니다. 광물의 입장에서 보자면 지구인은 움직이는 물주머니인 것이지요.'

내 입장에서 보자면 인형은 나이와 상관없이 이제 막 사춘기적 감성에서 벗어나려 하는 귀여운 물주머니였다. 인형은 나를 자신의 상실에 대해 자랑하고 싶어 하는 콤플렉스 덩어리로 보았을 것이다. 우리는 단둘이 술을 마시며 서로에 대해 이야기를 했다. 그 자리에서 나는 인형의 풋사과 같은 피부를 발견했다. 그녀의 머리카락에서 성적 흥분을 일으키는 향내가 피어난다는 사실도 알아냈다. 하지만 정작 그녀와 연애를 하고 싶다는 생각이 들지 않았다. 그보다는 인형과 함께 마시는 소주가 좋다. 그렇게 지내 왔던 것이 벌써 3년이란 세월을 훌쩍 넘겼던가.

3년 전의 인형, 그녀를 처음 만난 곳은 델리의 찬드니촉 거리에서였다. 그러니까 국가로는 인도였다. 나의 인도여행 목적은 형이 중국에서 행방불명되자, 아버지가 외무부 당국에다 신고를 했으나 당국은 무조건 형의 행방을 모른다는 일관된 답변으로 아버지는 화병으로 죽고, 어머니도 사고로 죽자 나는 혼자가 되었다는 상실감에 이렇게 있다간 미치거나 죽을 것 같아 무작정 인도로 배낭여행을 떠났다.

본래 태국으로 떠나려고 했으나 이상하게 인간들이 많은 인도에 가보고 싶었던 것이다. 거기에다 큰 비용없이 여행을 할 수 있다 하기에 인도로 결정한 것이었다.

인도 북부에 위치해 있는 델리 직할지구에서 머무른 지 5일째 되는 날, 20루피를 주고 택시를 타고 찬드니촉으로 갔다.

왠지 낯설지 않은 인도에 첫날 왔던 붉은 성 근처였다. 붉은 성 앞에서 길을 건너 인간들이 우글대는 찬드니촉으로 가는 길을 물어 거리를 걸었다. 그러는 와중에도 정직하고 친절한 여행객들에게 온갖 변명과 속임수로 등쳐먹는 것들을 볼 때 이해할 수가 없었다.

찬드니촉 인간세계의 혼잡함을 모두 모아놓았다고 한다면 이쯤 되지 않을까 하는 생각이 들었다. 온갖 소음과 공해로 찌든 찬드니촉, 우리나라의 동대문시장과 남대문시장, 황학동시장을 합쳐놓은 것 같았는데, 우선 규모가 엄청났다. 인파가 바글바글한 것이 똥통의 구더기 같았다. 한 마디로 사람이 사람을 질리게 했다.

대로 중심으로 즐비하게 늘어선 상가에는 물건도 다양하여 종류에 따라 구역별로 나누어져 있었다. 세상에 없는 물건이 없는 듯했다. 거기다 뜨거운 태양, 매연, 경적, 자동차 소음, 호객꾼의 손님 부르는 소리 등으로 시끄러울 뿐만 아니라 발디딜 틈조차 없는 인파로 정신을 차릴 수가 없었다. 특히 매연이 심해 머리가 띵하고 아파서 견디기가 힘들었다. 그야말로 혼이 쏙 빠져 버린 느낌이었다. 그래도 그곳은 가장 인도다운 모습일 수 있겠다 싶어서 참고 거리를 누볐다.

생고생을 사서 하는 꼴이었다. 잡아먹으려는 듯 따갑게 달려드는 태양, 아무리 시간이 지나도 익숙해지지 않는 진한 몸 냄새, 시끄럽기만한 거리, 여기저기서 구걸의 손을 내미는 거지들…….

나는 찬드니촉 재래시장거리를 파고들었다. 말로만 듣던 그 시장은 인도에서도 복잡하기로 손꼽히는 유명한 곳이었다. 이런 곳에서 3일을 지내는 동안 얼마나 괴로웠는지 모른다.

땀에 흠뻑 젖은 셔츠를 입고 어깨가 멍들도록 무거운 배낭을 지고, 거기다 가방을 멘 채, 지겹도록 많은 사람들 사이를 누비는데 사람들이 거치적대는 바람에 짜증이 이만저만한 것이 아니었다.

비틀대는 걸음, 그 순간만큼은 모든 괴로움과 걱정거리가 모두 사치일 뿐이었다. 숨 막히는 것도 즐겁게 받아들였다. 그보다 살기 위해 싸워야 했다.

삶이 지옥 같은 찬드니촉에서 벗어나야 했다. 괴롭고 휘청대는 몸일지라도 한 걸음 한 걸음 옮겨 놓아 한시라도 빨리 이곳에서 벗어나야 했다. 작열하는 태양과 인파 사이를 도저히 걸을 수가 없어 길가에 쪼그리고 앉아 담배를 피워 물었다. 그럴 때마다 어김없이 주변을 둘러싸며 거지들이 몰려들었다.

나도 그들처럼 거지였다. 그런데도 그들은 내가 대한민국인으로 돈을 많이 가지고 있는 부자로 알고 아이들과 젊은 여자들이 손을 내밀고 있었다. 여자들은 20대 이전으로 보여졌다. 그런데도 그녀들은 한결같이 아이를 안고 있는 엄마들이었다.

도대체 저 인간들은 무슨 생각을 하며 사는 것일까. 저토록 고달픈 삶을 살면서도 장차 자신과 비슷한 운명에 놓이게 될 저 아이를 키우는 까닭은 무엇일까. 책임지지 못할 생명을 잉태한다는 것은 얼마나 큰 죄악일까.

"텐 루피."

한 젊은 여자가 손을 벌리며 대들었다. 그런데 그 여자는 인도 여자와 달리 눈알이 약간 나온 것이며, 피부도 태양에 구리 색깔로 그을려서 그렇지 회색 피부가 아닌 중국계 여자라고 생각되었다.

같은 민족성을 느꼈을까, 나는 그녀에게 동전 몇 닢을 던져 주었다. 그러자 주변 사람들이 보고는 벌떼처럼 몰려들었다. 저마다 손을 내밀면서, 뭔가를 갈구하는 표정으로 나를 쳐다보았다.

안타까웠다. 그러나 그런 풍경에 익숙해질 대로 익숙해진 나에게 그들은 더 이상 관심의 대상이 아니었다. 나는 그 사람들 너머로 혼자 내버려진 아기를 지켜보았다.

그 아기는 아직 인격이 형성되지 않은, 어찌 보면 네 발 달린 강아지보다 못한 상태인 그 아기는 본능적으로 자신의 엄마를 찾으려는 듯 여기저기 고개를 돌리며 엉금엉금 기어다니고 있었다.

간신히 허리 부분을 가리는 기저귀와 비슷한 천 쪼가리만을 두른 채 무릎이 망가지건 손바닥이 까지건 상관없이 기어다니고 있었는데, 그 아기 또한 인도인을 닮지 않고 우리 한국인을 닮았다.

저 아기의 부모는 도대체 누구일까. 빨리 뛰어오기 위해 자신의 아이마저 팽개친 것은 아닐까. 혹시 내 주변을 둘러싸고 있는 인물들 중의 한 명은 아닐까 하는 생각이 들었다.

아기는 네 발로 기어다니다가 인도(人道)와 도로를 가르는 경계석 밑으로 떨어졌다. 아기는 다시 올라가기 위해 안간힘을 쓰는 듯 보였지만 몸집이 작고 힘없는 아기에겐 불가능한 일이었다.

차도에는 차가 씽씽 달리는데 무척 위험해 보였다. 아니나 다를까. 아기는 도로 가운데 쪽으로 기어가고 있었다. 너무도 위험해 보였다. 순간 나는 보호본능으로 아기를 데리러 가려고 몸을 일으켜 한 발걸음을 떼어 놓으려고 할 때였다. 삼륜차가 속력을 내어 달려와 그 아기를 덮쳤다. 삼륜차가 지나간 자리에 아기는 보이지 않았다. 아니 그 자동차의 바퀴에 깔려 벌겋게 피를 뿌리고 납작해진 그야말로 오징어포가 되어 있었다. 그런데 이상한 건 삼륜차가 뒤도 돌아보지 않고 태연하게 달려가는 것이었다. 아마 그 운전자는 고양이쯤이나 치고 간 것으로 생각했던 모양이었다. 그리고 더 치를 떨게 만들었던 건 주변에 유혈이 낭자한데도 아무 일이 없는 듯 그냥 지나치는 인간들이었다.

내가 놀라 소리를 쳤지만, 지나가던 사람들은 오히려 나를 이상한 놈으로 치부하는 것이었다. 사건은 그것으로 끝이 아니었다. 아기를 갈리고 간 삼륜차의 뒤를 이어 택시가 아기의 시체를 한 번 더 뭉개고 지나갔다. 그리고 또 다른 자동차가 갈리고 지나가자 바퀴에 휘감겨 찢어지고 뭉개져 버린 아기는 더 이상 아기의 형체를 알아볼 수 없는 고깃덩어리였다. 계속해서 자동차가 지나쳐 버리자 아기 시체는 고깃덩어리의 상태도 아닌 바닥에 달라붙어 색깔조차 검게 퇴색해 버린 고기를 갈아 만든 하나의 빈대떡이 되어버렸다.

그리고 아기가 입고 있었던 헝겊 조각마저 본드에 짓이긴 것처럼 도로 바닥에 달라붙어 버렸다. 그런데도 더욱 놀라운 것은 내 주변을 둘러싸고 있던 인간들은 곁에서 무슨 일이 일어났는지조차 신경쓰지 않고 모르는 일처럼 치부하는 것이었다.

"깁 미, 기브 미!"

그들은 바로 옆에서 사고로 죽어 버린 인간의 생명을 아무렇지도 않게 생각하며 오직 구걸의 손만 내밀고 외칠 뿐이었다.

이제 난 별 감흥이 없었다. 그저 내 입에서는 욕만 내뱉게 되었다.

나는 모든 것에 지친 사람마냥 바닥에 털썩 주저앉아 담배를 신경질적으로 피워댔고, 태우던 담배 꽁초를 버렸다. 그리고 몸을 일으켜 세워 다시 길을 걸었다. 내 뒤에는 다시 벌떼처럼 따라오는 사람들이 있었다. 나는 빠른 걸음으로 30여 미터나 걸었다. 따르던 거지들의 구걸행위가 나의 빠른 걸음에 뿔뿔이 흩어져 버렸다.

"악!"

바로 그때 내 등 뒤에서 여자 비명 소리가 들려 왔다. 소스라치게 놀란 나는 얼른 고개를 돌렸다. 젊은 여자가 도로가에 있었다.

그 여자는 조금 전에 내게 손을 내밀며 '텐 루피' 하며 외치던 중국계라고 했던 바로 그 여자였다. 그 여자는 두 손으로 얼굴을 감싼 채 와들와들 떨면서 도로의 핏자국을 바라보고 있었다.

'저 여자 애였나 보지?'

사람들의 시선은 냉랭하기만 했다. 여자는 자기 아기의 시체가 자동차들에게 계속해서 짓밟히고 형체도 없이 사라져 가는 모습을 바라만 보고 있다가 갑자기 도로로 뛰어들었다.

"미친 년."

나는 그녀를 보고 중얼댔다. 그래야만 내 속이 시원했다.

그녀는 아기가 남긴 것 중 유일하게 형체를 알아볼 수 있는, 혈흔과 바닥의 흙먼지로 범벅이 된 기저귀를 주워 들고 그 자리에 주저앉아 손바닥으로 바닥을 치며 통곡을 했다.

도로 중앙에 앉아 기저귀를 안고 통곡하는 그녀마저 위험해 보였다. 몇 대의 자동차가 지나쳤는데, 그중 택시 운전기사가 뭐라고 소리를 질렀다. 그때만큼은 나도 그 운전기사에게 달려들어 멱살을 잡고 너희들도 인간이냐고 따져 묻고 싶었다.

참으로 더러운 구석이었다. 세상에 이런 나라도 있었던가 싶었다. 그렇게 한 순간에 한 생명이 흔적도 없이 사라지다니 참으로 무서웠다. 냉정했다. 수많은 인간들이 모여 바다를 이루는 찬드니촉의 많은 사람들 사이에 정이란 존재는 없어 보였다. 심지어 몇 닢의 동전을 얻기 위해 아기마저 팽개치고 구걸에 나서는 저 여자도 소중한 사람이고 한 인간인데 말이다.

자동차가 달리는 것을 볼 때 그녀가 무척 위험해 보였다. 그녀의 심정은 어쩌면 차에 치어죽고 싶어하는지도 모를 일이었다. 나는 한 생명을 구해야 한다는 생각으로 도로에 뛰어들었다.

"위험해요."

그녀는 울음을 뚝 끊고 굳은 듯 나를 빤히 쳐다보았다.

"조선 사람?"

느닷없는 한국말에 나도 그녀의 눈을 들여다보았다.

"조선? 난 대한민국에서 온 사람입니다."

"반갑습네다. 같은 민족을 만났습네다."

그녀의 북한말 억양에 나 또한 의아해 하지 않을 수 없었다. 그녀도 자신의 아기가 죽은 슬픔을 잊은 채 같은 언어를 쓰는 민족을 만난 반가움에 펄쩍 뛰는 모습이 나까지 눈물을 자아내게 했다.

나는 일단 그녀가 탈북자 아니면 중국 조선족일 것이라고 생각하고 그녀를 부추겼다.

"난 남쪽 한국 사람이오. 자 어서 일어나요."

그녀는 반항하지 않고 일어나 내 힘에 이끌려 도로에서 나왔다. 그리고 자식을 잃은 슬픔에 다시 몸을 방아깨비처럼 방아 찧듯 통곡하기 시작했다.

깡마른 소녀 같은 몸으로 그녀의 독한 울음이 목구멍에서 핏덩어리가 되어 토해져 넘어 온다고 느껴졌다.

그녀의 눈은 하늘을 향해 있었고, 굶주림과 비통함으로 몸은 허해져 흐느적거리고 있었다. 그런 그녀의 모습을 보고 있자니 나도 석양에 물들 듯 마음이 아팠고, 눈에는 눈물이 그렁그렁하게 번지고 있었다.

그렇게 거리에서 또 움막에서 이틀을 같이 보냈다. 자식 잃은 슬픔이야 무어라 말할 수 없지만 애통해 한들 그 자식은 살아 돌아올 수 없음을 알렸다. 이제 그녀는 이국에서 자식의 죽음을 하나의 비밀로 가슴에 간직해 두는 일밖에 없었다.

무기력해지고 무의미한 생각에 아무 곳으로도 갈 의욕을 잃어버린 것이다. 마치 발기되지 않은 성기처럼 분노나 증오가 도발하지 않는 살육과 같은 그런 것이었다.

그래도 어딘가 정처없이 떠나야 했던가. 그녀는 죽은 자식이 차고 다녔던 피로 짓이겨진 기저귀를 품안에 품은 채 나를 끝까지 따라 나섰다.

"그것 좀 제발 버려요."

"아닙네다. 증거로 끝까지 지니고 있을 겝네다."

"증거요?"

"네, 한국에 있는 우리 얼나 아바이 찾아 원쑤를 갚아야디요."

알고 봤더니, DNA 검사라도 할 목적으로 나를 따라 다니는 것 같았다. 인간과 인간관계를 맺는다는 게 그다지 특별한 것은 아니라는 생각이 들었다. 아버지, 어머니, 그리고 중국에서 형의 행방불명, 당신들이 죽음으로써 나의 인생이 어떻게든 바뀔 것이라는 사실은 분명했지만, 이 세상에는 또 다른 소중한 사람이 존재하는 것이었다.

어차피 우린 세상이라는 거미줄에 얽혀져서 살고 있었다.

새벽녘이 되었다. 인형의 얼굴은 포장의 인줏빛에 물들어 있었다. 두 손으로 턱을 괸 채 앉아 있는 그녀의 모습을 보고 있자니, 갑자기 그녀의 대가리를 내 어금니 사이에 넣어 씹어보고 싶은 충동에 휩싸였다.

한 손에 잡힐 만한 그녀의 머리통이라면 나의 두 턱으로 충분히 부술 수 있을 것이라는 생각이 들었다. 김이 모락모락 나는 그녀의 뇌수를, 라면발처럼 꼬불꼬불한 뇌수를 후루룩 들이키고 싶었다. 내가 이런 생각을 한다는 건 그녀가 너무나도 귀엽다는 것이다.

"널 먹고 싶다."

"어머, 오빠 좀 봐? 호텔에서 먹고 또 먹고 싶었던 거야?"

그녀는 무슨 뜻으로 받아들였는지는 몰라도 피식 웃는 목소리로 말했다. 그 목소리는 칼칼한 김치찌개와 도저히 어울리지 않았다.

그녀의 목소리는 초콜릿 냄새가 났다. 담배 연기와 비슷한 맛이었다. 진하게 풍기는 쌉쌀하면서도 유혹적인 냄새, 그것을 폐 속으로 깊이 들이마셨을 때의 만족감, 내뱉은 후에 느껴지는 약간의 아찔함까지 짧은 말이었지만, 그녀의 목소리는 내 귓속에 남아 끊임없이 고막을 진동시켰다. 그리고 그 여운은 머릿속에서 오래도록 메아리치고 있었다.

"델리에서 볼 때보다 더 예쁘고 훨씬 어려 보여."

"제발 인도에서 있었던 일 꺼내지 마."

"아, 미안. 많이 변한 모습 좋아. 언어부터…… 이제 인형도 완전 자본주의 여성이 되었고, 아주 세련돼 있어. 어떤 놈도 인형에게 말도 못 걸겠는걸."

"누가 들으면, 나를 갑부의 딸인 줄 알겠다. 그리고 앞으로 그런 말 안 하기로 했잖아."

"아, 그랬었지. 하지만 인형은 한국에 잘 온 것 같다."

"그런 말 하지 마. 나 너무 힘들어."

나는 인형을 델리에서 보고 한국에서 처음 만났을 때도 이런 말을 했었다.

그때 나는 피자집에서 피자배달을 하고 있었다.

하루는 모터사이클을 타고 한 아파트에 피자배달을 했었다. 문을 열어 준 여자는 바로 인형, 그녀였다. 나는 놀라 첫마디부터 한국에 어떻게 왔느냐고 물었다. 그녀는 델리에서 내 주소를 가지고 나를 찾느라고 너무 힘들었었다며 내게 매달려 소리 내어 엉엉 울었다.

그녀의 울음 속에 설움과 핍박, 기쁨과 반가움이 범벅으로 뒤섞인 그런 울음이었는데 몇 십 년만에 만난 이산가족들의 상봉처럼 눈물바다를 이루었다.

"나도 힘들어 죽어버릴까 하다가 그냥 죽어버리면 억울할 것 같아서 델리로 갔었는데, 하필 거기서 너를 만났잖아."

"조국이 통일된 기분이었지. 그래도 짧은 기간 동안이지만 델리에서 오빠와 나는 더 행복했었는데……. 그런데 지금은 나도 죽고 싶어. 하지만 이 세상에서 사라지는 것은 싫어. 내가 죽도록 고생을 했는데 어떻게 사라져."

"죽게 해서 미안해, 인형."

억울한 이 세상에서 내 어머니가 죽었을 때도 난 어머니 시체 앞에서 '죽게 해서 미안해, 엄마' 라고 말했었다.

어머니는 더 이상 고통스러워하지 않아도 되었다. 더 이상 어머니는 나에게 잔소리를 하지도 못했다. 그리고 나는 어머니에게 죄책감을 느낄 필요도 없었다. 그런데 목이 메었다. 울지도 못했다. 대신 토악질을 해댔다. 식도에 걸린 감정은 사라지지 않았다. 세상은 변해 있었다. 현장에서 죽었던 건물주인 사장은 물론 어느 누구도 들여다 보는 이라곤 아무도 없었다. 거기다 중국에 갔던 형도 나타나지 않았다.

형은 어머니가 그 건물에서 청소일 하면서 사장에게 부탁하여 경리로 취직을 했었다. 서울서 근무하다가 중국 현장으로 갔었기에 그 사장에게 찾아가 형의 행방을 물었더니, 사장은 보름동안 소식이 없어 자신도 찾고 있는 중이라고 했다.

아버지도 어머니의 죽음과 형의 행방불명으로 인해 가슴앓이로 결국 죽고 말았다. 부모의 잇단 죽음으로 인해 세상이 변해 버렸다. 가을 하늘은 이제 에메랄드빛을 내지 못했다. 음울한 파란색일 뿐이었다.

어둠은 깊이를 잃어버렸다. 길거리의 가로등에게도 비웃음을 당했다. 난 죽기로 결심했다. 부모가 죽는 그 순간 함께 하지 못한 죄책감 때문이라거나, 앞으로 살 날이 괴롭게 느껴졌기 때문이라는 그런 유치한 이유만은 아니었다. 더 유치하게 내가 죽으면 세상이 멸망할지도 모른다는 생각이 들었다. 그런데 문제는 뜻대로 이뤄지지 않았다.

수면제가 깊은 잠에 빠지게 할 수는 있어도 죽음에는 별로 도움이 되지 않았다. 목을 매면 미친놈이랄까 봐 못 매고, 귀밑에 있는 정맥을 끊어버리자니 아플까 봐 못했다.

내가 택한 방법은 유일한 총재산인 전세금을 빼내 외국으로 가는 것이었다. 그것도 작은 돈으로 태국이나 인도로 가서 배낭여행을 하는 것이었다. 여권을 발급 받아 찾아 간 곳이 인도 델리였다.

"아무리 생각해도 인형은 나 때문에 힘들거나 죽고 싶은 게 아냐?"

"사실 나 불안해. 늘 확인해야 했거든."

갑작스런 그녀의 말에 의아하지 않을 수 없었다.

"무슨 뜻이야?"

"몰라서 물어? 나 북한 여자라는 걸 너만 알고 있었잖아."

알고 봤더니 그녀는 나를 만나 술값 대고 여관비 대줘가며 스스로 매달린 것은 내 입에서 북한 여자라는 말을 막기 위한 수단이었다. 그러나 정작 나는 그런 의사나 의도도 없었거니와 생각해 본 적도 없었다.

이유를 물었더니 그녀는 북한에서 출생해 중국으로 유학을 하던 중에 백냥사장을 만나 중국어 통역자로 있다가 백냥사장이 자신의 직원을 죽여 암매장한 사실을 알게 되자, 사건 전말을 알고 있는 그녀는 홍콩으로 보내졌다. 청부살인업자에게 납치되어 인도 델리로 가게 되었는데, 그곳에서 청부살인업자를 따돌리고 탈출하는 데 성공했다는 얘기다.

그녀는 델리에서 나와 헤어지고 대한민국에 간다는 일념으로 여행 온 우리나라 사람을 찾아다니며 같이 데려가 줄 것을 간절히 부탁했지만 번번이 거절당했다는 것이다.

그러던 어느 날, 기품이 빼어난 한 정치인을 만나게 되었다는 것이다. 그녀는 그에게 그간의 사정을 사실대로 말하였고, 그는 그녀를 호텔로 끌고 가더라는 것이다. 호텔에서 주민등록증과 여권을 내밀면서 주민등록증에 있는 나이 23세, 이름 방주리로 해 줘야 대한민국에 갈 수 있다는 말에 그녀는 쉽게 수락을 하고, 수 주간 호텔방에서 북한 억양을 없애는 등 대한민국 여자 훈련을 받았다는 것이다.

"아까 내가 이름이 두 개라고 했잖아. 그러니까 북조선의 이름은 리령희이고, 대한민국 이름은 방주리야."

그녀가 델리에서 한 정치인으로부터 방주리라는 이름을 가지게 된 동기는 이러했다.

그 정치인은 추운 겨울에 가족 몰래 꽃다운 처녀 23세의 방주리와 델리에서 골프여행을 하게 되었다. 무슨 연유인지 알 수는 없었지만 방주리가 그만 죽어버렸다는 것이다. 그가 대한민국에 돌아가야겠는데, 방주리가 죽는 바람에 돌아갈 수가 없던 중에 인형을 만나 방주리로 둔갑시켜 귀국하게 되었다는 것이다.

"나는 몰랐지. 인형이 하나원 출신이 아닌가 했었는데……. 나 때문에 힘들었다 이거지?"

"아니야 그건."

"알았다고. 나 이제 인형의 곁을 떠나련다. 그것도 아주 멀리 델리로 간다."

인형을 위해서라도 떠나야 했다. 그 동안 정이 들었지만 헤어지고 싶었다. 이국땅에서 한민족을 만나 너무 좋아했었고, 안 됐고, 불쌍했고, 사랑했고 해서 그녀를 버리기엔 너무나 아까웠지만 버려야 했다. 아깝기는 했지만 그녀가 북한 여성이라는 이유만으로 버려야 했다. 아니 도깨비 같았고 아홉 개의 꼬리를 달고 있는 여우같아서도, 또 모든 게 꺼림칙해서라도 나는 그녀를 버려야 했다. 대신 나는 그녀와 똑같은 육체를 가진 여자를 찾아 헤매 다닐지도 모르겠다고 생각했다. 인형은 술기운 탓인지 볼이 발갛게 상기된 채 쌕쌕거리며 삐쳐 있었다. 아기처럼 순진하고 귀여워 보이는 그 얼굴에서 나는 악마의 모습을 느꼈다.

파괴의 본능을 꿈꾸게 만드는, 칼자국을 내서라도 망가뜨리고 싶은 충동을 느끼게 하는 깨끗한 얼굴과, 그런 얼굴로 서슴지 않고 나를 유혹하는 자태는 분명 악마만이 가질 수 있는 것이라고 생각했다.

시간이 흘러 포장 사이로 회색빛 하늘이 보였다. 담배를 꺼내 물며 포장을 열었다. 차가운 기운과 함께 아찔한 쾌감이 머리를 스쳤다.

바깥의 세상은 정액 빛 안개로 뒤덮여 흑백 명암만을 갖고 있는 것처럼 보였다. 내가 내뿜는 담배연기는 차가운 공기 속에서 이내 사라져 버렸다. 잠시 후 해가 뜨면 마을을 뒤덮고 있는 저 안개도 사라져 버릴 것이고, 세상은 자신의 색채를 찾을 것이 분명했다. 하지만 나는 입에 물고 있는 담배를 다 태워버린다고 해도 무엇 하나 달라질 게 없었다.

인형을 버리고 갈 것이다.

"우리 여기서 뒤도 돌아보지 말고 헤어지는 거야."

"자기 맘대로? 그렇게 헤어지고 싶어?"

"응."

"그럼 잘 가. 그런데 떠나기 전에 나한테 물어 볼 거 없어?"

"없어. 있다 해도 알고 싶지도 않아."

무슨 수작을 부리는 것 같아서 내가 막 몸을 틀어 인형을 등지려고 할 때였다.

"한 구멍 동서."

그녀의 말에 몸을 다시 돌려 그녀를 바라보며 다음 말을 기다렸다.

"오빠 형님 말이야. 참, 오늘 백냥개발 백사장 만나기로 했었잖아."

"나하고 아무런 상관없어. 그런데 형이 뭐?"

"저렇게 머리가 둔해서야. 그래 잘 가? 참, 오빠 엄마가 청소 일을 했던 곳이 강남에 백냥빌딩이 아니었어?"

"백냥빌딩?"

"내가 중국에서 통역을 했던 백사장의 회사 백냥개발과 백냥빌딩을 생각해 본 적 없냐고?"

아차 싶었다. 백냥개발, 백냥빌딩, 같은 백냥이라 무엇인가 감이 오는 것 같았다.

"오빠, 형님을 엄마가 사장한테 부탁해서 백냥빌딩 자금경리로 취직이 됐지? 몇 년 근무하다가 중국으로 갔어. 중국에서 행방불명되었잖아.

내가 말했지? 대부분 같은 한국 사람한테 당해놓고는 중국인한테 당한 다고. 그래도 오빠 몰라?"

나는 머리를 싸잡은 채 자리에서 엉거주춤 일어섰다. 그 까마득하게 몰랐던 일들이 한순간에 알게 되었다.

"알 것 같아. 중국에 있을 때 그 직원과 인형이 동거한 일을 알고 백사장이 그 직원을 죽여서 암매장했다고 했지?"

"이제 뭔가 돌아가나 보네. 그 바람에 내가 이렇게 대한민국에 와서 살게 되었는데 알아달라고."

순간 나는 가슴이 답답해지며 증오와 분노 같은 것이 치밀어 올랐다.

"진정해. 그래도 오늘 백사장을 안 만나러 갈 거야? 그래 잘난 사람, 갈 테면 가봐."

그녀는 그렇게 말을 휙 던져놓고 내게 등을 보이고 가버렸다.

"아이씨, 그냥 가면 어떻게 해?"

내가 큰소리를 쳤지만 그녀는 뒤도 돌아보지 않았다.

난 인형에게 고삐 잡힌 꼴로 다시 그녀의 등을 보고 걸음을 놓았다. 아니 나는 그녀에게 끌려가고 있었다. 이제 내 머리는 사고능력을 거의 상실하고 있었다. 곧 터지거나 뽀개질 것 같은 무서운 고통만이 머릿속을 온통 쑤셔댔다.

내 머리 속에서는 그녀가 한 말 '한 구멍 동서'라는 소리가 딱따구리처럼 머리를 패고 있었다.

(2005년, 『2005, 이 땅을 빛낸 문인들』)

2
차기의 남자

사라지는 환영을 보았다. 창밖을 보니 어스름한 동이 트는 새벽은 찾아오는데 아내와 친구는 찾아오지 않았다. 그래도 두 사람은 남들처럼 병문안 온 것처럼 매일 찾아왔었는데, 매정스럽게도 4일째 병실을 찾아주지 않았다. 불미스럽게도 애정과 우정이 바닥을 드러냈나 보다.

그래도 좋다. 하지만 마지막 한 번만이라도 찾아주면 종말을 고하고 싶었는데, 아니 물어보고 싶었는데, 한 치도 움직일 수 없는 나의 무거운 몸, 수십 톤이나 되는 눈꺼풀이 자꾸 앞을 가로 막았다. 보이지 않는 무거움이 나를 내리눌러 꼼짝할 수가 없었다. 이렇게 공기가 무거웠던가. 나의 의식은 안개 속에 묻혀 가물가물해지고 있었다. 마치 꺼져가는 촛불처럼 호흡도 불안함으로 종신을 맞이한다는 걸 느끼고 있었다.

그래 내 종신 값이 수십억이라고 했다. 아마도 그 돈 때문에 내 그림자가 작아지는 것인지도 모른다. 그렇게 생각하니 내 가슴이 창백해져 갔다.

지금 나는 고독하고 외로운 곳, 종생으로서 주검이 찾아 든 병실에 누워 있다. 참혹하고 고문 같은 병실에 누워 있은 지 수 개월이나 지났다. 그러니 아내와 친구는 지칠 만도 하겠지. 수개월 전에 병원에서 정밀진단한 결과가 나왔다. 지난 해 회사를 옮기는 바람에 건강 진단을 받지 못했던 게 병을 키운 원인이란다. 아무리 그래도 그렇지, 어떻게 나한테 이런 끔찍한 사건이 벌어질 수 있단 말인가.

"생존은 언제까지 될까요."

"벌써부터 단정 지을 순 없어요. 암이란 게 원래 환자 의지에 따라 다르지만, 현재는 4기라 좀……."

최선을 다해 치료해 보자며 결코 희망을 잃지 말자는 의사의 마지막 말이 더 청천벽력 같았다. 위선에 가득 찬 오만한 의사 양반이 나약한 환자를 기만한다고 느껴졌다.

"간암, 그것도 수술도 받을 수 없는 말기. 약물치료(화학항암제)와 방사능 치료밖에 할 수 없는, 틀림없다는 말씀이지요? 그런 것이지요?"

"……."

"나, 하나도 안 아파요? 멀쩡히 회사 잘 다니고, 밥도 잘 먹고, 어려서부터 잔병치레는커녕 간인지 위인지 속병 한 번 앓은 적도 없어요. 그런데 씨팔, 30대에 간암 말기라니……. 이게 말이나 되는 소리입니까?"

"자, 자, 진정하세요. 이런 경우 대부분의 환자들이 자신이 처한 상황을 쉽게 받아들이지 못하는데, 무엇보다 절대 안정이 필요합니다."

본래 환자들이 거칠게 나오면 의사의 말은 안정이 필요하다고 한다.

"치료하면 정말 나을 수 있지요? 그렇다면 뭐든 교수님이 시키는 대로 따르겠습니다."

내 한 목숨을 의사에게 맡겨 놓는 꼴이었다.

"의사는 환자의 예후에 대해 확단을 내릴 수 없어요. 본인 의지에 따라 얼마든지……."

"교수님, 살려 주세요. 저 좀 살려 주십시오. 딸아이와 아내를 두고 어떻게 죽는단 말입니까? 저는 반드시 살아야 해요."

지푸라기라도 잡는 심정으로 의사에게 매달렸다. 아니 생떼를 썼다는 표현이 더 정확할 것이다. 보호자에게 연락하고 즉시 치료에 들어가자는 의사의 요청에 정신이 또렷하게 맑아졌다.

"잠시만…… 아까 뭐라고 말씀하셨죠? 시한부 어쩌고 했던 것 같은데……."

"아, 그게 그러니까…… 뭐냐면 그게…… 말씀 드렸다시피 말기암이란 게 원래 환자 의지에 따라 생사의 갈림길이 길어질 수도 짧아질 수도 있다는 얘깁니다."

"그러니까 그 생사의 갈림길이 길어도 6개월 안에 저를 찾아온다, 결론은 이거 아닙니까?"

"……."

병원에서 결과를 듣고 나와서 어떻게 집에 도착했는지, 자동차를 어디에 주차했는지 도무지 기억이 나지 않았다. 정신을 다 빼 버린 마치 백지장처럼 하얗게 퇴색해 버린 머릿속은 이미 정상적인 사고력을 상실했다.

방안에 들어서자 아내는 내 옷을 받아 걸었다. 그때 나는 다리가 후들거려 서 있기조차 버거워 몸이 침대에 맥없이 쓰러졌다.

어떻게 설명해야 하나, 죽을지도 모른다고. 아니 곧 죽을 테니 마음 단단히 먹으라고 일러줘야 하는지, 그 말만은 여자를 잘못 잡아먹고 목에 비녀가 걸린 것처럼 말이 잘 넘어오지 못했다.

의사 말로는 입원해서 약물 치료와 방사선 치료를 받는 게 최선이라는데, 몇 달 아니 고작 며칠 더 살자고 벌써부터 아내를 지옥의 나락으로 떨어뜨릴 순 없었다. 언젠가는 아내도 알게 되겠지만, 아직은 때가 아니라고 생각되었다. 누구나 한 번은 죽는다. 내 경우는 그 시기가 남들보다 조금 빠를 뿐이다. 이렇게 수긍해야 되지만, 천지신명의 고약한 심보를 어떻게든 거스르고 싶었다.

죽는 건 두렵지 않았다. 다만 아내와 딸아이가 눈에 밟혔다. 그래서, 그래서 미치도록 살고 싶었다. 그렇게 살고픈 심정과 고민으로 열흘을 어떻게 흘려 넘겼는지 모르게, 날짜를 하루하루 바나나 까먹듯 그렇게 까먹고 있었다. 계속 그랬지만 오늘 밤도 역시 잠이 오지 않았다.

아내의 잠든 얼굴을 들여다 보았다. 아기천사처럼 귀엽고 예뻤다. 본래 미인은 잠든 얼굴이 예뻐야 미인이란다. 이런 아내를 두고 한 말인 것 같았다. 잠든 아내의 귀밑머리를 쓰다듬었다. 단아하고 가지런한 머릿결, 언제 맡아도 향긋했다. 달콤한 향기가 눈에 들어와 아프게 했는지 난 눈물을 이겨 넣고 말았다. 곧 몸을 일으켜 베란다로 나와 입을 틀어막고 소리없이 통곡해야 했다.

아내가 깨었다. 아마도 딴 생각이 있었던 것 같았다. 그건 눈빛만 보아도 알 수 있었다. 결혼하고 나서 지금까지 아내의 성적 매력은 여전했다. 아니 예전보다 더 풍부해졌다. 잡은 물고기에겐 미끼를 주지 않는다고 했던가. 그러나 내겐 처음부터 던질 미끼가 없었다. 그런 나에게 입질해 준 아내가 고마울 따름이다.

샤워를 끝낸 아내가 요염한 자태로 걸어와 내 어깨를 짚었다. 아이 엄마라고는 믿기지 않을 정도로 날씬한 몸매를 즐기며 내 욕정이 꿈틀거렸다. 귓불 가득 아내의 뜨거운 숨결이 느껴졌다. 내 부실한 아랫도리가 팽팽하게 일어섰다.

"여보, 우리 그거 안 한지 며칠이나 됐는지 알아요? 당신 요즘 이상해 보여요. 회사에 무슨 안 좋은 일 있어요?"

셔츠 사이로 손가락을 밀어 넣어 밋밋한 내 젖꼭지를 꼬집으며 아내가 근심을 표명했다.

하긴 벌써 열흘 동안 아내와 전혀 관계가 없었다. 당연히 아내로서도 걱정 반, 불만 반이었을 것이다.

"아니, 일은 무슨…… 조금 피곤해서 그랬지. 그나저나 당신이 웬일이야? 항상 먼저 하자고 분위기를 잡은 건 나였는데?"

"어머, 당신은…… 그야 가만히 있어도 매일 당신이 다 알아서 하니깐 그런 거죠. 나는 뭐 여자 아닌가요? 내 피도 뜨겁다고요."

그렇다. 어느 광고카피처럼 아내는 여자보다 아름답다. 울컥 뜨거운 기운이 치솟으며 아내의 가냘픈 허리를 감싸 안고 말았다.

빙그르 한 바퀴 얼싸안고는 아내를 침대에 뉘였다. 고운 이마와 짙은 속눈썹, 갸름한 콧날에 이어 살짝 벌어진 입술로 차례차례 입술 도장을 찍어 나갔다.

전쟁터에 끌려 나가는 연인들의 애절한 사랑처럼 아내의 가슴과 둔부, 허벅지, 발가락을 향해했다. 저승에서 다시 만나는 그날까지, 수많은 영혼들이 들끓는 속에서도 한눈에 알아볼 수 있도록 아내의 구석구석을, 세포 한 올 한 올을 기억에 담고 또 담았다.

"너무 부드럽고 달콤해서 온몸이 녹을 것 같아요."

아내의 입에서 단내가 묻어났다. 오르가즘에 막 도달하려는 순간이었다. 아내의 젖가슴이 급류를 따라 오르락내리락 부침을 거듭했다.

아내의 화려한 몸매에 작고 암팡진 젖가슴 중 하나를 택하라면, 나는 주저 없이 가슴을 꼽을 것이다. 그녀는 가슴이 빈약하다며 부끄럽게 여기지만, 그런 수줍음이 오히려 나의 '작은 가슴 예찬론'을 자극시켰다.

"여보, 오래 즐겨요."

나를 격려하는 소리였다. 조급하게 서두르지 않아도 된다는 아내의 배려였다. 성난 사자가 토끼를 집어삼키듯 아내는 파르르 몸을 떨었다.

말은 그렇게 하면서도, 아내의 몸은 충실하게 감각을 쫓았다. 이율배반적인 아내에게 끝 모를 사랑이 샘솟았다.

이렇게 예쁜 아내를, 나의 천사를 두고 하늘로 떠나야 하다니……, 신이 있다면 죽여 버리겠다고 협박해서라도 내 목숨을 연장하고 싶었다. 그러나, 그러나 구걸한다고, 애원한다고 달라질 것은 없을 것이다. 지금까지 그랬듯이 세상은 내가 없어도 무사하게 잘 굴러갈 테니까.

언제일지는 몰라도 내가 이 세상을 하직하고 사라질 것을 생각하자, 순간 내 남성이 비참할 정도로 쪼그라들었다. 이어 그녀의 몸 속에서 힘없이 미끄러지면서 빠져 나오자, 아내는 의아하다는 눈초리로 말을 걸었다.

"여보, 왜? 다시 한 번 해 봐요, 우리."

아내가 몸을 일으켜 풀 죽은 내 아랫자락을 어떻게 일으켜 세우려고 애를 써보지만, 이미 기력을 상실한 내 아랫자락은 아픔만 있을 뿐 더 이상 부풀지 않았다. 그냥 그것으로 끝이었다.

남녀 누구에게나 최고의 성감대가 어디냐고 물으면 아랫자락 핵이라고 말하는 사람들이 많다. 그러나 그곳은 아니다. 인간에게 있어 최고의 성감대는 머리에 든 정신이다. 지금 내 머릿속은 죽음이라는 걸 앞두고 있는 한, 그녀의 뜻대로 성공시키지 못할 것이다.

마치 변을 보다 만 것 같은 개운치 못한 느낌을 가슴에 담은 채 잠자리에 들었다. 그녀가 조심스럽게, 극도로 긴장하며 말을 건넸다.

"여보, 다른 뜻이 있어서가 아니라……."

신혼 초에 몇 번 언급하다 지지부진하게 마무리된 바로 그 얘기였다.

"오해하지 말고 들었으면 해요. 며칠 사이 당신 얼굴이 쇠약해 보였어요. 생전 안 하던 잠꼬대도 하고……. 그래서 말이에요. 보약이라도 한 재 지으면 어떨까요?"

"……."

"부부 관계를 못해서가 아니라…… 제 맘 알죠? 당신에게 충분히 만족해요. 때론 넘치는 걸요. 다만, 요즘 너무 지쳐 보여서."

어찌 그녀의 마음을 모르겠는가. 지아비를 향한 아녀자의 지고지순한 사랑을 어찌 곡해할 수 있단 말인가.

나는 대답을 미룬 채 등을 돌려야 했다. 토라진 듯 보였을, 음식 투정하는 어린 아이로 비춰졌을, 그런 나를 살며시 끌어안았다.

"아니에요, 여보. 미안해요. 마음에 담아두지 말아요. 당신 이렇게 건강한데, 내가 그만 실없는 소리를 했네요. 정말 미안해요."

나는 새우처럼 몸을 웅크린 채 그대로 복받치는 설움을 삼키고 또 삼켰다. 가슴 한 쪽이 뻥 뚫린 듯 격심한 통증이 몰려 왔다. 뜬눈으로 밤을 지새우고 하얀 날을 맞이했다.

아침에 회사로 출근을 했다. 한가한 틈을 이용해 많은 생각 끝에 그녀에게 숨길 수 있는 한 비밀로 해야겠다는 마음을 가졌다. 아마도 나의 시한부를 하루라도 빨리 알수록 그녀의 고통만 더해질 것 같아서였다. 그래서 악착같이 회사도 다닐 것이다. 몸이 허락하는 그날까지 한 푼이라도 더 벌어놔야 했다. 그렇게, 그렇게 주변 정리를 해 나갈 것을 다짐했다.

아, 이럴 줄 알았으면 종신보험이라도 들어 두었으면 얼마나 좋을까. 그래서 이제부터 정을 뗄 수 있도록, 내 죽음을 안타까워하지 않도록, 몹쓸 남편으로 기억되도록, 앞으로 남은 생의 조각을 엮어 나가자고 다짐했다. 오직 그 길만이 스물아홉 그녀의 창창한 미래를 위해 최선이리라는 생각이 들었다.

나와 관계된 모든 것들에 몸서리를 치면서 그녀가 새롭게 출발할 수 있다면 무슨 짓이든 가리지 않겠다는 다짐이었다. 유치하겠지만, 낯선 여자의 향수나 립스틱 자국을 묻혀서 귀가하는 것도 좋은 방법일 것이다. 그러다 한두 번 팬티도 거꾸로 입는다면 나는 정조 따윈 안중에도 없는 바람난 남편이 될 것이다. 거기다 폭력도 빼놓을 수 없다. 알콜 몇 방울 찍어 바르는 것이야 매일 한다손치더라도, 적어도 이틀에 한 번쯤은 취기로 있어야 한다. 그래야만 손찌검 같은 것을 할 수 있으니까. 기왕 개차반이 되려면 확실하게 해야겠다. 어설프게 흉내만 내다 보면 괜히 동정심만 키우기 마련이다. 내가 없는 빈 자리를 누군가 채울 때까지, 아내의 행복이 더 이상 흔들리지 않을 때까지, 그때까지 나는 죄인으로 남아야 한다. 이대로 아무 것도 하지 않은 채 죽는다면 그녀는, 조선시대 열녀 같은 못난 여인으로 재혼을 결심하는 데 몇 년이 걸릴지 짐작할 수가 없다. 아니 따라서 죽지는 않겠지만, 재혼하지 않을 수도 있을 것이다.

딸아이의 백일잔치 때 아내가 했던 말이 떠올랐다. 그 말 한 마디가 지금까지 폐부를 콕콕 찔렀다.

"우리 다음에는 꼭 아들 낳아요. 내가 먼저 죽으면 당신에겐 딸 민아가 있잖아요. 그런데 만일 당신이 먼저 눈을 감으면 어떡해요? 내겐 당신의 분신, 아들이 없잖아요. 아들, 딸을 편 가르자는 게 아니라, 공평하게 둘을 낳아서 서로의 분신처럼 아끼고 사랑하자는 뜻이에요. 음, 한날 한 시에 눈을 감는다면 더 바랄 게 없지만."

노인네 같은 말만 골라 한다고 타박했건만, 그녀는 그 후로도 자신의 견해를 굽히지 않았다. 그녀가 아들을 원하는 건, 대를 잇기 위한 남아선호사상이 아니라 또 다른 나를 세상에 남겨두기 위해서였다.

그녀의 말에 감염된 것일까. 나 역시 딸아이를 통해 아내를 발견해 왔음을 고백한다. 나는 어제의 그 사람이 아니었다. 한 마리 미친개에 불과했다. 미친개보다 더 못한 암세포 그 자체였다.

퇴근하고 제대로 몸을 가누지 못할 만큼 술을 마셨다. 한밤중이 넘어 집에 도착했다. 빨리 문을 열어주지 않는다는 이유로 그녀의 뺨을 후려쳤다. 가슴이 떨려 손에 힘을 싣지 못해 모질게 마음 먹고 다시 그녀의 뺨을 강타했다. 둔탁한 소리와 함께 그녀는 말 한 마디 못하고 그 자리에 풀썩 쓰러졌다. 나는 여기서 흔들리면 안 된다고 다짐하며 이를 앙다물었다. 이렇게 해서라도 정을 떼야 했다.

"야! 너! 남편을 무시해. 왜, 억울해? 그렇게 버러지 쳐다보듯 흘겨봐도 눈 하나 깜짝 안 해! 햐, 어 이것 봐라. 뭘 잘했다고 울어. 매달 학비

부쳐줘야 하는 그 잘난 동생이 죽기라도 했냐? 쥐뿔도 가진 것 없는 년, 불쌍해서 거둬 주었더니 기어오르기나 하고."

내가 아는 모든 욕을 동원해서 그녀의 심장을 최대한 후벼 팠다. 지워지지 않을 상처를, 뽑히지 않을 대못을, 그녀의 가슴에다 팍팍 박고 새겨 넣었다.

"성혜 너, 도대체 밥 처먹고 뒹구는 것 말고, 잘 하는 게 뭐냐? 더러운 피가 어디 가겠어? 지 에미 닮아서 뒷구녕으로 서방질이나 하고…… 친구 진수의 작대기가 그렇게 좋았어?"

성혜는 아내의 이름이었다. 헌데 그 뒷말은 내뱉지 않았어야 했다. 아니 결코 해서는 안 될 추잡한 짓거리였다. 아마도 나의 내면 구석에 앙금처럼 악마의 심성이 똬리를 틀고 있었나 보다. 아무리 일방적인 싸움이라고 해도 지켜야 할 마지막 노선이 있을 것이다. 나는 그 순간 최후의 선을 허물고 말았다.

군복무 중일 때였다. 군 입대 6개월 만에 성혜가 애인자격으로 면회를 왔었다. 연락통보도 없이 온 터라 내 기쁨이 더했다. 나는 한 달음에 위병소 면회실로 달려갔다. 그런데 혼자 있어야 할 성혜 옆에 친구 진수가 나란히 서 있었다. 어쨌든 꿈에서조차 만나지 못해 안타깝고, 그리워했던 애인과 친구였기에 벅찬 환희로 느꼈다.

첫 외박이었다. 읍내로 나왔다. 우선 술집에서 밤늦도록 술잔을 기울이며 회포를 풀었다. 그쯤에 기분 좋게 취기가 돌았다.

우리는 술집에서 나와 잠자리를 찾아 온 읍내를 누벼야 했다. 서너 번 왕복하며 거리를 누볐지만 빈방은 없었다. 외박 나온 군인들과 그 일행들이 방을 다 차지하고 있었던 것이다. 미리 방을 잡아두고 술을 마셔야 했다. 그렇게 누비다가 허름한 여인숙 방 한 칸을 잡았다. 모처럼만의 외박인데 애인과 오붓하게 단둘이 있을 수가 없어 아쉬웠지만, 그래도 방 칸이라도 다행이었다. 무엇보다 사랑하는 두 사람의 냄새가 정겨웠다. 미리 사들고 간 소주 두 병이 바닥을 드러낼 즈음, 적지 않게 마신 성혜가 피곤했던지 벽에 기댄 채 꾸벅꾸벅 졸고 있었다.

그때 그쯤에서 술자리를 끝냈어야 했다. 그러나 먼 길 마다않고 성혜와 동행해 준 진수의 성의가 고마웠고, 다른 한 편으로 어찌나 야속하던지 아침까지 계속 마시기로 작정했다. 그래도 찾아 온 손님을 대접한다는 의미로 진수와 성혜를 남겨둔 채 밖을 나와 가게를 찾아 나섰다.

밖에 나오니 한꺼번에 취기가 올랐다. 맥주와 소주를 섞어 마신 탓인지 눅눅한 바람에도 불구하고 정신이 가물가물했다.

모든 것이 졸고 있는 가게에 들어갔다. 술 세 병과 마른 오징어를 사서 움켜쥐고 여기저기 읍내를 헤매 다녔다. 나오기 전에 여인숙 간판을 눈대중으로라도 확인해 두어야 했다. 그랬으면 쉽게 찾을 수 있었을 것인데 정해 두었던 여인숙을 찾을 수가 없었다.

기억상실이 따로 없었다. 다시 읍내를 이 잡듯 뒤지다가 결국 동이 틀 무렵에서야 나는 기억이 복원되었다. 서 있는 바로 옆 골목에서 숙소인 여인숙을 찾았다. 바로 코앞에 두고 밤새 엉뚱한 곳만 뒤진 꼴이었다. 한옥 구조의 여인숙 마당을 가로질러 성혜와 진수의 신발이 놓여 있는 방문을 열었다.

순간 아차 싶었다. 어슴프레 비치는 방안의 모양새에 맥이 풀린 나는 들고 있던 술이 담긴 비닐봉지를 맥없이 떨어뜨렸다.

차라리 조금 더 길거리를 헤맸었다면, 성혜와 진수가 깨어난 뒤였다면 괜찮았을 것을. 그랬었다면 일말의 의심도 하지 않았을 것이었다.

홑이불 위에 벌거벗은 몸에 달랑 팬티 한 장 차림의 성혜와 알몸인 진수는 서로 부둥켜 껴안은 채 잠들어 있었다. 화도 났지만 또한 그런 모습을 보고만 있을 수가 없어 뛰어 들어가 성혜와 진수를 깨웠다.

졸린 눈을 부비며 일어난 두 사람은 사태 파악이 안 되는 모양이었다.

먼저 성혜가 화들짝 놀라며 이불로 가슴 부위를 가렸다. 진수 역시 방 안에 널브러진 옷가지로 겨우 알몸을 가렸다. 망연자실한 나는 한 동안 넋을 놓고 있었다.

도대체 왜 이런 어처구니없는 광경을 봐야 되는지 이해하기 힘들었다. 겨우 정신을 차린 나는 화가 울컥해서 그만 내 주먹을 진수의 턱에 작렬시켰다. 그러지 않고는 내가 미치고 발작할 것 같아서였다.

"야, 홍진수! 네가 어떻게. 말해 봐, 성혜에게 무슨 짓을 한 거야?"

"동철아. 흥분하지 말고, 처음부터 설명을……."

진수의 말이 채 끝나기도 전에 나는 성혜의 어깨를 쥐고 흔들었다.

"왜, 왜…… 왜 그랬어? 겨우 이런 모습 보여주려고 둘이 함께 면회 온 거야? 뭐라고 변명을 해봐!"

"오빠, 이러지 마. 내가 잘못했어. 그런데 아냐. 우리 아무 일도 없었어. 왜 이런 모습으로 잤는지는 모르지만, 우리는 오빠가 생각하는 그런 사이 아냐. 그러니까 오빠…… 제발…… 나한텐 오빠 밖에 없다는 거 잘 알잖아. 내가 어떻게 딴 마음을 품겠어."

일단 성혜의 말을 믿기로 했다. 헤어졌다.

그 후 착실한 군 생활에 임했다. 그리고 몇 달 뒤 나는 첫 휴가를 나왔다. 성혜와 진수를 불러 포장마차에서 술을 마셨다. 아마 세 병 정도 비울 무렵에 친구 진수는 느닷없이 무릎을 꿇었다. 옆에 앉은 성혜도 연신 눈물을 훔치면서 서럽게 울었다. 왼손과 오른손으로 두 사람의 어깨를 감싸는 것으로 포장마차의 해프닝은 종결되었다.

어쩌면 나는 그 여인숙 사건을, 아무런 흠도 될 수 없는 지극히 우발적인 사건을, 여인숙 온돌방이 지글지글 끓을 만큼 뜨거웠을 술 취한 두 남녀가 단지 거추장스러운 허물을 내팽개쳤음을, 성혜의 '우리' 라는 단어가 못마땅했을 뿐인 단순한 사건을, 아주 교묘하게 엮었는지 모른다.

나는 성혜와 진수를 처음부터 믿고 있었던 것이다. 다만 그 상황에서 나라는 존재를 두 사람에게 각인시키고 싶었을 따름이었다.

고무신 거꾸로 신을 생각이나 남의 여자 넘보지 말라는, 나와는 애인과 친구로 맺어져 있어야 한다는 일종의 경고였다. 민족분단의 국가에서 국방의 의무인 군대라는 족쇄에 묶여 있던 내가 어쩔 수 없이 선택한 '치사한 다짐' 이었다.

성혜는 그렇게 내게 원죄 의식을 가졌나 보다.

물론 그런 일이 아니었다 하더라도 아내로서 순종적인 태도에 큰 변화는 없었을 것이다. 먼 옛날 효부로 태어났을 여자가 하느님의 실수로 시대를 건너뛰어 나와 살을 맞대고 살게 된 것이다.

그랬었던 묵은 얘기를 꺼내 아내에게 비수를 꽂았다. 지난 몇 년 동안 뇌리에서 자취를 감췄던 그 날의 불륜카드를 꺼냈던 것이다. 조커처럼 박쥐처럼 아무 곳에나 훌륭하게 통했다. 아내의 심리적 충격을 어떻게 보상할 수 있을까. 죽기 전에 아니 죽은 후에 충분히 상쇄될 수 있기를 간절히 기도해 보았다.

나는 신을 버렸지만, 최후의 그 순간이 지난 후에도 신은 나를 버리지 않기를 바랄 뿐이었다.

3일이 지난 후였다. 아내의 낯짝을 힐끔 보았다. 아내는 일말의 말이 필요 없다는 듯 덤덤했다. 그렇게 험하게 대하고도 오랜만에 그녀와 관계를 가졌다. 그녀의 육체는 여전히 매력적이었다. 한 순간도 눈을 뗄 수 없을 만큼 요염했다. 그녀의 가냘픈 허리를 부여잡고 짧은 순간 허리를 놀리면서 나는 천국을 경험했다. 절정에 이른 그녀의 양손이 숨 가쁘게 등 언저리를 할퀴고 지나갔다. 나는 단단하게 굳은 밭을 갈아가며 그 밭에다 씨앗을 뿌렸다.

오후에 법률사무소에서 전화가 왔다. 법률적인 절차가 있으니 사무소로 나와 달라는 것이었다. 무슨 일인가 하고 그 법률사무소로 찾아갔다.

"사망하시면 10억 원 가까운 종신보험금이 지급됩니다. 본인에게 법률적인 절차로 불렀습니다."

변호사가 무슨 말을 하고 있는지 나는 도무지 알 수가 없었다.

"전 종신보험 같은 거 가입한 사실이 없는데, 무슨 말씀이신지."

변호사에 따르면 종신보험금은 아내에게 지급된다고 한다. 딸 민아의 교육보험금에서 별도로 충당된다고 한다. 그러나 나는 한 번도 보험료를 낸 적이 없었다.

"안 그래도 간암 말기 판정을 받았다면, 다른 어떠한 종류의 보험도 가입할 순 없어요. 그런데 차동철 씨의 경우 일찍 종신보험에 가입돼 있더군요. 본인도 금시초문이겠지만 저희도 놀랐어요. 명의만 차동철 씨로 돼 있고, 조사해 보니 보험납입금은 홍진수 씨가 했더군요."

"잠깐만, 누구라고요? 홍진수라고 했나요, 지금?"

"네, 그렇습니다. 계좌번호가 일치하더군요. 어쨌든 편법이나 불법은 아니라 정상적인 방법으로 차동철 씨는, 아니 그 가족 분들은 보험료를 지급받게 됩니다. 저희로서도 이게 다행인지, 불행인지…… 하여튼 좋은 결과로 이어졌으면 좋겠습니다."

벌써 5년째 꼬박꼬박 납입이 됐다는 변호사의 설명에 한 동안 어리둥 절했다.

그러고 보니 이제 성혜와 결혼 4년차가 되지 않았던가. 그렇다면 결혼하기 전부터 내 보험을 들어 주었던 것이다. 한 마디의 의논도 없이 제멋대로 보험에 들어서 영수증조차 받아보지 못하도록 주소마저 그의 앞으로 돼 있었다고 했다. 모든 게 아리송했지만, 어쨌든 고마운 친구라고 여겨졌다. 무엇보다 다행이었다.

어쨌든 나는 법률적인 절차를 끝내고 나왔다. 거리를 걸으면서 슬픈 마음을 가지면서도 진수는 고마운 친구가 아니라는 생각이 들었다. 무엇인가가 있을 것 같다는 생각이 들었다.

며칠이 지나지 않았는데 모든 게 괴로웠다. 그보다 나의 생존은 얼마가 남지 않았나 보다. 눈이 침침하고 헛구역질이 나기 시작했다. 더 견디기 힘든 건, 감쪽같이 회사 동료들을 속여야 한다는 점이었다. 바닥난 체력에도 한계가 있는지 더 이상 버틸 자신이 없었다. 결국 미련없이 사표를 던졌다. 내게 주어진 약간의 시간 동안, 나는 가장의 역할에 충실할 생각이었다. 한 여자의 남편으로서, 한 아이의 아빠로서 나는 빛의 속도로 잊혀져만 갔다.

공연을 끝낸 배우처럼 나는 무대 뒤로 사라지기 위해 마지막 몸부림을 행할 것이다. 재떨이가 날아가고, TV와 소파가 부서지고, 그릇이 자근자근 밟혀 나갈 것이다. 최악의 가장이 되기 위해 나는 몹쓸 짓만 자행할 것이다. 그리고 오늘밤에 내 생의 마지막 섹스를 나눌 것이다. 이 밤이 지나면 아내와 나는 타인이 된다. 아니 타인보다 못한 원수가 돼야 할 것이다.

죽기보다 싫지만, 이 역시 내가 짊어져야 할 운명의 과정이라 생각하고 아내를 품었다. 하얀 속살과 촉촉한 입술과 싱그러운 유두, 투명한 눈망울과 농익은 그곳, 그리고 발가락, 손가락 마디마디를 기억 속에 새겨 넣었다.

"아, 간지러워."

아내가 허리를 뒤틀며 비릿한 신음소리를 내뿜었다. 나는 혀를 길게 내밀어 아내의 허벅지를 핥았다.

"씻지도 않았는데."

아내는 자신의 몸을 아직도 부정하다고 생각했다. 고쳐지지 않는 선입견이건만, 나는 내숭에 가까운 아내의 그런 부끄러움이 더욱 사랑스러웠다.

"괜찮아. 너무 달콤해."

아내를 바로 눕힌 뒤, 한 치의 틈도 없이 몸을 밀착시켰다. 뻐근한 느낌이 아랫도리를 휘감았다. 뿌리 끝까지 그녀의 몸을 파고 들어갔다.

"너무 묵직한 것 같아요."

아내가 사지를 떨며 원색적인 단어를 구사했다. 순결한 영혼의 저 밑바닥에서 난생 처음 울려 나오는 적나라한 어휘였다. 하필이면, 하필이면 마지막 섹스에서 아내의 감춰진 모습을 보아야 하다니……

나는 거칠게 움직였다. 붙두덩을 뜨겁게 마찰하며, 그녀의 치골을 강하게 압박했다. 활처럼 휘어진 그녀의 허리에 손을 집어넣어 단단히 결박한 뒤, 용두질의 속도를 높여 무한질주를 시작했다. 잘 닦인 도로를 달리듯 거침없이 내달렸다. 그녀의 엉덩이가 달라붙으며 숨가쁘게 저항했다. 2분, 3분, 5분을 넘어 어느덧 10분 가까이 쾌속 질주했다. 나는 가속 페달에 더욱 힘을 주었다. 브레이크는 없었다. 어딘가에 부딪혀 산산조각이 날 때까지 결코 멈출 수 없었다.

"진수씨!"

순간 내 몸이 얼어붙는 것 같았다. 입에서 자신도 모르게 '진수'라고 내뱉는 것은 그 두 사람의 관계가 깊어 있었음을 알게 해 주는 것이었다. 나는 굳어진 몸을 하고 있었는데 그녀는 의식을 찾지 못한 채 억세게 몸만 움직일 뿐이었다. 눈동자에 초점이 풀린 채 전희가 아닌 육체의 결합만으로 아내는 벌써 두 번째 오르가즘을 느끼는 것 같았다.

다음 날 진수를 만났다.

"언제부터야?"

"느닷없이 뭘?"

"나, 다 알고 있었어. 성혜와 너."

은근 슬쩍 넘겨짚는 식으로 떠보았다.

"......"

진수는 놀라움과 두려움, 그리고 난처한 낯빛으로 변하더니 슬그머니 고개를 돌렸다.

"말하기 싫으면 안 해도 돼. 하지만 성혜를 잘 부탁한다.

학창 시절부터 진수에게 있어 여자는 단 한 명, 그 여자는 내 아내였던 성혜뿐이었음을 취중진담처럼 고백하던 모습이 지금도 선명하게 기억이 난다.

그 후로 내색은 없었지만 진수는 여전히 성혜를 가슴에 품고 있었다는 걸 나는 알고 있었다.

"동철아 미안하다."

드디어 실토했다. 순간 욱하기는 했으나 참았다. 으스러지도록 주먹을 말아 쥐고 꼭꼭 참았다. 그래도 속에서 참을 수 없는 분노가 여기저기 분출구를 찾고 있었다.

두 사람이 나를 속이고 지금까지 살아왔다는 것을 용서할 수가 없었으나, 얼마 남지 않은 내 생존을 생각해서라도 이해를 해야 했다.

"고마워 종신보험. 그리고 곧 그 보험금 탄다."

"무슨 소리야 너?"

모든 것을 털어놓았다. 그리고 내가 죽더라도 그녀 성혜를 맞아 줄 것을 부탁했다.

물론 진수는 한시 바삐 입원해야 한다며 눈물까지 쏟아냈다.

내가 이렇게 될 줄 알고, 아내 성혜는 차기의 남자를 두었단 말인가. 가증스러웠지만 안심이 되었다. 내가 없어진다 해도 자신을 맡아 줄 남자가 있으니 말이다.

그런 걱정 아닌 걱정까지 덜게 해 주는 차기의 남자는 나를 병원으로 끌고 갔다.

(2006년, 『공문원문학』 겨울호)

3
변질

어두컴컴한 실내에서 희미한 등불을 머리에 이고 댓병의 맥주를 비웠다. 가볍게 자리를 털고 일어설 무렵 녀석은 비디오방에 가자고 졸라댔다. 아무래도 키스 정도로는 성이 차지 않았던 모양이다. 나는 거부할 수가 없어 고개를 끄덕였고 이내 녀석을 따라 나섰다.

밖에는 가로등불 사이로 눈발이 날리고 있었다. 그런 추운 거리를 거닐며 난 녀석의 팔짱을 꼈다. 끼고 보니 그게 좀 우습기는 했다.

그도 그럴 것이, 내가 서른둘이면 녀석은 스물넷이니까 8년이나 연하에게 매달려 가는 여자 꼴이 어찌 우습지 않은가.

내가 처음 녀석을 만난 것은 피자를 시키면서였다. 녀석은 피자 배달원이었다. 세 번째 피자를 시키던 날이었다. 돈을 건네며 오토바이로 맥주 좀 사다달라고 부탁을 했더니, 녀석은 두 말 없이 맥주를 사가지고 왔다. 그게 고마워서 들어와 같이 좀 마시자고 했더니, 역시 녀석은 두 말할 필요없이 들어와 맥주를 마셔 주었다.

녀석은 날 보고 세련된 유부녀라고 했다. 난 유부녀가 아닌데 녀석은 유부녀라고 해서 듣기에 좀 거북했다. 그렇다고 굳이 이혼녀라고 말할 수가 없어 그냥 독신녀라고 말해 주었다.

사실 난 변호사로 이혼녀였다. 결혼 3년 만에 이혼을 했다. 이혼한 남자는 내가 세금탈세까지 해 가면서 모아둔 돈을 주식에 탕진해 버린 반건달이었다. 그런 주제에 남편은 내게 이렇게 말했다.

"당신, 내가 몇 번째 남자야?"

그게 불씨가 되어 이혼까지 하게 되었다. 나 또한 그와 결혼할 때부터 이혼을 꿈꿔왔던 터라, 결혼 3년 만에 미련 없이 이혼을 했다.

그건 아주 잘 된 일이라고 생각했다. 즉 결혼은 검은 머리 파뿌리 될 때까지가 아니라, 이혼할 때까지였다. 그래서일까, 연간 30만 쌍이 결혼하는데 14만 쌍이 이혼을 한다는 통계도 있었다.

녀석과 비디오방에 들어선 나는 계산을 하고 쿠폰을 내밀었다. 4라는 숫자 밑에 날짜가 박히고 붉은 도장이 찍혀 있었다. 이번 달 들어와서 녀석과 은밀한 스킨쉽을 가진 게 네 번째임을 뜻했다. 물론 이것이 몇 번째 쿠폰인지는 기억나지 않는다.

녀석과 함께 처음 영화관에 갔을 때가 언제였던가. 아마 네 송이의 노란 장미꽃이 방에 걸리던 즈음인가 싶다.

아직은 가식이 본능을 억누르고 있었을 때, 우리는 당시 화제였던 어떤 액션 영화를 보러 갔었다. 할리우드 오락영화답게 시종일관 손에 땀을 쥐게 하는, 정말이지 허구임을 실감할 수밖에 없게 하는 영화였다. 극장 안은 절반 정도의 사람들로 차 있었고, 우리는 좌측 중간 열의 구석 쪽에 자리를 잡았다.

시작은 어느 남녀와 다를 바가 없었다. 팝콘을 씹으며 간간이 귓속말도 주고 받는 정도였다. 반전이 시작된 것은 영화가 중반쯤 진행되던 무렵이었다. 아슬아슬하게 탈출을 한 주인공에게 악당이 덮치는 순간 놀란 나머지 소리를 내지르자, 녀석은 웃으며 자연스레 내 어깨에 팔을 둘렀다. 그 다음 주인공에게 어떤 일이 벌어졌는지 나는 모른다. 어깨를 어루만지던 녀석의 손이 서서히 등 뒤로 해서 내려왔고 살그머니 팔 뒤꿈치를 쓰다듬었다.

순간 내 모든 신경은 그 쪽으로 쏠렸다. 내 긴장을 느꼈는지 녀석은 잠시 손놀림을 멈추었다. 그리고는 내 의사를 묻는 듯 가만히 팔 뒤꿈치를 잡은 채로 있었다. 이제 선택은 내 몫이었다.

몇 초간의 시간이 흘렀을까. 나는 고개를 녀석 쪽으로 기대며 녀석의 허벅다리에 손을 올려놓았다. 곧 녀석의 왼쪽 손은 다시 움직였고, 그와 같은 속도로 나 역시 녀석의 허벅다리를 천천히 쓰다듬기 시작했다.

클라이막스 장면, 우리의 주인공이 악당과 목숨을 건 사투를 벌이고 있을 때 녀석의 손은 내 브래지어 안으로 들어왔다. 어느새 후크가 풀린 브래지어는 앞으로 처진 상태였고 녀석은 조심스레 젖가슴을 더듬었다.

지난 겨울 내내 피자집에서 아르바이트를 했다는 녀석의 손에는 딱딱한 군은살이 박혀 있었다. 위 아래로 쓸어내리는 손바닥의 까슬까슬한 감촉에 등줄기를 타고 전율이 흘러 내렸다.

모두들 주먹을 쥐고 주인공의 행동 하나 하나에 조바심을 느끼고 있을 때였다. 녀석과 나는 반쯤 벌어진 입 사이로 새어 나오는 신음 속에 도취되어 있었다.

녀석의 가운데 손가락은 경직된 유두를 만지작거렸고, 나른한 쾌감이 내 온 몸을 휩싸며 지나자 다리에 서서히 힘이 빠지기 시작했다. 대신 녀석의 넓적다리 깊숙한 부분에 얹혀 있던 내 손에는 힘이 들어갔다.

팽팽하게 부풀어 오른 그 부분의 중심을 손바닥으로 훑는 것만으로도 녀석은 흑하고 깊은 숨을 들이마셨다.

스크린의 혈투가 치열해질수록 심장의 고동은 불규칙적으로 뛰고 있었다. 그리고 숨소리가 점차 가빠졌다. 더 이상 견딜 수가 없다고 느낀 순간, 나는 손을 거두며 가볍게 녀석의 옆구리를 쳤다.

호흡을 가다듬으며 화면으로 눈을 돌렸을 때 드디어 악당은 각본대로 자신의 임무를 수행하고 비참한 최후를 맞고 있었다.

불이 켜지고, 엔딩 크레딧이 올라가며 관객들이 하나둘씩 자리에서 일어설 무렵 우리는 상기된 얼굴로 서로를 바라보며 웃었다.

많은 사람들 사이에서 행한 우리만의 은밀한 장난, 거기에서 오는 스릴감과 만족감은 영화가 주는 것보다 더욱 짜릿했다.

이후로도 이런 행각은 계속되었다. 결국 흥행에 성공한 영화는 빼놓지 않고 보았지만 줄거리조차 기억할 수 없는 것이 대부분이었다.

시작이 그래서일까. 불현듯 솟아오르는 욕구를 충족시킬 수 있는 장소로 우리는 여관이나 모텔이 아닌 DVD방을 택했다. 하긴 요즘은 DVD방이나 여관이나 그 이면에 숨겨진 의미는 크게 다를 바가 없었다.

연인으로 보이는 남녀가 함께 들어올 경우, 주인은 그들의 속내를 읽은 듯한 의미심장한 눈길을 건네며 특별히 준비된 방을 배정해 준다. 보통 복도의 제일 구석에 위치한 그 좁은 방은 다른 곳보다는 훨씬 어둡고, 앉으라고 고안된 것이라고 보기에는 어려울 정도로 등받이가 젖혀진 소파가 있다. 내부를 들여다볼 수 있게 된 작은 창도 대개가 가려져 있다. 요컨대 여관이 지니는 목적보다 은유적이면서도 순화되게 표현되는 곳, 그게 요즘의 DVD방이었다.

진열대 앞에서 서성이던 녀석이 DVD 하나를 집어 들었다. 여지없이 빨간 딱지였다. 나는 녀석을 제치고 다른 DVD를 고르기 시작했다. 한참을 훑어보지만 사실 마땅한 것이 없었다. 어차피 영화의 내용 따위는 상관 없었다. 영화 속의 주인공들은 그 안의 스토리 속에서 정해진 대로 움직일 것이고, 우리는 우리 나름대로의 스토리를 만들어 갈 테니까.

녀석이 툴툴대며 보채기 시작했다. 아무거나 빨리 보자고 옆구리를 찔렀다. 그럴수록 오히려 나는 여유있게 행동했다. 도마 위에서 팔딱거리는 생선을 내려다보듯 그렇게 유유히 훑었다. 느긋하게 거닐던 시선이 순간 진열대의 구석에서 멈췄다. 녀석의 요구와 내 취향이 만나는 교집합을 발견한 셈이다.

나는 그 테이프를 빼어 들며 녀석을 향해 의사를 물었다. 녀석은 아무래도 상관없다는 듯 주인에게 그 작품을 내밀었다.

연인(戀人).

마르그리뜨 뒤라스의 동명소설을 스크린으로 옮긴, 당시 17세의 어린 나이였던 제인 마치를 일약 스타덤에 올려놓았던 오래된 작품이었다. 이 영화가 국내에서 개봉된 것은 쇼킹한 섹스장면으로 한 동안 말이 많았던 '원초적 본능'의 상영과 거의 같은 시기에 나는 보았다.

에로틱이라는 기준으로 두 영화를 재었을 때 단연 '원초적 본능'이 판정패였다. 그 날 평일이었음에도 불구하고 틈틈이 들어찬 사람들 사이를 휘돌던, 그 은밀한 열기를 나는 아직도 기억한다. 채 어린애 티를 벗지 못한 제인 마치의 빈약한 몸매가 익을 대로 익은 농염한 몸매에 치모까지 드러낸 샤론스톤보다 훨씬 자극적으로 다가오던 것을. 극 전체를 감돌던 어두운 조명, 그 침침함만큼이나 축축하게 젖어들던 분위기, 그것은 글래머 여주인공의 누드나 야릇한 체위의 섹스행위, 거칠게 내지르는 교성보다 훨씬 더 자극적이었다.

에로틱한 영화에서 사람의 성욕을 자극하는 것은 행위 그 자체의 반복이 아니라, 그것이 이루어지는 시점의 분위기나 묘사라는 것을 증명한 셈이다.

"오래된 영화이긴 하지만 난 제목이 참 마음에 들어. 연인이라는."

"맘에 들 것도 참 많네요. 자, 어서 앉아요."

녀석은 넓고 푹신한 일인용 소파에 몸을 던졌다. 등받이까지 깊숙이 몸을 파묻고는 다리를 넓게 벌리며, 그 사이로 생긴 자리를 툭툭 쳤다.

나는 그 좁은 틈새에 엉덩이를 붙이며 녀석을 등받이 삼아 기댔다. 녀석은 팔을 앞으로 돌려 나를 생포했다는 듯 깍지를 끼고는 그 손을 내 아랫배에 올려놓았다. 이것으로 모든 준비가 완료된 셈이었다.

우리는 언제나 이런 자세로 영화를 봤다.

녀석의 넓적다리와 내 다리가 밀착되고 내 등과 녀석의 가슴이 붙는, 맞닿을 수 있는 부분을 최대한으로 접촉한 채 서로의 흥분을 십분 감지할 수 있는 포즈를 만들었다. 마치 사랑과 영혼의 한 장면을 떠올리게 하는 모양새였다.

멀찍이 떨어져 앉아 서로 다른 방향을 바라보는 두 사람이었다. 애꿎은 침묵과 더불어 차츰 그 간격을 좁혀 가는 남자의 손가락이다. 그 미묘한 긴장감 속에 고조되는 흥분감, 점차 빨라지는 맥박 수와 가빠지는 호흡, 드디어 남자의 손가락이 소녀의 손에 닿는 순간의 소녀의 표정, 소녀의 자그마한 손을 한 움큼 감싸 안는 남자의 억세 보이는 손, 햇살이 뜨겁게 내리쬐는 한적한 시골길을 달리는 자동차가 있었다. 그리고 다시 차안으로 들어간 카메라에 비추어지는, 어느새 소녀의 다리 사이로 들어가 보이지 않는 남자의 손, 그리고 당혹감과 환희가 뒤섞인 두 사람의 표정이 이색적이었다.

내가 결혼 전 사법연수원생인 젊은 남자와 사귀고 있을 때였다. 그 연수생의 임신까지 해두었는데, 하루는 그가 갈비집에서 밥 먹자고 약속해서 식당에 갔었다. 약속시간보다 반시간 먼저 도착했다.

칸막이 작은 방이 있었는데, 그 칸막이 방안에 한 남자는 젊고 여자는 50이 넘는 듯한 두 남녀가 나란히 앉아있는 뒷모습이 보였다.

그 여자의 손이 남자의 가랑이 사이에서 미묘하게 움직이는 것을 볼 수 있었다. 농도 짙은 키스를 나누고는 서로 신음을 참는 것 같았다. 바로 그때 종업원이 다가가는 인기척을 느낀 그들은 하던 동작을 멈추었다. 종업원이 들어갔다 나오자, 여자는 젊은 남자에게 봉투를 건네는 것이었다. 남자는 봉투를 받아 넣고 자리를 일어서며 몸을 돌렸다. 그때 나도 얼른 몸을 돌려야 했다.

그 남자는 다른 사람도 아닌 바로 내게 임신하게 만든 그 연수생이었다. 순간 앞이 캄캄해지며 절망처럼 아득해져 왔다.

그 젊은 사람도 나를 알아보았다. 순간 난 그의 뺨을 한 대 올려붙이고 그대로 엉엉 울었다. 그렇게 엉엉 울고 있는데 누군가가 어깨를 흔들면서 달래고 있었다. 난 눈물을 닦고 고개를 들었다. 내 앞에는 낯이 익은 사법연수원 동기생이 서 있었다. 그는 날 보고 어쩐 일이냐고 물었다. 그는 자신의 어머니와 식사하기로 약속하고 이곳에 왔다고 했다.

나는 그 동기생이 이끄는 대로 들어왔는데 바로 이 갈비식당이었다. 아직도 칸막이 방에는 나이든 여인이 그대로 앉아 있었다. 내가 놀래야 했던 건 바로 그 동기생이 그 여인을 보고 어머니라 부르며 방에 들어가는 것이었다. 나도 동기생 뒤에 서서 그 여인에게 인사를 했다.

어쨌든 그것이 계기가 되어 그가 나를 죽자 사자 따라다녔다.

"자기, 나한테 궁금한 것이 있지 않아요?"

"글쎄."

"뭐든 물으면 솔직하게 설명할게요."

그가 뭔가 오해를 하고 있다거나 아니면 의심하고 있다는 생각이 들면 나는 충분한 냉각기를 가진 다음에 이런 식으로 먼저 치고 들어갔다. 내가 그를 설득하거나 압도되는 것으로 상황은 종료되었다.

내가 그와 결혼하기로 약속하고, 이전에 그와 나를 둘러싸고 벌어졌던 몇 가지의 일들에 대해 의혹을 가지고 있었던 것 하나를 설명한 적이 있었다.

"나, 그 사람과의 사이에 임신했었어요. 그것도 두 번씩이나."

내가 그렇게 말을 던지자, 그는 '어쩌란 말인가. 이제 와서 왜 이런 고백을 하는 건가'라는 표정으로 나를 쏘아보았다.

그러다 이내 그냥 아무렇지도 않은 것처럼, 혹은 무신경한 것처럼 흘려 넘겼다. 그리고 나와 결혼했다.

솔직히 시대적인 상황이 성개방 사회인데 멀쩡한 남자 여자가 어디에 있겠는가. 그도 그렇게 이해를 했고, 과거를 의심하면서도 모른 척하고 결혼을 했을 거란 생각이 들었다.

그런 과거가 내 입을 통해서 안 나왔으면 모르겠지만 내 입에서 툭 튀어나온 이상, 결혼 이후 한 동안 그의 속은 새까맣게 타 들어갔을 것이다. 그리고 그런 상태를 해소할 때까지는 상당한 시간이 필요했을 것이고, 문득문득 떠오르는 기억에 하얗게 밤을 지새운 날이 며칠인지 셀 수도 없었을 것이다.

"중절경험이 많으니 잘못되지 않도록 조심해야 합니다."

의사의 권고를 그와 같이 들으면서 서로 어색해 하기도 했었다.

나는 변호사가 되어 법률사무소를 개업했다.

매일 출근을 해 여전히 밤 늦도록 돌아오지 않는 나를 기다리며 그는 미치도록 괴로운 외로움과 증오로 떨어야 했을 것이다.

"너무 개방적이잖아."

"그러기 전에 난 직업인이에요. 내가 번 돈을 당신은 주식에다 날렸잖아요. 그런 직업인 나를 이해 하나 못해요?"

"내가 날리고 싶어서 날린 줄 알아. 나도 돈 벌려다 그렇게 됐다고. 그런데 당신은 돈 벌려는 것이 아니라 외간 남자가 좋아서 나돌아치잖아."

결국 심한 말싸움이 시작되었고, 부부 사이에 금이 가게 되었다.

그가 수십 억대의 시어머니 돈까지 주식에다 탕진해 버리자, 그 화살은 내게로 돌아왔다.

"며느리를 잘못 들인 탓이야. 며느리가 들어오면서 재산이 줄어들기 시작했어."

잘되면 내 탓, 안 되면 조상 탓이라더니, 한남동에 사는 시어머니가 우리들 집에 찾아와 당신 아들이 재산을 탕진한 것을 내게 탓하고 있었다.

"제 탓으로 돌리시면 억지 부리시는 거잖아요."

"어, 변호사 며느리라 말도 잘한다. 참, 너 남자관계도 복잡하다며?"

"네? 그이가 그래요? 그래요, 저 남자관계 복잡한 게 아니라 남자가 많다고 해야 옳은 말이죠. 하지만 저는요, 어머니처럼 남의 남자를 가로채가는 그런 나쁜 짓은 안 해요."

순간 시어머니는 충격을 먹었는지 어안이 벙벙해지며 몸을 휘청댔다. 그리고 말도 잇지 못하고 있었다. 아니 무슨 말을 하려고 애를 쓰는 듯했으나 하지 않았다.

혼전에 임신시켰던 그 남자, 그 사법연수생 젊은이와 갈빗집에서 있었던 일을 설명해 주었다. 그러자 시어머니는 충격을 받고 그날로 몸져누웠다.

그런 일이 있은 후 보름이 지났다.

시어머니는 아들을 불렀고, 남편은 그 집에서 자고 온다며 떠났다.

나는 무엇인지 알 수 없는 음모가 있음을 느꼈다. 무엇인가 불길한 생각을 하며 밤새 뒤척이며 혼자 자고 있었다.

"집에 불나요. 살고 싶으면 빨리 피하세요!"

전화 수화기에서 들리는 목소리는 고등학생 정도의 목소리였다.

나는 그냥 장난 전화로 받아들였다. 하지만 아무리 장난전화라고 해도 초조하고 무서움이 덮쳐오면서 긴장이 되었다. 그리고 그냥 누워 있을 수가 없어 옷을 입고 밖으로 나왔다.

한 10분 정도의 시간이 흘렀을 것이다. 조용한 골목에 파지를 실은 수레가 나타났다. 두 사내였다. 본래 혼자일 것인데 두 사내라 의심을 품고 나는 몸부터 숨겼다.

그들은 수레를 세우고 한 사내가 신너통 같은 것을 꺼내들고 대문을 따고 들어갔다. 얼마 후 그 사내는 나오고, 그들은 다시 파지수레를 끌고 유유히 사라져 버렸다.

그 괴한들은 무엇 때문에 내 집에 들어갔다 나왔는지, 소리를 치고 싶었지만 무서워서 참았다. 집안으로 들어가 보고 싶었지만 그것 또한 들어갈 용기가 나지 않아 법률사무소로 가려고 했다. 그때 유리창 안에서 너울대는 불길이 보였다. 그 불길은 점점 커갔고, 나는 무섭고 떨려 그곳에서 도망치듯 빠져 나와 내 사무실에 들어가 공포로 벌벌 떨다 경찰에게 신고해 두고 그만 정신을 잃고 말았다.

결국 병원신세까지 졌다.

나중 일이지만 시어머니가 시킨 청부 화재라는 것도 알게 됐고, 내 입을 막기 위해 나를 죽이려 한 것을 알았다. 문제는 내게 전화를 걸어 피하라고 한 목소리의 주인공을 알 수가 없어 답답했다.

그 바람에 나는 사무실도 옮겼다. 그리고 호텔에서 지냈다. 남편도 같이 호텔에서 지냈다. 같이 있어도 정상적인 생활이 되지는 못했다.

나는 이미 남편한테서 마음이 떠난 이상 상대해 주지 않았다. 남편은 이혼얘기를 자주 들고 나왔다.

"도대체 넌 남자가 몇 명이나 거쳤냐?"

"당신도 거쳐 간 여자가 있었을 거잖아요. 나도 당신만큼의 숫자는 될 거예요."

"그럼, 스무 명이 넘는다는 거야!"

그는 무의식중에 그렇게 내뱉었다.

그럴 것이다. 오다가다 만난 여인, 출장 가서 만난 여자, 술집여자, 다방여자, 텍사스 창녀, 이발소여자, 안마시술여자, 마사지여자 등등하면 스물도 넘을 것이다.

"난 지금까지 스무 명은 넘지 않는 것 같아요. 기억나는 사람, 나랑 관계한 사람들요."

"스무 명?"

그는 놀란 표정을 지었다.

"자기랑 결혼하고 난 다음에 만난 사람이 절반쯤 돼요. 그 중에는 외국인도 네 사람이 있어요. 변호를 맡았던 영국인과 일본인이랑 또 다른 두 사람 검둥이까지……. 그 외에는 기억이 잘 나지 않는 그냥 그런 남자들……. 학교 다닐 때 나이트서 만났거나, 아르바이트하던 사람. 학교 근처에서 커피숍하던 사람과도 몇 번 관계한 적이 있고요. 같은 과에 복학한 선배도 있었고. 잠시였지만, 학위논문 준비하면서 지도교수랑 지방에 세미나 갔다가 함께 잔 적도 있었고, 사법연수원생 때 교수한테 강제로 당한 적도 있고요. 그 사람 방에서요."

흰색 남방셔츠에 검정색 얇은 니트를 받쳐 입고, 꼭 끼는 물 빠진 청바지가 날렵해 보이는 나는 담담하게 말을 이어갔다. 그의 머리 속은 이미 흐트러질 대로 흐트러져서 도무지 정리가 되지 않아 보였다.

화장기 없는 얼굴에 색조화장만 간결한 나의 입술이 유난히 빨개 보였을 것이다.

"처음에는 그냥 나도 모르게 분위기에 빠져 버렸어요. 영국인은 쉰 살도 넘은 사람인데, 그냥 포근하고, 싱가폴로 갈 때까지 2년쯤 만났어요. 일본 남자, 처음엔 필요 이상으로 다정한 것이 싫었었는데, 그래서 피했었는데, 미안했어요. 또 우리나라에 취업하러 온 파키스탄 남자였어요. 젊고 착한……. 나와 관계하는 것을 굉장히 영광스럽게 여겼어요. 그리고 항상 고마워 했고요. 또 한 명, 일본 남자 여자친구 소개로 만난 사람이에요. 일본에서 근무하는 미군인데 흑인이에요."

"완전 세탁기였네, 인간세탁기. 당신 참 똑똑하다. 아니 이 시대에 걸맞게 사는구나."

"그 사람들 지금은 만나지 않아요. 며칠 전 자기가 알게 된 일은 그냥…… 친구들과 함께 어울리다가 우발적으로 일어난 일에 불과해요. 일종의 호스트바죠. 거기서 일하는 어린 총각이에요. 그뿐이에요. 물론 자기 입장에서는 참기 어려운 일이지만."

"그래 내가 졌다. 이제 그만 하자. 당장 이혼하자."

"이젠 어떤 사람이나 분위기도 날 유혹하거나 흥분시키지 못해요. 저도 더 이상 그러고 싶지 않고요. 흥미가 없어졌어요. 믿지 않겠지만 난 자기에게만 관심이 있어요. 지금까지 자기랑 할 때가 제일 좋았어요. 자기가 용서하고 이해해 준다면 더 이상 이런 일은 없을 거예요."

"날 갖고 놀자는 거야? 좋아. 숨길 수도 있었는데 왜 다 털어놓는 거지?"

"이혼하는 마당이잖아요. 그리고 당신 어머니 때문이에요. 복수이기도 하고요."

그는 난감한 표정을 지을 뿐 더 이상 물어오지 않았다. 그도 내게서 마음이 떠난 것 같았다.

　아까부터 꼬리뼈 부분에 닿아 있는 녀석의 그곳이 성이 나 있는 것이 느껴졌다. 그 묵직한 존재감이 나를 자극해 왔다. 장난기가 발동한 나는 녀석을 약올리려 일부러 엉덩이를 들썩거렸다. 그 작은 마찰에도 아랫배에 놓여 있는 녀석의 손은 전기에 감전된 듯 꿈틀댔다.

　이쯤에 이르면 나를 포박한 녀석의 손이 가만히 있을 리가 없었다. 동면에서 깨어난 동물마냥 깍지를 풀고 슬슬 행동을 개시했다. 녀석은 천천히 내 청바지의 벨트를 끄르고 지퍼를 내렸다. 이제 녀석의 손길에 주저함 따위는 없었다. 착 달라붙은 팬티 사이로 유유히 손을 집어넣었다.

　울창한 숲 사이를 전진하는 침입자의 행군. 녀석의 길고 두툼한 손가락은 사정없이 밑으로 진군했다. 그러자 나는 서서히 몸이 꼬이며 발가락이 꼼지락거려졌다. 나는 흐느적거리는 몸을 치켜올리며 엉덩이를 더 깊숙이 밀어 넣었다. 녀석은 머리칼을 뒤로 넘기며 내 목덜미에 얼굴을 파묻고 뜨거운 숨결을 토해냈다.

　녀석의 손이 내 온 몸을 휘감았다. 그런데 이상하게 내 아랫 부분에 통증이 느껴지면서 질펀해졌다.

　"아파."

　이런 적은 한 번도 없었다.

　시간이 흐르자, 그곳엔 소금을 끼얹는 듯한 따가운 아픔으로 변했다. 정말 비명을 참아낼 재간이 없을 정도로 초열지옥 같았다. 그런 고통을 참아내며 녀석에게 들키지 않으려 했다.

　"누나, 많이 아파?"

"응, 좀."

"아플 거야. 하지만 누나는 이대로 있어야 해. 그래야 거기부터 서서히 죽거든."

이해가 되지 않았지만 무엇인가 이상한 느낌과 동시에 갑자기 공포감이 엄습해 왔다.

"내가 왜?"

"내가 누구인지 정말 몰라요?"

누구인가.

순간 나는 무엇인지 모르게 내 앞을 스쳐가는 것을 보아야 했다. 그건 화살 같은 것이었는데, 그 화살이 내 가슴에 꽂히는 것 같은 느낌이었다.

"우린 연인 사이잖아."

녀석과 단순히 육체적 쾌락을 즐길 뿐이라고 생각했는데 그건 아닌 것 같았다.

"연인? 하지만 난 누나를 목적을 두고 만났거든요. 하긴 누나는 변호사라 나 같은 놈을 시동생으로 보아주지 않았기에, 나를 알 리가 없겠죠."

듣고 보니 이혼한 남편에게 동생이 있었다는 말이 생각났다. 그러나 단 한 번도 본 적이 없었다. 아니 결혼한 후 시어머니의 불순한 행동을 안 이상 시댁에 들어가 본 적이 없었다.

"시동생? 무슨 소리야?"

"불났을 때, 전화한 사람이 누구였는지 알아요?"

"몰라. 그럼……."

"그래요. 나였어요. 그리고 자동차에 치여 죽을 뻔했을 때 살린 사람은 알아요? 그것도 나였어요."

녀석은 나에게 여러 번 놀라움을 주었고, 간간이 충격도 던져 주었다. 그러나 이제 올 것이 왔음을 짐작케 했다.

바로 녀석이 이혼한 남편의 동생임을 알아차렸다.

녀석이 또 하나의 사연을 늘어놓는데 또 충격을 받아야 했다.

이혼하고 한 달이 되는 날 밤이라고 했다. 이혼한 그가 주식에다 재산을 탕진한 것과 그 이후로 폐인이 되어, 나를 죽이겠다고 계획을 세웠다는 것이다.

그날 밤 그가 승용차를 몰고 가는 것을 발견하고 녀석도 몰래 그의 뒤를 따라 나섰는데, 내 사무실 앞 도로에 차를 세워놓고, 치어 죽일 기회를 기다렸다는 것이다. 그리고 내가 사무실에서 나와 걸어가는 것을 보고 치어 죽이고자 자동차에 속력을 내어 달렸다는 것이다. 녀석은 나를 살리고자 덮치고, 그래서 그 차를 피해 살아남았다는 것이다. 녀석은 나를 살리려는 것보다 자신의 형이 살인자가 되는 것을 막고자 했었다는 말도 남겼다.

당시 나도 거기까지 기억은 있었지만, 누가 나를 덮친 이후의 일은 기억이 없었다. 아니 정신이 든 곳은 병원이었다. 그런데 누가 나를 덮쳐 살렸는지를 모르고 지내왔었다.

문제는 이혼한 그는 그 자리에서 30여 미터 앞에서 마주 달려오는 승용차와 부딪쳐 그만 크게 다쳤다는 것이다. 결국 그는 거동을 할 수 없는 불구자가 되었고, 녀석은 다니던 대학교를 휴학하고 형의 병원비와 생활비를 벌기 위해 피자집에서 배달을 하게 되었다는 것이다.

녀석은 배달하면서 생활고로 비관도 많이 했고, 나를 원망하면서 만났는데, 어쩌면 그건 계획적인 만남이었다. 희망도 없고, 미래도 보이지 않고, 자신의 인생을 깡그리 망친 것이 다 나 때문이라는 것이다. 그래서 나를 죽이고 녀석도 죽을 것이라는 말도 서슴치 않았다.

이상하게 참을 수 없을 정도의 고통과 함께 아래가 너무 젖어 있었다.

"나 너무 아파. 나 좀 살려줘."

"둔하긴······. 누나는 거기부터 작살나야 되거든."

그 순간 나는 무의식적으로 손을 가져가 밑을 만져보았다. 손끝에 섬뜩함이 겹치면서 손이 싹둑 잘려 나가는 느낌이 들어 손을 얼른 빼 보았다. 손은 빨간 고무장갑을 낀 것처럼 벌건 피로 범벅이 되었다. 순간 나도 모르게 비명을 질렀다.

나는 응급차에 실려 있었고, 있을 줄 알았던 녀석은 보이지 않았다.

병원에서는 밑부분은 물론 항문을 지나 엉덩이까지 예리한 면도날로 수십 군데 난사해져서 심한 출혈로 목숨이 위험하다며 중환자실에 입원시켰다. 수차례 수혈을 받고 난 후에 수술도 받았다.

결국 나는 세 번씩이나 죽음의 고비에서 벗어난 셈이었다.

이제 나는 무엇인가 알 것만 같았다.

여자는 남자가 베풀어주는 물질적 풍요를 원한 것이고, 남자는 어린 여자에게서 자신의 욕정을 해결할 대상이 필요했던 것이라고 하지만 나는 아니었다. 이유가 없었다. 무엇 무엇 때문에 누구를 사랑한다고 하지만 난 그 사람을 사랑해 본 적도 없었다. 그렇다고 관계가 변질되었다고 생각하지도 않는다.

그런 변질이야말로 흔히 남녀 관계에 스며들곤 하는 그리 반갑지 못한 손님이다. 어느덧 이별이라는 마지막 페이지만 남아 있음을 깨닫는 시점에서 뒤를 돌아보며 중얼거릴 뿐이다.

이렇게 되길 원한 건 아니었는데 어디서부터 잘못된 것일까, 라고 늘 그렇게 되뇌인다.

출발점은 A였는데 어느 순간 종착점은 B가 되고 말았다.

아주 사소한 것에서 벌어지기 시작한 각도가 결국에는 커다란 갭을 낳고, 전혀 다른 결과로 인도했다. 뚜렷한 이유로 설명할 수조차 없는 불가피한 변질, 허기사 이는 비단 남녀 관계에 국한되는 것만은 아닐 것이다. 우리의 인생 자체가 그렇지 아니한가.

숲 속에는 작은 두 갈래 길이 있기 마련이고, 어떤 이유로든 하나의 길을 택하기 마련인데 그 막다른 길에 다다르면 되뇌이기 마련이다. 그때의 선택이 내 삶을 이렇게 바꾸어 놓았노라고.

바로 그 분기점, 살아가며 그것을 감지하는 사람은 얼마나 될까.

원래 여자들은 로맨스에 약하니까. 결말만 봐도 그렇다. 여자가 없으면 죽을 것 같던 남자가 결국은 끝까지 부인이랑 함께 산다고들 하지만 난 그 말을 믿고 싶지 않다. 사람은 지나간 과거를 아름답게 치장하려 드는 본능 같은 것이 있으니까.

(2006년, 『해동문학』 봄호)

4
서주의 딸

수림대로 들어가는 산길은 들어갈수록 아득하다. 걸어서 폐교된 초등학교를 지나고, 연내골 어귀를 지나 풍무골 산천을 따라 올라가며 지는 해를 걱정해야 했다. 아니 이미 무처럼 길게 생긴 하늘은 인주빛처럼 노을이 무르익는가 싶었는데, 이내 담자색으로 변한 것을 볼 때 해는 이미 지고 있음을 알게 해 주었다.

강원도의 산길은 겨우내 눈이 있었다는 듯 어색하지 않게 산야에 내려 먼저 쌓인 하얀 대지 위에 흔적도 없이 숨겨져 있었다. 그래도 다행히 누군가가 깊이 찍어놓은 발자국을 따라 걸음을 옮겨 놓았다.

50을 넘긴 여자 나이로 장딴지까지 쌓인 눈 위를 걷기란 백사장의 모래 위를 걷는 것과 같아서, 다리가 여간 뻐근한 것이 아니었다. 지치기 직전인 그녀에게는 심한 통증처럼 느껴졌지만, 험하고 억울한 세상을 살아온 것을 생각하면 이런 눈길쯤은 아무 것도 아니었다.

부지런한 걸음걸이로 저녁 무렵 겨우 그 집에 도달했다. 그 집은 통나

무로 지은 작은 산장 같았다. 지붕엔 언제부터 쌓여 있었는지 모를 두꺼운 눈이 쌓여 있었다. 뒤로 보이는 산과 만년설처럼 쌓인 눈은 조화롭게 산과 잘 어울리게 덮여 있었다. 그 육중한 얼음 같은 눈덩이를 뚫고 나온 작고 곧은 굴뚝에선 하얀 연기가 모락모락 피어오르고 있었고, 처마에 매달린 기다란 고드름, 그 밑에 가득 쌓인 잘 잘라놓은 땔감들이 마치 한 장의 동양화 같았다.

누구라도 다가가 문만 두드리고 쉴 곳을 청하면 인심 좋은 주인이 미소 지으며 문을 열 것처럼 평화로워 보였다.

"서만규. 나쁜 사람, 나를 피해 이런 곳에 숨어 있었단 말이지."

김순녀(金順女)는 눈 쌓인 마당에 서서 혼자 중얼거렸다.

"안에 누구 계신가요?"

순녀는 거의 탈진한 상태에서 지친 음성으로 소리쳤다. 그런데 안에서는 아무런 기척이 없자 그녀는 공포 같은 불안함을 느껴야 했다.

"누구 없어요?"

이번에는 걱정스럽게 큰소리를 외쳤다. 그래도 안에서는 아무런 대답이 없었다. 그녀는 큰일 났구나 싶은 얼굴을 하고 흙 봉당에 올라가 신발을 벗고 허락 없이 방문을 슬그머니 열었다. 방안에 아무도 없음을 살피고 방안에 몸을 슬쩍 들여 놓았다.

방안은 후끈했다. 대번에 얼었던 몸이 녹아들자 순녀는 안정감을 찾았다. 그런데 밖에서 본 것만큼 안은 아늑해 보이지 않았다. 벽난로에선 붉은 장작불이 너울너울 춤을 추고 있었고, 그 불빛에 비춰진 실내엔 황량하다고 느낄 만큼 가구가 거의 없었다. 흰색 창호지를 붙여 놓은 거나 별반 차이 없는 경치를 가진 두 개의 작은 창문과 벽난로 옆으로 조금 떨어진 곳에 작은 침대 하나가 놓여 있었고, 더 작은 간이용 침대 하나가 놓여 있는 것이 전부였다. 그나마 벽난로 앞에 깔려 있는 낡은 카페트 한 장이 딱딱한 실내를 조금은 포근해 보이게 해주는 것이었다.

"아무도 없나?"

순녀는 실내를 한 번 휘둘러보고 시선을 멈추려던 찰나 한쪽 구석에서 수세미 같은 머리칼과 텁수룩한 수염을 단 사내가 노인처럼 쭈그리고 앉아 있는 것을 발견하고는 깜짝 놀래 버렸다.

"서만규!"

순녀는 떨고 있는 그를 얼른 알아보았다. 고문관 서만규(徐萬圭)라는 걸 알아차렸다. 마치 겁먹은 강아지 꼴을 하고 있었다.

"저주받은 딸에게 죽을까 봐, 이런 곳에 숨어 살면 내가 못 찾을 줄 알고……."

지친 탓일까, 그녀는 흐르는 물처럼 차분하게 말했을 뿐인데, 만규는 무엇인지 모르게 와르르 무너지는 절망감에 휘말렸다.

"당신, 너무 오래 산다고 생각하지 않아요?"

그러자 만규는 순녀의 말에 자신도 모르게 비명을 질렀다.

"악!"

그 비명은 화살로 꽂히는 벽난로 불화살을 잠시, 잠시 분말로 부수어 뜨리며 다시 메아리로 산 굽이굽이 더듬다 사라지고, 여자는 시멘트 바닥에 쓰러졌다.

그는 지금 눈 앞에서 고문을 해 가고 있었다. 아니 거의 죽어갔던 그녀는 되살아나 있었다. 거꾸로 돌리는 비디오테이프처럼 그녀의 벌거벗은 몸뚱이에서 피가 되빨려 들어가고, 고문과 강간으로 망신창이가 된 상처가 아물고, 산굽이를 돌아 사라진 비명의 메아리는 되돌아와 입으로 들어갔다. 그리고 여자를 묶은 포승이 풀리고, 그녀가 지금 만규 자신을 향해 다가들고 있었다.

"제발, 살려 줘!"

"나, 당신을 죽이려고 온 것이 아니니까, 걱정하지 말아요."

"죽이지 않을 거면 왜 찾아왔냐고?"

약간의 공포에서 벗어난 그는 오만상을 찌푸리며 손을 내저었다.

"당신을 죽이겠다고 날뛰던 저주받은 딸, 우리 승란이가 다음 달 결혼한대요. 당신 어떻게 할래?"

그녀의 공격적인 말에 그는 입이 얼어붙었는지 입술이 굳게 닫혀져 있었다. 방안은 잠시 고요가 찾아들었다.

"뭐라고 말 좀 해봐! 네놈 때문에 내가 어떻게 살아남았는지 생각해 봤어?"

그녀는 악을 쓰며 벽력 같은 소리를 쳤다. 적어도 그에겐 그렇게 들렸다. 그리고 그녀의 눈에서는 눈물보다 불을 내뿜고 있었다.

"저주받은 딸, 그래도 당신 딸이 아니라고 할 거야!"

그녀는 다시 한 번 큰소리로 말하였고, 그는 앉은 채로 뒤로 물러나며 의심과 함께 겁이 뒤섞인 얼굴로 변해 가고 있었다.

"누가 아니래."

"걔가 의학박사에 교수로 성공하니까 자기 딸이라고 하겠지?"

언젠가 그는 끝까지 자신의 딸이 아니라고 했었다.

딸이 고등학교를 다닐 때였다. 성남시 게가바위에 납작하게 붙은 등짝 같은 산동네 집에서 살고 있던 9년 전이었다. 그런 단칸방 집에서 순녀는 살고 있었는데, 만규는 약수동에서 어마어마한 저택에서 살고 있었다. 그리고 그의 부인은 구청의 과장이었고, 아들과 딸들은 미국에 유학을 보내며 호화스럽게 살고 있었다.

하루는 딸과 함께 그를 만났다. 딸이 그에게 친자확인하자고 했는데, 그는 절대로 아니라고 버텼다. 딸은 큰 실망과 함께 그를 원망하며 열심히 공부만 했었다. 그건 오기였다. 오기로 의과대학에 가서 친자라는 걸 자신이 직접 확인해 보겠다는 다짐으로 피나게 공부를 했다. 그 결과 우리나라 최고의 의과대학에 입학을 하게 되었다.

딸은 본과 4학년 때 다시 그를 찾아가서 솜뭉치로 입안의 타액을 묻혀 자신의 것과 함께 유전자검사를 했다. 결과는 DNA가 99.9% 이상 일치했다. 결과에 그도 거부하지 못하고 인정하고 말았다. 그가 인정하자 딸은 그에게 보복이라도 하듯이 인간이 그럴 수 없다면서, 인간의 질서와 도덕, 인간적인 윤리 등등 옳은 말만 해댔다.

그야말로 딸은 저주받은 사람 같았다.

호되게 질책을 들은 만규는 알 수 없는 반항적 심상으로 이상한 몸부림과 함께 가슴 밑바닥으로 흐르는 죄책감에 시달려 허덕였다. 자신의 죄값을 치르겠다는 다짐과 함께 이곳 산골에서 머물게 되었다.

"저주받은 딸이 다음 달에 결혼해요."

"누구와?"

"왜, 궁금해요? 과거청산인가 그거 해서 당신을 죽이겠다고 판사와 결혼해요."

그 말에 그는 동공이 커지더니 뻣뻣하게 얼어 있었다.

"할 말이 없소."

"할 말? 난 당신 때문에 인간도 아닌, 사람도 아니었어요. 울고 싶어도 울지 못하고, 메마른 가슴으로 울었다고요."

그 때문에 순녀는 많은 색깔을 잃고 살아왔었다. 하얀 눈이 내리는 날에는 분홍 추억을 잃었다. 싱그러운 초록의 계절에도 회색의 고독을 그릴 수 있는 시간도 가져보지 못해 가슴으로만 보아왔고 그렇게 느끼기만 했다. 많은 눈물을 흘릴 시간도 없었고, 가슴 아픈 사연이 자신의 사연이 되어 버렸다. 훈훈한 정이 오가는 감동 어린 현장을 함께 해보지 못하고 메마른 가슴으로만 울었다.

꿈 많은 나이에도, 그녀에게 소중했던 꿈들이 많았지만, 그 꿈들을 뿌연 안개처럼 날려 버려야 했다. 그녀의 가슴엔 남편과 자식들에 대한 꿈들로 가득했어야 했는데 그녀는 그래 보지 못해 눈으로 꿈을 꾸었고, 죽은 남편을 잊지 못한 채 가슴앓이로 살아야 했다.

그녀에게도 진정한 사랑과 행복을 가꾸어갈 미래가 있을 줄 알고 있었지만, 그러한 아픔 때문에 남들처럼 눈으로 울지 못하고 가슴으로 울어야 했고, 남들처럼 가슴으로 꿈을 꾸지 못하고 눈으로 꿈을 꾸어야 했다. 그렇게 아름다움을 포기하고 살아왔던 것이다. 또한 그런 어려움 속에서도 자기 주위가 얼마나 소중한지를 알게 되었고, 앞섬보다 한 발 뒤에서 챙겨가며 오늘까지 살아오는 지혜도 터득했다.

그리고 그녀가 저주의 딸을 키우며 증오와 분노로 복받치게 살아온 지옥 같았던 지난날들이 한 편의 녹화된 비디오 테이프처럼 그녀의 뇌리에서 빠르게 돌아가고 있었다.

순녀는 지독한 산통을 느꼈다. 그러나 이제 끝이 아니라 시작이라고 생각했다. 그녀가 생명이 위험할 수도 있다는 산부인과 의사의 말을 무시하고 자연 분만을 고집했던 건, 이만한 고통도 없이 어찌 여자 혼자 아기를 꿋꿋하게 키워낼 수 있겠느냐는 각오 때문이었다. 뼈가 갈라지고 자궁이 찢어져 나가는 살인적인 아픔과 정신을 놓아 버릴 것 같은 두려움이 있었지만, 그녀가 받았던 고문에 비하면 차라리 이건 고통도 아니었다. 그런 상황 속에서도 남편을 생각하면 행복하고 설레었다.

그리고 태어날 아기는 남편을 닮았으면 좋겠다고 생각했다. 이 세상에 없어서 낡은 사진으로 밖에는 볼 수 없는 남편이지만 아기가 자라서 문득문득 남편 모습일 거라고 생각을 하면, 그녀는 혼자가 아니라는 느낌에 마음이 설레이고 있었다.

밀려오는 고통 사이에 남편이 보고 싶어졌다. 그러나 남편은 이 세상에 없는 것을, 그래도 열 달 전 그 악몽의 밤에 남편의 마지막 모습과 성고문을 당했던 일들이 떠올랐다.

그녀의 남편은 육군 중사로 직업군인이었다. 그냥 광주에 큰일이 나서 며칠째 집에 들어가지 못한다는 연락을 받고 많은 걱정을 했었다.

신문과 방송에선 아무 일 없다는 듯 일상과 똑같은 잡다한 뉴스들을 내보내고 있었지만, 동네 사람들의 소문으로는 무장공비가 광주를 점령했다는 둥, 광주에서 반란이 일어났다는 둥, 학생들이 무장을 하고 정부를 전복하려 한다는 둥의 말들이 쏟아져 왔다. 그렇지 않아도 계엄 상황이라 분위기가 뒤숭숭한 데다 그런 소문까지 나돌아 있으니 광주로 간 남편의 걱정이 이만저만이 아니었다. 그녀는 혹시나 광주 이야기가 나올까 싶어 라디오 사이클을 이리저리 맞추고 있을 때였다.

"순녀?"

문 밖에서 누군가 조용히 부르는 소리가 들려 왔다. 그녀는 잘못 들었나 싶어 귀를 세워 기울였다.

"순녀?"

다시 그녀의 이름을 부르는 소리가 들려 왔다. 그 목소리는 아주 작고 조심스러웠는데, 그 목소리가 틀림 없는 남편의 목소리로 알아차린 그녀는 벌떡 일어나 문을 열어 젖혔다. 문이 활짝 열리기 무섭게 남편은 재빨리 집안으로 몸을 들여놓고 문은 닫아 걸었다.

남편의 얼굴은 긴장감에 이마부터 온통 땀이 맺혀 있었다. 거기다 군복은 피로 얼룩졌고 갈기갈기 찢어진 것을 겨우 몸에 걸치고 있었다. 몸피도 며칠은 먹지도 자지도 못했는지 무척이나 핼쑥했다. 그런 남편의 모습은 얼른 보아도 쫓기고 있다는 것을 대변하고 있었다.

"여보, 무슨 일이에요?"

"쉿!"

남편은 인지손가락을 입술에 갖다 대고 무어라고 말을 하는데, 두서가 없어 무슨 말을 하려고 하는지 그녀는 도통 알아들을 수가 없었다. 그리고 무엇이 그리 두려운지 귀신을 본 사람처럼 벌벌 떨고 있었다.

두서없는 남편의 말은, 차마 어린 아이들을 죽일 수 없었다고 했고, 당장 도망가야 한다고도 했다. 부대를 탈영했다고도 했고, 간첩으로 몰렸다면서 아내인 순녀까지도 안전하지 못하다고 했다. 그리고 이렇게까지 될 줄은 정말로 몰랐다고 말했으며, 그녀를 붙잡고 미안하다며 엉엉 울면서 억울하다고도 했다. 자신과 같이 도망가면 둘 다 죽임을 당할지도 모르니, 통행금지가 풀리면 혼자 그 길로 오지산골에 들어가 이름을 바꾸고 살아달라고 했고, 누군가 자신을 아느냐고 물어오면 절대 그런 사람 알지도 못한다고 말하라고 했다. 그리고 운 좋게 살아남게 된다면 1년 뒤, 1981년 6월 1일 날, 강원도 고향 마을에서 만나자고 했지만, 아마도 그런 일은 없을 거라며 작은 소리로 속삭이며 울먹거렸다.

언제나 당당하고 남자다워 보였던 남편이기에 그녀는 그런 남편의 모습이 너무도 안쓰러웠다. 그리고 그가 하는 말이 도대체 실감이 나질 않았다. 겁도 나지 않았다. 얼마나 큰 위험에 닥쳤는지는 몰라도 그녀는 느껴지지도 않았다. 그저 남편은 먹지도 못하고 수면부족으로 헛소리일 것이라고 생각해 두었다. 아니 그렇게 믿고 싶었다.

그녀는 담담하게 세숫대야에다 따뜻한 물을 담아와 그의 앞에다 놓고 남편의 낯짝을 아기처럼 씻어주었다. 그렇게 닦아주는 내내 남편은 단 한 순간도 그녀의 모습을 놓치지 않았다. 눈 위에 손바닥이 지나가도 남편은 눈을 감지 않았다.

남편이 처음 사랑고백을 하던 날, 수줍게 첫날을 치르던 날 밤에도, 그의 눈빛은 그렇게 애처롭지 않았다. 눈물에 촉촉이 젖은 남편의 눈이 아름답다고 생각했다. 1년 가까이 같이 살을 맞대고 살아 왔지만, 지금까지 그 눈이 이렇게 아름다운지 왜 알지 못했을까 하는 생각이 들기도 했다. 남편의 군복을 조심스럽게 벗기고는 그의 몸도 닦아주었다.

그녀는 다시는 못 볼 것이라는 남편의 말이 실감나지 않았지만, 이상하게도 그의 몸을 닦아주는 그녀는 내내 눈에 눈물이 가득하게 고였다. 그 눈물은 눈가에서 볼선을 타고 미끄러져 턱 끝에 매달렸다가 발 끝으로 조용히 떨어져 내리고 있었다. 남편은 그녀의 젖은 눈을 입술로 닦아주기도 했고 비비기도 했다.

눈물의 이 밤, 그녀는 남편과 슬픈 사랑을 나누고 있었다.

동이 트기 전, 새벽녘에 눈시울을 적시며 남편이 문을 열었다. 그리고 안타까운 듯 애절한 눈빛으로 그녀를 바라보다가 차마 아무 말도 하지 못하고 그렇게 쓸쓸하게 등을 보이고, 한참이나 더듬어 신발을 주워신고는 닫혀져 가는 현관문 사이로 그의 모습을 감춰 버렸다. 하지만 그의 뒷모습이 남긴 여운은 그리 오래 가지 않았다.

"저 놈 체포해!"

대문이 닫히는 소리가 채 끝나기도 전에, 누군가 대문에 부딪히는 소리와 여러 남자들이 지르는 다급한 목소리, 또 명령하는 욕지거리 같은 목소리가 뒤섞여 들려 왔다. 순간 순녀는 망부석처럼 굳어져야만 했다.

순녀는 간밤에 남편이 했던 말들이 이제야 실감났다. 그런 실감과 함께 검은 양복을 입은 사내들이 구두를 신은 채로 집안으로 들이닥쳤다.

"우린 경찰이다."

사내들은 경찰이라고 짤막한 소개를 하고는 이내 이유도 없이 그녀의 손목에 수갑을 채웠다. 일순간에 날개가 접힌 꼴이 되어 버린 그녀는 그들의 손에 우악스럽게 잡혔다. 그리고 이리저리 끌려서 경찰차 속으로 들이밀리고는 문은 굳게 닫혀 버렸다.

경찰서가 아닌 이상한 창고 같은 곳으로 끌려간 순녀였다. 이곳이 어딘지도 몰랐다. 그저 정문 앞에 군인들이 앞에총을 하고 있어 부대일 것이라는 생각은 들었다.

건물 지하창고로 내려갈 때였다. 들려오는 비명소리와 살타는 냄새, 그리고 비릿한 피 비린내의 공포에 그녀는 떨고 있었다.

순녀가 음습한 지하에 다다랐을 때 앞에서 묵직한 철문이 열렸다. 안에는 작은 백열전등 아래 탁자 하나와 의자 두 개만 덩그러니 놓여 있었다. 순녀는 그 칸막이 방안에 내동댕이쳐졌다. 이곳엔 사람은 없고 정체불명의 괴물들만 존재하는 곳, 숨소리도 없고 죽음의 신음만 난무하는 곳, 마치 조련사들이 맹수를 다루는 그런 곳 같았다.

'아, 이것으로 끝인가 보다.'

그녀는 눈을 감았다. 아무 것도 보이지 않았다. 그것이 편하다고 생각했지만 귀에는 양쪽 벽을 타고 들려오는 사람들의 비명 소리에 어지러웠다. 그 순간 여러 비명소리 중에 익숙한 목소리가 들려오자, 그녀는 눈을 번쩍 떴다.

"여보?"

바로 그때, 한 사내가 철문을 열고 들어섰다. 사내는 깡마른 체격에 징그러운 미소까지 머금었다. 참으로 소름끼치게 기분 나쁜 얼굴이었다. 그야말로 사람을 얼어붙게 만들었다. 거기다 시퍼렇게 날을 세운 칼날 같은 눈매, 매섭고 차가운 눈빛은 사람을 잡아삼킬 듯 섬뜩했다.

사내는 순녀에게 남편은 군부대에 잠입한 간첩이라고 말했다. 그녀가 이곳에 잡혀오게 된 것도 간첩혐의를 받고 잡혀온 것이라고 간단하게 설명해 주었다. 사내는 종이 한 장과 볼펜 한 자루를 내밀고는, 그(남편)를 포섭하게 된 경위와 지령을 전달받는 방법 같은 것을 상세히 기술하라고 다그쳤다.

"다 조작인데 어떻게 거짓으로 써요. 전 못해요."

순녀는 어이없고 엉뚱한 요구라며 완강히 부인했다.

"내 그럴 줄 알았다니깐. 그럼 할 수 없지."

사내는 쓴 미소를 지은 후 방을 나갔다. 그리고는 불과 몇 분 안 되어 다른 사내를 데리고 들어왔다.

"자, 마지막이다. 어서 기술해?"

"하지도 않았는데 어떻게 기술해요."

"뭘 어떻게 해. 하지도 않았으면 만들어서 해야지."

사내는 그녀의 정강이를 가볍게 걷어찼다. 아픔은 의외로 컸다.

"전 못해요."

"음, 죽어도 좋다 이거군."

두 사내는 그녀에게 달려들어 옷을 벗겼다. 그러나 그녀는 반항 한 번 제대로 하지 못했다. 그냥 고양이 앞의 쥐처럼 공포에 질려 어떻게 할 수가 없었다.

사내들은 그녀를 실오라기 하나 남김없이 알몸으로 벗겨 버렸다. 그녀는 해부를 기다리는 개구리처럼 허벅지를 가늘게 떨더니 살이 파르르 경련을 일으켰다. 사내들은 벗긴 그녀의 몸을 위에서 아래까지 훑어보고는 의외라는 듯 회심의 눈길을 교환했다. 순간 한 사내가 그녀를 덮쳐 성폭행을 하더니 다른 사내가 뒤이어 풀무질을 해댔다.

그녀의 뱃속에선 창자가 굳어지면서 순대처럼 토막토막 잘려나가는 것 같았다. 또 다시 항문을 송곳으로 쑤시는 아픔이 몸 전체로 퍼져 왔다. 그녀의 눈에서는 시퍼런 증오의 불꽃이 뿜어져 나오고 있었다. 그리고 그녀의 육신은 최후의 순간에 직면한 개처럼 시퍼렇게 질려 있었다.

다시 살기 어린 고요가 찾아들었다. 사내들은 그녀에게 말만 잘 들으면 살 수 있게 해 준다고 했다. 또 오늘의 이 정도는 그녀의 실한 몸과 잘 빠진 몸매 때문에 목숨을 부지하게 된 것이라고 말했다.

그날 순녀는 그렇게 버러지처럼 버려졌고, 알몸으로 콘크리트 맨바닥에 누워 고통의 신음을 내뱉으며 지렁이처럼 꿈틀대다 옆방에서 들려오는 비명소리와 함께 의식을 잃고 말았다.

자해할까 봐서일까 숟가락과 젓가락도 없이 주는 보리밥을 살아남기 위해, 아니 너무도 비통하고 억울해서 손가락으로 집어먹었다. 배경음악처럼 깔려 있는 비명소리들은 꿈인지 생시인지조차 분간할 수 없는 상황 속에서 순녀는 몇날 며칠동안 두 사내의 정액을 받아내야 했다.

3주가 지났다. 운이 좋은 줄 알라는 소름끼치는 사내의 목소리와 함께 눈이 가려진 채 순녀는 자신의 집 앞에 버려졌다. 그리고 꼼짝 못한 채 집안에 처박혀 남편 소식을 기다린 지 3일 만에 남편은 비공개 군사재판을 거쳐 사형을 언도 받았다는 소식을 들었다. 순녀는 몸을 추슬러 남편을 찾아 나섰지만 군에서는 남편을 보여주지 않았다. 그렇게 한 달을 보내고 다시 남편을 찾아나서려고 했는데 우편배달부로부터 엽서 한 장을 받았다.

남편의 사형집행 통지서였다.

항소할 겨를도 없이 한 달만에 사형이 집행되어 버렸던 것이다.

순녀는 엽서 한 장을 가슴에 안고 한스런 이 세상을 한탄하며 통곡과 함께 남편을 따라 죽으려고 전깃줄을 가지고 공원으로 올라갔다. 누각 위에서 전깃줄로 먼저 목을 감아 매고 다음 누각 난간에다 잡아맸다. 마치 말뚝에 매인 소 같았다. 그리고 수건으로 눈을 가리고 뛰어내렸다.

"여보? 나예요. 어딨어요."

그녀는 정신 나간 여자처럼 중얼댔다.

"정신이 드오?"

"여긴?"

가로등 불빛이 보이는가 싶더니 앞에 중년의 아주머니가 희미하게 보였다.

"자살은 그렇게 미련하게 하는 게 아니라오."

"그럼, 저가 죽은 게 아닌가요?"

"죽긴, 목에 맨 끈이 약해 끊어져 이렇게 살았잖우. 보아하니, 아기를 가진 것 같은데, 죽긴 왜 죽으려고?"

임신이란 말에 그녀는 자신이 처한 상황도 잊은 채 배란일을 계산해 보았다. 그리고 산부인과 의사들이 하는 임신날짜 추정일도 계산해 보았다. 아무리 계산해 보아도 슬픈 사랑을 나누었던 그날 밤, 남편의 아이가 틀림이 없었다.

그렇다면 억울하게 죽은 남편의 흔적마저 세상에서 지워 버릴 수는 없었다. 남편이 죽은 뒤에 얼마나 그를 사랑했는지 뼈저리게 느낄 수 있었다. 힘겹겠지만 열심히 아이를 키우리라 마음먹었다. 세상 보라는 듯이 반듯하게 키워 남편이 하늘나라에서 내려다보고 웃을 수 있게 해 주고 싶었다.

임신한 사실을 안 순간부터 순녀는 죽고 싶은 마음이 사라졌다. 어떻게든 굳세게 살아남아야 한다는 집념으로 생각이 바뀌어 있었다.

어느덧 출산의 날을 맞이했다. 순녀는 마지막 힘을 다해 뱃속에서 아기를 밀어냈다. 힘찬 울음소리와 함께 아기는 세상을 맞이했다. 여아였다. 딸 하나 낳아 잘 키우자고 말하던 남편의 모습이 떠올랐다. 하늘에서 남편이 그렇게 만들어 준 것이 아닐까 하는 생각에 순녀는 눈물이 왈칵 쏟아졌다. 갑자기 아이가 보고 싶었다. 이제 막 뱃속에서 나온 신생 아는 남편을 닮았을 것같았다.

"우리 아기 좀 보여 줄 수 있을까요?"

그녀는 출산하느라 출혈이 심해 의식이 달아나 버릴 것 같은 현기증이 일었지만, 아기 얼굴을 보고 싶은 마음에 간호사에게 부탁했다.

그리고 간호사가 안고 있는 아기를 조심스럽게 받아 들었다.

"악!"

순간 아기는 바닥에 떨어졌고, 순녀는 뒤로 나자빠졌다.

외마디 비명 소리와 함께 터진 아이의 울음 소리에 놀란 간호사의 호들갑으로 병원은 아수라장이 되어 버렸다.

어쩐지 아기는 남편을 닮아있지 않았다.

다시는 생각하고 싶지 않은 기억들, 없앨 수만 있다면 그 기억의 뇌리를 칼로 도려내고 싶은 그 사내들, 자신을 고문과 강간으로 소름끼치도록 잔인한 웃음을 주었던 그 사내들, 한눈에 보아도 아기는 그 사내들을 닮아 있었다. 하룻밤이 지나서야 정신을 추스른 순녀는 다시 간호사에게 자신의 아기를 데려다 줄 것을 부탁했다. 간호사가 다시 아기를 안고 왔다. 아무리 아니라고 해도 살펴보면 볼수록 아기는 분명 그 소름끼치는 그 사내들을 닮아 있었다.

죽이고 싶었다. 죽고 싶었다. 가난했지만 행복하고 소중했던 1년 전으로 갈 수만 있다면……. 순녀는 그 신혼 생활로 돌아가고 싶었다. 흙도 묻고 찢어진 군복을 벗어주며 미안하다는 듯이 머리를 긁적이던 남편의 모습을 다시 한 번만이라도 보고 싶었다.

광주에서 어린이와 여자들을 죽이라는 명령에 복종하지 않았다는 그 이유로 억울하게 죽어버린 남편. 남편의 복수는 꿈도 꾸지 못한 채 남편의 씨앗이라 믿고 열 달을 품어온 아기였다. 그런데 자신을 처참하게 그리고 잔인하게 농락했던 그 원수 같은 사내들의 씨앗이라니 순녀는 너무나 서러워 눈물이 터져 나왔다.

죽일 수만 있으면 죽여버리고 싶었다. 그리고 자신도 죽어버리리라고 생각했다. 남편을 생각해서라도 죽이고 죽어야 했다. 그보다 우선 그들의 핏덩이를 고생해 가며 키울 이유는 더욱더 없었다.

갓난아기는 울음을 터트렸다. 본능적으로 배고파 운다는 것을 알면서도 순녀는 아기를 품으려 손을 내밀다 말았다. 소름이 끼쳐 차마 아기에게 젖을 물릴 수가 없었다. 젖을 물리면 그 사내들의 혓바닥이 아기의 입을 통해 날름거리며 그녀의 유두를 탐하는 것 같았다.

아기는 병실이 떠나갈 듯 자지러지게 울었지만 그녀는 귀를 막고 등을 돌린 채 애써 외면하고 있었다.

미칠 것 같았다. 깨어나면 잊혀질 꿈이라고 되뇌었다. 하지만 아기의 울음소리는 꿈이라고 하기엔 너무나 생생하게 귓가를 때리고 있었다.

그녀는 더 이상 병원에 있을 수가 없어 서둘러 퇴원수속을 밟고는 병원문을 나섰다. 물론 아기를 들쳐업고 한 손에는 옷가지가 든 커다란 가방이 들려져 있었다.

택시를 잡아탔다. 택시 운전기사가 어디로 갈 것이냐고 물어왔지만 그녀는 한 동안 아무 말 없이 멍하니 앉아있었다. 그러다 그녀는 잠실로 가자고 했다. 아니 갈 곳이 마땅치 않아 얼떨결에 뱉은 장소가 잠실이었다. 택시가 내려준 곳은 잠실대교 남단이었다. 그녀는 눈물과 함께 천천히 한강 다리 위를 걸었다. 다리 가운데쯤에서 아기를 던져 버리고 자신의 몸도 내던져 저 아래 흐르는 강물 속에 풍덩하면 그만이라고 결심했다. 죽을 장소치고는 운치 있다는 생각도 들었다.

그녀는 한숨을 몰아쉬며 난간에 기대어 새삼 아름답게 번져오는 노을을 바라보았다. 해는 강물 속으로 사라져 버렸으면 좋았을 것이라는 생각도 들었다. 또한 멀리 서 있는 건물 숲 사이로 숨어 버린 태양을 찾으려니 아쉽기도 했다. 하지만 자신을 던지기 전 마지막 순간에 장엄한 일몰을 봤다는 것만으로도 행운이라며 쓴웃음을 지었다.

순녀는 아기를 싸매고 있는 보자기를 풀었다. 아기는 배가 고파 울다 잠이 들었는지 작은 숨을 고르게 쉬며 평온하게 눈을 감고 있었다. 순녀는 이를 악물었다. 그리고 아기를 들고 난간 밖으로 내밀었다. 팔에 힘만 빼면 아기는 그대로 허공에 떨어져 저 아래 강물에 풍덩할 것이다.

바로 그때였다.

"야! 이 쌍년아! 뒤지려거든 네년이나 뒤져! 넌 아기를 죽일 권리가 없어!"

자동차 경적 소리와 함께 악을 쓰며 내지른 남자 목소리였다. 무의식적으로 순녀는 아기를 거둬들였다. 그리고 그 자리에 주저앉았다.

'아기를 죽일 권리?'

물론 그녀에게 그런 권리는 없었다. 그 말뜻이 이해가 되자, 갑자기 부끄럽고 창피하다는 생각에 그 자리를 떠나고 싶었다.

그렇다. 생명을 가진 아이를 누구 마음대로 죽일 수가 있단 말인가. 그런 권리 같은 건 애초부터 없었다. 순녀는 아이를 다시 들쳐 업고 잠실 쪽으로 걸어나왔다. 그때 경찰차량이 다급하게 지나갔다.

'사고라도 난 걸까.'

순녀는 몸을 돌려 뒤를 보았다. 그곳은 다름 아닌 자신이 머물렀던 그

곳이었다. 아마 누군가가 신고한 모양이다. 그녀는 아무 일도 없었던 것처럼 가게에 들어가 젖병을 사 가지고 나와 밖에 놓여진 작은 평상에 앉았다.

젖병에다 젖을 짰다. 젖을 젖병에 담는 일도 그리 쉬운 일은 아니었다. 어쩌면 처음이자 마지막으로 먹이는 젖인데도 직접 품안에 안고 젖꼭지를 물려주지 못하는 그 자신이 원망스러웠다. 그녀는 눈물을 흘리며 아기에게 젖병에 담긴 젖을 먹였다. 조금이나마 위안을 삼을 수 있어 눈물도 잦아드는 것 같았다.

"그래 난 아기를 죽일 권리는 없어."

순녀는 혼자 중얼대며, 성남행 버스를 탔다.

내린 곳은 모란이었다. 모란에서 제일 먼저 눈에 들어오는 것은 성당이었다. 어두운 밤 성당 앞 가로 등불 아래, 마리아상 앞에 서서 기도를 올렸다. 천국에 가게 해달라고 말할 수도 없었고, 누군가의 행복을 빌어줄 사람도 없었지만 두 손을 모아 쥐고 마리아에게 아기를 두고 가서 미안하다는 그 한 마디만 수십 번 되뇌이는 기도였다.

아기의 미래를 행복하게 해달라거나, 건강하게 해달라는 그런 기도를 하고 싶었지만, 그런 자격조차 없는 것 같아 서럽게 울먹이며 그냥 용서해 달라고만 빌었다.

순녀는 조심스럽게 마리아상 앞에다 아기를 내려놓았다. 포대기로 잘 둘러 주었지만 그래도 안심이 안 되어 입고 있던 외투까지 벗어서 아기를 감싸주었다. 뒤돌아 걸을 때 아기는 울음을 터트렸다. 아기는 어미가 떠나는 것을 알았는지 서럽게 밤의 고요를 깨고 있었다. 그녀의 발걸음 숫자가 늘어날수록 등 뒤에서 들려오는 아기의 울음소리도 그만큼 더 커졌기에 그만 발걸음을 멈추어 섰다.

거짓말처럼 아기의 울음소리도 잦아들었다. 순녀는 아기의 울음소리가 더 커질까봐 꼼짝 못하고 서 있었다. 몸마저 마리아상처럼 굳어져서 망설이고 있었다.

"아가야, 자꾸 울면 너 때문에 난 죽을 수가 없잖아."

잠시 굳었던 그녀는 빠른 걸음으로 성당에서 도망치듯 빠져 나왔다. 그리고 대원천(川)을 따라 터벅터벅 걸었다. 모란시장 가축시장에서 나일론 개줄을 하나 챙겨 들고 탄천을 향해 걸었다.

이젠 아무런 미련도 없고 살아야 할 의미도 남아 있지 않았다. 유서도 쓰지 않았다. 유서를 보고 슬퍼해 줄 사람도 없을 것이었다.

한적한 곳이라 무섭도록 고요했다. 그녀는 커다란 버드나무 아래에 멈추어 섰다. 들고 있던 나일론 줄을 버드나무 가지에다 매었다.

가지런히 신발을 벗고 쌓아올린 돌 위에 섰다. 밤바람이 싸늘하게 느껴졌다. 모란 쪽 가로등 불빛들이 아름다웠다. 성당이 어둠에 묻혀 잘 보이지 않았다.

그 순간 갑자기 어디선가 아기 울음소리가 들려 왔다. 환청이라고 생각했지만 분명 어미를 찾는 아기 울음소리였다.

순녀는 다시 주저앉았다. 웬지 버리고 온 아기가 불쌍하다고 느껴졌다. 그리고 무엇에 홀린 듯 허둥지둥 일어나 아기에게로 달려갔다. 성당 마리아상 앞에 도착하자 누군가 아기를 안고 있었다.

괴한은 누군가 뛰어오는 소리를 들었는지 아기를 안고 재빨리 성당 밖으로 뛰쳐 나갔다. 울지 못하게 아기 입을 가리고 황급히 뛰었다. 순녀도 그의 뒤를 쫓았다. 아기를 안은 그는 조용한 장소가 필요했던지,

인적이 뜸한 대원천으로 내려갔다.

순녀는 살며시 그에게 다가가 있는 힘을 다해 그를 밀치고 아기를 빼앗았다. 그리고는 언덕으로 올라와 모란시장 쪽으로 뛰었다. 온 힘을 다해 뛰었지만 결국 그에게 잡히고 말았다.

그런데 잡혔지만 그에게서 쉽게 빠져 나올 수 있었다. 그는 순녀를 붙잡지 못하고 다시 그녀 앞을 가로 막아섰다. 그제서야 순녀는 그의 양손에 손가락이 없음을 알고, 나병환자라는 걸 알았다.

'아기의 간을⋯⋯?'

순간 오싹한 공포가 느껴졌지만 이내 두려움이 없어졌다. 순녀는 그가 손가락이 없어 자신을 붙잡을 수 없을 것이라는 생각에 유유히 걸었다. 용기도 생겼지만 고난이었다.

이럴 바엔 차라리 아기를 데리고 같이 살아가기로 마음을 고쳐 먹었다. 아니 아기를 위해 구걸하면서 살게 되었다.

그러던 어느 여름날 최루탄의 매움이 진해지고 있었다. 전국적으로 군부독재 타도하는 데모가 있던 날 밤이면 골목골목 경찰이 깔려 검문검색을 했다. 그녀는 아기와 먹고 살기 위해 구걸에 나섰는데, 종합시장 앞에서 한 사람이 제과점에서 빵 봉지를 들고 나오기에 빵 한 개만 달라고 손을 내밀었다. 그 사내는 아무런 대꾸 없이 지나쳤다. 그녀는 자신도 모르게 빵 봉지를 낚아챘다. 그러자 그 사내는 그녀를 붙잡아 인근 경찰에게 넘겼고, 그녀는 아이와 함께 경찰 닭장버스에 실려졌다.

닭장차 안에는 잡혀 온 사람들로 가득했다. 거리에 침만 뱉어도 잡혀온 사람들이었다. 그렇게 잡혀온 사람들은 무조건 삼청교육대로 보내지고 있었다.

 그녀도 삼청교육대행으로 경찰서에 잡혀갔다. 그야말로 머릿수를 채우는 것 같았다. 경찰은 그녀의 신원조회를 했는지 남편이 간첩혐의로 사형 집행되었다는 사실을 알렸다. 그리고 빨갱이 가족이라며 시간적인 여유도 없이 그녀에게 삼청교육대 입소 명령장을 발부했다.

 밤이지만 그녀는 아기와 함께 삼청교육대로 가기 위해 어느 집결지로 끌려 갔는데, 그곳 역시 공포로 살벌하기는 마찬 가지였다. 전에 받았던 성고문 현장이나 다름없었다. 신음은 없고 비명소리만 있는 이곳, 멀쩡한 사람이 들어와서 병신이 되거나 반미치광이로 변해 교육장으로 보내지고 있었다.

 다음은 순녀 차례였다. 간첩가족이라는 이유로 아기와 함께 고문실에 불려갔는데, 놀랍게도 그곳에는 자신을 고문과 함께 강간했던 그 사내가 앉아있었다.

 "아!"

 순녀는 그 사내를 알아보고 자신도 모르게 신음 같은 목소리가 튀어나왔다.

 "뭐야?"

 그도 그녀를 알아보았는지 몸을 움찔했다.

 검은 안경을 끼고 있어 표정은 읽을 수 없었지만, 놀라고 있는 것이 틀림 없었다. 그 사내는 모르는 척 시치미를 떼고 순녀에게 등 받침대가 없는 나무의자에 앉으라고 지시를 했다.

 "간첩 혐의로 잡혀 온 모양이군."

 그는 낮은 목소리로 차분하게 말했다.

"보세요, 닮았어요."

그는 무슨 소리인가 의아스럽다는 듯 안경을 벗고 인상을 찌푸리며 아기를 들여다 보았다.

"허튼 소리 하면 여기서 죽어!"

"서만규씨! 당신 딸이에요."

그 소리를 듣고 잠시 그는 무엇인가 골똘히 생각에 잠겨 있었다.

"그래, 퇴소시켜 줄 것이니까, 아무 소리 말고 나가!"

순녀는 아기를 그 사내에게 보따리 내던지듯 건네주고 문을 열고 뛰었다. 갑자기 아기가 울음을 터뜨렸다.

"거기 서!"

사내의 칼날 같은 명령이 귀청을 때려왔다. 그러나 그녀는 반사적으로 철문을 열고 달아났다. 연병장을 가로질러 뛰었다. 이어 호루라기 소리와 함께 몇 명의 군인이 그녀를 추격했다. 발소리는 점점 가까워지는 것 같았고, 그녀의 걸음은 점점 무거워졌다. 결국 군인들에게 잡혔고, 상관의 지시에 따라 그대로 교육훈련장으로 넘겨졌다.

아기를 서만규에게 넘기기 위한 일이 자연스럽게 정리되었다. 오히려 마음이 홀가분해졌다. 그녀는 피티체조와 선착순 훈련을 달갑게 받고 있었다. 아니 고문에 비한다면 이런 훈련쯤은 국민체조였다.

삼청교육대를 퇴소하고 2주가 지났다.

경찰 두 명이 찾아왔다. 경찰은 아무 이유도 없이 무조건 경찰서에 같이 가자고 했다. 순녀는 같이 갈 수밖에 없었다.

"아!"

그녀는 어느 사무실에 들어서기 무섭게 비명에 가깝게 소리부터 질렀다. 세상에 이럴 수는 없었다. 거기엔 그 사내에게 넘겼던 아기가 빤히 쳐다보며 손을 내밀고 있었다.

"아이고, 저주의 딸아."

경찰이 아기를 데리고 가라고 해서 순녀는 별 수 없이 다시 키우게 되었다.

그 아이를 키우면서 지금까지도 정이라곤 눈곱만치도 생기지 않았다. 그저 남남처럼 증오와 분노에 찬 저주받은 가족처럼 살아왔다.

(2006년, 월간 『문학세계』 6월호)

5
할아버지를 가슴에 묻고

하늘나라에 계신 할아버지.

다시 겨울이 왔습니다. 그러니까 할아버지께서 하늘나라로 가신 지 1년, 오늘이 바로 1주기를 맞는 기일입니다. 계절에 민감한 건 아니지만, 다들 겨울을 핑계대며 우울해 하니 저도 계절핑계로 마음 놓고 우울해집니다. 아침 저녁으로 찬 서리발로 날을 세운 찬바람이 산뜻하고, 한낮의 높고 푸른 하늘을 바라보니 할아버지의 모습이 아른거려 서글퍼집니다.

겨울 하늘이 높아 마음이 아프다 하면 해석이 각기 다르고 각기 결론도 다르겠지요. 세상살이가 힘이 드는 건, 저를 보는 편견의 벽을 무시할 수 없다는 것입니다. '오이 밭에서 신을 고쳐 신지 말고 오얏나무 밑에서 갓을 고쳐 쓰지 말라' 는 할아버지의 말씀이 떠오릅니다. 항상 내 행동이 남들의 오해를 사지나 않을까 조심하고 염려하고 있습니다.

할아버지.

할아버지께서는 1929년 2월에 태어나시어 일흔 여덟 해(2005년) 동안 짊어진 짐을 부리고 허리를 풀어 숨결을 거두시었습니다. 살아온 동안 저 배고픔과 한숨과 시달림과 빼앗김, 저 눈물 많은 세상, 한서린 세월로 살아오신 할아버지의 죽음을 맞이하는 그런 초상을 맞이했습니다.

느닷없는 곡성과 울음소리로, '아버지!' '할아버지!' '어이구 여보!' '우리 할아버지'를 불렀습니다. 대답없는 할아버지, 저 깊고 끝 모를 한의 세월을 살아오신 할아버지는 돌덩이처럼 차갑고 캄캄하게 식어갔습니다.

이내 차게 식은 할아버지는 앰뷸런스에 실려 분당서울대학병원 응급실로 향했습니다. 차량 안에서 손자인 저는 할아버지의 식어버린 찬 손을 잡고 있었고, 장남인 아버지는 돌덩이 같은 할아버지의 머리를 잡고 속이 메이도록 소리없이 울고 있었습니다.

할아버지께서는 응급실에서 사망진단을 받고 다시 장례식장 냉장실에 안치되었습니다.

2층 조문객실 VIP실로 빈소를 정하고 나니 저녁 7시가 되었습니다. 그때까지 저와 아버지 둘이서 정신없이 허둥댔던 것 같습니다.

각지에서 하나 둘 자식들과 손주들이 찾아왔습니다. 제일 먼저 여주대학 교수로 있는 성근 삼촌이 도착했고, 한국가스공사에 근무하는 우철 삼촌도 도착했고, 원주 개인택시연합강원지부 사무국장으로 있는 손대인 고모부, 광주회사 간부로 있는 한상진 막내고모부, 강원관광대학 박사이신 신국철 고모부, 안산에서 부동산임대사업을 하고 있는 정길남 큰고모부 순으로 허둥대며 모두들 도착해서 가족회의를 가졌습니다.

장례식장에서 소란함과 죽음의 조용함으로 하루 밤을 보내고 다음 날, 24일 오전 11시 경에 할아버지께서는 염습에 이어 입관이 되었습니다.

아들 딸과 손자들로 입관실은 발디딜 틈 없이 꽉 찼습니다. 마지막으로 향나무 관 뚜껑을 닫고 할아버지의 모습이 사라지자 가족들은 장례식장이 터질 듯 울었습니다. 그 울음소리와 함께 할아버지 관에 나무 못 치는 소리가 났습니다. 못 치는 소리가 지나가자 검은머리의 할아버지는 울음소리 속을 빠져 나가 손가락 사이에 담배개비 하나 끼우시고 오랜만에 홀가분한 빈 몸으로 바람만 따라 하늘로 올랐습니다.

그것이 할아버지의 마지막 모습이었습니다.

그리고 25일 아침 7시 분당 서울대학병원에서 노제가 있었습니다.

할아버지 저희도 열심히 살겠습니다. 할아버지 안녕히 가세요.

할아버지는 아시지요? 할아버지는 이 세상에서 그 누구보다 올곧고 향기로운 삶을 살고 가신 분.

할아버지는 가정에서 그렇듯 큰 산으로 우뚝, 그저 평민으로서 칠남매의 자식을 모두 잘 키우면서 지혜로우셨던 할아버지 존경합니다.

올곧은 일생을 보내셨던 할아버지.

재작년 초겨울 분당 서울대학병원에서 부비동암 4기(말기)라는 진단을 받고 암 투병으로 1년 넘게 그 병원에 입원하시면서, 몸에 항암(화학)약물 투입으로, 방사능 치료로, 수술로, 고문보다 더한 고통의 병환 중에 설날을 넘기고, 봄, 그 길고 긴 무더운 여름과 고유의 명절인 추석을 넘기시고, 다시 초겨울을 맞이했습니다.

그리고 단대동 논골집에서 11월 23일 오후 3시 40분에 운명하셨습니다. 푹 익은 과일처럼 푹 익은 삶을 사시고 고요히 눈 감으신 우리 할아버지. 그러니까 할아버지는 결국 암을 이기지 못하고 하늘나라로 떠나가셨습니다. 대번 눈물에 앞서 '아 아, 자랑스러워라' 하던 마음 이해하실 줄 믿습니다.

할아버지.

마침내 할아버지의 발인에서부터 삼우제까지 다 마치고 성남집으로 돌아왔습니다.

그렇게 세차게 불어대던 바람도 말끔히 그치고 포근한 초겨울 맑은 날씨에 놀랍고 고마울 뿐이었습니다.

강원도 평창군 대화면 대화8리 694번지. 그러니까 하일동네와 작골 어귀 삼거리에 자리한 묘지는 할아버지의 모습처럼 단아하고 아늑합니다. 묘지 앞에는 큰 소나무 두 그루가 있어 운치 있는 풍광을 만들어 줍니다. 저는 한참 동안 서서 이리저리 둘러보는데 주변 모두 할아버지의 손때가 묻은 땅들이었습니다.

그곳은 하얀 찔레꽃 피고, 돌배나무 꽃이 피고, 뻐꾸기와 꾀꼬리가 노래하는 곳입니다. 노을이 사위어 어둑어둑 어둠이 내려도 괭이질이며 호미질하시던 할아버지는 그 어둑함 속에서도 크고 힘차 보였습니다.

이 시대에서는 볼 수 없는 일로, 할아버지께서는 병원 가시는 날에도 지게를 지셨습니다. 할아버지께서는 소꼴 한 짐에 넉넉하게 길을 걸으실 때 들꽃들을 가르쳐 주셨습니다. 그때 할아버지께서 이렇게 말씀하셨지요.

들꽃은 화분이나 화단에 핀 꽃들처럼 보호받지 않고도 혼자 스스로 자라 저렇게 아름답게 꽃을 피운단다. 인간도 들꽃처럼 고아로 혼자 자란 사람이 더 훌륭하고 끝내 성공한단다, 라고 하시던 말씀이 생각납니다.

할아버지는 17세 때 당신의 부모를 하늘나라로 보내시고 혼자 자수성가하셨습니다. 들꽃처럼 누가 돌봐주지 않아도 아름답게 꽃을 피우고 사셨습니다.

할아버지께서 땀 씻으실 때 할아버지의 등에 찍힌 푸르딩딩한 지게 자국과 어깨의 지게멜빵 자국은 풀꽃 그늘처럼 저의 가슴에 패여 있습니다. 땅이 꺼질 정도로 거름 지고 나가서, 들어올 때는 해 묵은 나무 지고 오시고, 그 멀고 험한 큰골 작은골에서 소꼴 지어 나르셨습니다. 집에 들어서면 부엌에서 할머니의 무쇠 솥뚜껑 여닫는 소리에 밥 냄새가 코끝을 스쳤지요.

밭에는 구석구석 남아 있는 할아버지의 흔적들, 하천에 돌담 뚝, 길가에 돌담들, 땔감 나무와 풀단들이 할아버지의 흔적들입니다.

비가 오고 눈이 내려도 언제나 아니, 돌아가시는 그날까지도 할아버지께서는 이곳 땅에서 돌을 캐내고 흙을 채우면서 옥토로 만드셨습니다.

그렇게 할아버지께서 가꾸어 만든 땅에 당신이 묻히기 위해 당신의 관이 들어갔습니다. 이어 관 위에 칠성판이 덮이고 맏아들인 아버지의 흙 한 삽이 곱게 뿌려졌는데 참으로 고귀해 보였습니다. 평생 78년을 살아오신 할아버지께서는 경북 봉화군 물야면 오록리에서 태어나 7살 때 증조할아버지 증조할머니와 함께 지금의 이곳 강원도 평창으로 이주해 와 줄곧 살아오셨습니다.

1950년 2월 20일(음력) 재산에서 할머니(안동, 평산신씨)와 혼인하시어, 할머니와 60년은 못사시고 57년을 동반으로 사셨습니다. 재산(재재)고개에서 아버지를 비롯해서 영숙, 현숙, 재교 등 1남 3녀를 낳으셨습니다. 담뱃가게를 하시다가 그만 화재로 초가삼간을 태우시고, 빈 몸으로 계수리(금당계곡)에 있는 작은 한골 은(銀)광산에 취업을 하기 위해 봉평면 유포리 수림대로 이사해서 살기도 했고, 광산을 그만두고는 연내골 화전민으로 있었습니다. 연네골에서 성근, 우철 등 2남을 더 낳으시고, 1971년도에 이곳 대화리로 이사했습니다. 작골에서 운교 막내를 낳으시면서 슬하에 3남 4녀를 두셨습니다.

1977년 자식들의 공부를 위해 칠남매를 데리고 수도권 성남시 중동에 이주해 왔습니다. 그리고 성남시에서 20여년 동안 가족을 위해 헌신적으로 사셨습니다. 자녀들의 교육을 위해, 벌이를 위해, 또 생계를 위해 공장과 공사장을 전전하시면서 알뜰히 돈을 모아 자녀들을 교육시키고, 칠남매 모두 결혼을 시키셨습니다. 그리고 할 일을 다 하신 양 다시 이곳 평창에 내려와 10년을 넘게 지게를 지시면서 옥토를 만드셨습니다. 정말 빈틈없는 삶이었습니다.

'가네 가네, 정봉무(鄭鳳武)도 가네.'

울먹이시던 하일동네 어르신 최(종해)씨 어르신과 조(조수남)씨 어른의 음성이 할아버지의 그 숨결과 함께 바람에 날려왔습니다.

겨울 햇빛이 제법 따사로운 시간에 관은 흙으로 소리없이 덮였습니다. 관 위로 흙이 뿌려질 때마다 무덤 속을 따라 들어갔던 햇살들이 쫓겨나오는 듯 보였습니다.

할아버지는 그 따사로운 햇살 한 줌 쥐어보지 못한 채 갇히시고 동네 사람들은 따독따독 흙을 밟았습니다.

하얗게 학(새)과 같이 고결하게 사시다가 마침내 평소의 그 삶처럼 깨끗하게, 조용히 영면 속으로 본향 찾아 떠나신 할아버지의 관이 흙으로 덮이는 것을 지켜보면서 저는 묻어둔 그 한 마디를 되뇌어 보았습니다.

"⋯⋯."

옆에 사람들만 없었다면 진짜 목소리를 끌어내어 말해 보고 싶었는데⋯⋯.

저는 가끔 생각했습니다. 할아버지 돌아가시면 얼마나 허전하고 슬플까. 저의 어린 시절과 유년시절을 할아버지 손에 자라면서, 또는 곁에 있으면서 인간적인 가르침과 인간적인 윤리와 사회질서, 그리고 도덕적 가르침을 받았습니다. 그런데 이젠 할아버지 없는 빈 자리라고 생각하니 저의 마음이 무척 쓸쓸하고 허전합니다.

할아버지께서 우리 곁을 떠나 가신 지도 1년이 되었습니다. 할아버지 없이 사는 그 1년 동안 텅 빈 느낌, 정말 슬프고 쓸쓸했습니다.

이 세상에서 무엇이 제일 슬프냐고 물으면 저는 이렇게 대답할 겁니다. 사랑하는 가족을 먼저 보내는 거라고. 쓰리고 아픈 저의 심정을 어찌 말로 다 할까요. 몰래 많이 울었습니다. 많이 보고 싶습니다.

할아버지.

병원에서 8개월 동안 항암치료를 받고, 산성동 저의 집에 머무시면서 방사능 치료로 매일 병원에 통원하실 때였어요. 그때가 여름이었지요. 그러니까 대학교 여름방학이 끝날 무렵이었습니다. 할아버지께서는 저에게 손주며느리는 보고 죽어야 할 텐데 하시면서, 애인 있냐고 물으셨는데 저는 아무 대답도 못하고 가슴만 아렸습니다.

할아버지는 모르실 겁니다. 사실 저는 여자 친구가 있었습니다.

할아버지와 같이 방사능치료차 병원에 모시고 갈 때였어요. 할아버지께 소개시키려고 그 여자친구와 같이 병원에 가기로 약속하고 남한산성입구역에서 10시에 만났습니다. 그리고 분당서울대학병원행 51번 시내버스를 올랐습니다.

그런데 다음 단대오거리역에서 그녀는 말도 없이 버스에서 내렸습니다. 나중에 알고 봤더니 그 친구는 할아버지의 구강악취 때문에 내렸다는 말에 저는 화가 울컥해서 그 친구의 따귀를 갈겼습니다. 저는 할아버지를 모독하는 것 같아 참을 수가 없었습니다.

사실 코암(부비동암)이라 구강냄새가 심한 것은 당연한 것인데, 그런 냄새를 이해하지 못하는 여자라면 더 이상 만날 필요가 없다고 생각되었습니다. 할아버지의 손주며느리감이 될 수 없었던 것이지요. 그런데 한편으론 할아버지께 미안해서 다시 만나 화해를 했습니다.

그러던 어느 날 그 친구가 해수욕장으로 놀러가자고 했습니다. 저는 아버지가 학교에 근무하시기 때문에 낮에는 어머니와 함께 할아버지를 간병해야 해서 갈 수 없다고 했습니다. 그랬더니 그 여자 친구가 화를 내면서 할아버지와 자신중 하나만 택하라고 했는데 저는 당연히 할아버지를 택했습니다. 그렇게 여자 친구와 헤어지자 할아버지께 더욱 미안했습니다.

저에게 할아버지는 신과도 같았습니다. 하늘 같은 할아버지로서 집안의 대들보였습니다. 한 집안의 큰 어른으로서, 가정의 가장으로서, 아버지로서, 할아버지로서의 삶과 인간으로서의 삶. 모든 면에서 모범을 보이신 할아버지셨습니다. 할아버지께서는 평생에 걸쳐 가족을 위해 일에만 온 정성을 바치시며 외로운 길을 걸어오셨습니다. 남에게는 티끌만치도 피해가 가지 않게 하는 고집과 고지식함, 학처럼 깨끗하고 교과서처럼 청렴한 삶을, 참된 인간의 길을 걸어오신 할아버지를 진심으로 존경합니다. 일제 때 우리 한글을 놔두고 일본글을 배우기 싫어 학교를 다니지 않으셨다는 말씀, 장인정신과 지사정신을 두루 다 갖추신 우리 할아버지, 참으로 일생을 올곧게 사신 우리 시대 마지막 영혼이십니다.

험난한 세월을 보내셨던 할아버지.

장삿날 할아버지의 관 위에 흙을 바치면서, 또 무덤에 자꾸자꾸 흙이 덮여가는 것을 보면서, 할아버지 생전의 모습을 제 기억 속에서 들춰내 보았습니다.

참으로 잊어버릴 수 없는 기억 중에 논골에서 할아버지와 12년을 한 지붕 아래에서 같이 살다가 맏아들인 아버지의 분가로 저 또한 산성동 판잣집 단칸방으로 이사하던 날이 너무도 쓸쓸했었습니다.

이사하고 난 다음 날이었습니다. 단대공원, 그러니까 집 뒷골목에서 할아버지를 발견했었지요. 할아버지께서는 저의 초라하고 납작한 판잣집의 조각 슬레이트 지붕을 내려다보고 계셨습니다. 저는 반가워서 할아버지를 부르려고 했는데, 할아버지께서는 저를 힐끔 보시곤 모르는 체 등을 보이셨습니다. 그 뒷모습에 제 마음의 눈이 꽂혔습니다.

왜 저의 집에 들어오시지 못하고 그냥 돌아가시는 것일까? 저는 그때 가족들간에 안 좋은 감정의 골이 깊었음을 깨달았습니다. 할아버지께서 가슴에 품었던 그 말, 그 말 한 마디를 속으로 새겨 보았습니다. 할아버지께서 끝내 감추고 가신 그 한 마디 말을…….

　고매하신 우리 할아버지.

　물에서 낚아 올린 물고기가 붉고 뜨거운 숯불에 던져진 것처럼 참을 수 없는 고통을 1년 넘게 겪으셨습니다. 병원에서 할아버지를 간병하면서 할아버지로부터 많은 이야기를 들었습니다.

　일본 침략시대 때 일본 순사들이 남의 나라 땅을 짓밟고 다니는 꼴과 그 일본 순사 앞잡이 노릇하는 마을 유지들을 모두 찔러 죽이겠다고 나서셨다는 말. 물푸레나무를 베어다가 끝을 뾰족하게 깎아 불에 구워 창을 만들어서는 산 속에서 사셨다는 할아버지. 저는 할아버지의 그 애국정신이 너무도 자랑스럽습니다.

　8.15 해방 이후 수레를 끌고 다니시면서 고무신 장사를 하고 계실 때 해방의 기쁨도 제대로 맛보기 전에 남북 분단이라는 상황을 맞이하셨습니다. 그리고 1950년 6.25 한국전쟁을 겪게 되셨습니다. 한민족끼리 왜 땅을 갈라놓고 싸우고 전쟁을 해야 하는지 이유를 알 수가 없어 할아버지께서는 국군도 아닌 인민군도 아닌 어떤 의용군에도 지원하지 않으셨다는 말씀도 들었습니다. '반으로 갈라진 우리나라 땅이 하나가 되는 것을 못보고 가겠구나' 하시며 안타까워하던 할아버지의 그늘진 표정이 새삼 기억납니다. 그리고 그런 민족정신을 가지신 할아버지, 정말 훌륭하십니다.

　고우셨던 할아버지.

　주의를 다하고 흐트러짐 없는 마음으로 이승으로부터 떠나셨습니다.

혼자만이 죽음을 당하는 것은 아닙니다. 그것은 누구에게나 오는 것입니다. 집착과 연약함으로 하여 생명에 달라붙으려 하지 마십시오. 할아버지께서는 이제 이미 이승에 남아 있을 힘을 잃고 위대한 종말을 향해 다가가는 중요한 순간이었습니다. 몸과 마음이 분리되는 순간이었습니다. 할아버지께서는 포착키 어려운, 튀기며 빛나는, 현란하고 장엄한, 그리고 무섭도록 찬란한, 순수한 진리의 섬광을 경험했을 것입니다. 하나의 진동 흐름 속에서 하나의 신기루가 펼쳐져 한 풍경으로 가로 놓여져 있는 것과 같을 것입니다. 할아버지께서 가지고 계시는 몸은 마음의 몸, 또는 생각의 몸이라고 해 두시길 바랍니다.

삼우제를 지내는 날이었습니다. 삼우제가 끝나자 집안 식구들은 하나둘 대화 집에서 떠나갔습니다. 집은 한산하게 돌아갔습니다. 집주변에 흩어진 물건들을 제자리로 정리했습니다. 헛간과 외양간, 나딩구는 녹슨 연장들과 등태없는 지게, 녹슬은 경운기, 무엇보다 할아버지의 화로를 바라보며 저는 쓸쓸해 견딜 수가 없었습니다. 주름살 투성이의 얼굴과 움푹 패인 볼이 붉게 물들었다가 사라졌습니다.

산 같은 짐을 지셨던 할아버지.

학생은 책가방을 메고, 농사꾼은 지게를 져야 하는 것이 인간사 근본이라고 말씀하셨습니다. 할아버지들이 당신들의 땅을 짊어지고 벌떡 저 저문 산처럼 일어서보십시오.

할아버지 살아 생전에 새벽 산빛을 깨치며 아침을 몰고 산길을 걸어오시며, 산굽이를 돌아오시는 것처럼 한 번만, 다시 한 번만 오십시오. 와 보시면 이 땅에 버릴 것과 남을 것이 추려지고 가려져 곡식 자랄 할아버지의 땅만 남을 것입니다.

할아버지. 그리운 우리 할아버지의 땅을 제가 찍어 일구겠습니다. 할아버지의 목소리가 솟을 때까지 할아버지의 땅울림이 쩌렁쩌렁 울릴 때까지 일구겠습니다.

지난 해 가을 첫 벌초하러 할아버지 산소에 갔다 왔습니다.

올해는 음력 7월 윤달이라 팔월 초이틀 날, 토요일을 택해서 다녀왔습니다. 재산에 있는 증조할아버지 묘소를 먼저 다녀왔고, 다음으로 할아버지 묘소를 찾아 벌초했습니다. 그런데 올해는 강릉 큰집에서는 참여하지 못하고 아버지와 성근 삼촌, 우철 삼촌 삼형제 가족들이 모였습니다.

역시 할아버지 없는 시골은 쓸쓸하기 그지없었습니다. 넉넉함은 찾을 길 없었고, 무엇인지 부족함만 느껴진 채 모든 게 비어 있었습니다.

제가 어릴 때 시골집에 가면 제일 먼저 외양간의 소를 보는 것이었습니다. 이젠 텅 빈 외양간을 들여다보니 여물통까지 비어 있었습니다. 그 여물통은 박달나무로 만든 것인데 30년이 넘었다고 하셨습니다. 가리왕산에서 해 오셨다는 박달나무 여물통은 여전히 쇳덩이처럼 여물어 있었습니다.

할아버지께서 식은 땀을 흘리시며 아침 저녁으로 쇠죽을 끓여주시고 밤낮으로 공들인 황소, 쓸어주고 닦아주며 애지중지 키우셨던 그 붉은 소가 생각납니다. 하지만 이젠 그런 황소도 볼 수 없게 되었습니다.

뿌리 깊은 할아버지.

이제 저에겐 할아버지가 계시지 않습니다. 하지만 할아버지의 뿌리는 내재되어 있습니다. 계속해서 그 뿌리는 깊이깊이 뻗어내리고 있습니다. 그런데도 할아버지가 계시지 않은 사실이 날이 가면 갈수록 할아버지의 그 어눌해지던, 그래서 몹시 마음 아프던 그 음성도 들을 수 없으니 제 마음이 아립니다.

하지만 이 세상에서 우리 할아버지의 삶이 가장 훌륭하셔서 제 마음이 든든합니다. 훌륭하신 할아버지와 함께 살았다는 것만으로도 저는 행복합니다. 그것은 어디서든지 드러내고 싶은 저의 큰 사랑입니다.

농촌에서 몸을 아끼시지 않고 뼈가 으스러지도록 가시는 그날까지 농삿일을 하시던 할아버지의 그 고결한 삶의 향기만은 제 가슴에 영원히 남아 그리움으로 뿌리내릴 것입니다. 새록새록 피어날 그리움이 있는 한 영일정씨 문충공파(포은공파, 포은 정몽주) 피를 받은 32대 할아버지. 11대이셨던 포은(정몽주) 할아버지의 자손이라고 자랑스럽게 여겨오셨던 할아버지의 그 모습을 상기하면서 저 또한 그 혈통을 이어받아 할아버지의 피를 받은 손자인 저는 할아버지의 끈을 놓지 않을 것이고, 할아버지의 영 또한 제 안에 머물러 제가 가는 장손의 길을 지켜봐 주실 줄 믿습니다.

이제 이 긴 편지를 끝낼까 합니다.

(2007년, 대한민국공무원문인협회 사화집)

6
여섯

붉은 카펫으로 장식된 층계를 올라 레스토랑 출입문을 열고 안으로 들어섰다. 잠시 멈추어 서서 찬찬히 주위를 둘러보았다. 그의 모습은 어디에도 보이지 않았다. 아직 오지 않았나 보다.

가냘픈 몸매에 비둘기 색 투피스의 정장 차림이 그녀에게 어울렸다. 다시 한 번 둘러보다 창가 쪽 빈 테이블에 이르러 눈길이 멎었다. 그 곳은 그와 같이 찻잔을 마주했던 자리였다. 그 자리에서 살벌한 추위에 얼어붙었던 몸과 마음이 따뜻한 온기에 살포시 녹아내렸다. 그녀를 바라보던 그의 편안한 시선이 그 자리에 아직도 아늑하게 머물러 있는 것 같은 편안함이 느껴졌다.

희진은 그 자리로 또박또박 걸어가 소파 의자에 엉덩이를 얹어놓고 무릎을 붙였다. 곧 이어 웨이터가 그녀 앞에 따뜻한 김이 피어 오르는 투명한 유리잔을 내려놓았다. 그리고 그 옆에 메뉴판을 공손히 놓아두고 물러갔다.

그녀는 웨이터가 내려놓은 뜨거운 물이 담긴 유리잔을 물끄러미 쳐다보다 격자무늬 창으로 시선을 돌렸다. 짙은 어둠에 잠긴 밤거리에 형형색색의 화려한 네온사인 불빛이 아름답게 반짝이고 있었다. 그리고 제법 매서운 바람이 부는지 앙상한 가지만 남은 가로수가 심하게 흔들거린다. 무성한 잎새, 가지 많은 나무에게만 바람 잘날 없는 게 아닌가 보다. 저 앙상한 나무조차 윙윙 소리를 내지르며 휘청이는 것이 꼭 자신과 같다는 생각을 하고 있었다.

"똑똑."

테이블 두드리는 소리에 희진은 흠칫 시선을 돌렸다.

"일찍 오셨군요."

형진, 그였다. 희진은 예의상 엉거주춤 일어나려다 앉았다. 그의 혈색은 여전히 창백해 보였다.

"네, 형진씨. 저두 방금 왔어요."

두 사람의 시선이 마주치자 그가 부드러운 웃음을 지어보였다. 형진은 맞은편 자리에 앉으며 손목시계를 내려다보았다. 저녁 10분 전 8시였다.

"이처럼 어려운 시간을 할애해 주서서 뭐라고 감사를 드려야 좋을지 모르겠습니다."

"무슨 말씀을요."

그가 도착하기 전부터 은근히 토닥거리던 희진의 맥박이 그를 대하는 순간 더 세차게 쉬임없이 들뛰었다.

부끄럽고 민망함, 당돌하게도 여인네가 먼저 전화해 만나자고 했으니 말이다. 행여 저 아래로 내려다보는 것은 아닐까 하는 이런저런 생각이 뒤엉켜 희진은 고개를 제대로 들 수가 없었다.

희진은 집을 나서면서 친구를 만날까 하다가, 문뜩 그의 모습이 떠올라 그에게 전화를 걸었다. 왜 그 상황에서 그의 모습이 떠올랐는지 모를 일이었다.

그가 건네준 명함을 기억해내고 가방 속에 끼어 있는 명함을 꺼내들고도 한 동안 망설이다 어렵게 전화기를 꺼내 번호를 누르고 귀에다 댔다. 잠시 후 무선을 타고 들려오는 그의 목소리가 편안하게 느껴졌다. 순간 그녀는 화들짝 놀라 전화기를 떨어뜨릴 뻔했다. 재차 들려오는 그의 목소리에 짓눌린 부끄러움 때문인지 입조차 열리지 않았었다. 어렵사리 입을 열고 기어드는 목소리로 간신히 말을 이어나갔지만 정신이 아득했었다. 거부감 없이 편안하게 들려오는 그의 목소리에 한껏 용기를 내어 시간을 내달라고 말은 했다. 그래놓고 난 후 터질 듯 쾅쾅 울리는 심장소리에 그녀 자신이 더 놀라 숨이 턱 막혀 올랐었다.

그에게 약속시간을 받아내고 난 뒤로도 한 동안 그녀는 정신이 아득하도록 얼굴이 확확 달아 올랐었다.

"사실, 솔직히 말해서 전화를 받는 순간 저도 얼마나 반가웠는지 모릅니다. 감사를 드릴 사람은 오히려 제 쪽입니다. 다시 만나뵐 수 있는 영광을 베풀어 주셨으니까요."

웨이터가 다가와 그의 앞에 따뜻한 물이 담긴 투명한 유리잔을 내려놓고 물러갔다.

"얼마나 망설였는지 몰라요."

"제게 부담을 느끼셨군요."

"……"

"당연한 망설임이겠지요."

그가 말끝을 흐렸다.

"전혀 부담을 느끼지 않았다고 말하면 거짓말이 될 테죠. 행여 책망하실지도 모른다는 생각이 문득 들더군요. 어떻게 받아들이실지 몰라…, 한동안 망설이다 전화를 드렸어요."

술을 같이 나누고 싶었고, 취하면 자신의 모든 어려움을 고백하고 싶었다. 그녀는 그런 것이 부끄럽고 미안한 마음에 '술 좀 사세요'라고 입이 열리지 않았다. 그건 그의 얼굴을 정면으로 바라볼 자신이 없어서였고, 상대의 두 눈을 바라볼 용기가 생기지 않고 더럭 겁부터 났다.

왜 전화를 했었는지, 잠시만 여유를 지녔더라도 이런 불상사는 발생하지 않았을 텐데, 약속만 하지 않았더라도, 하는 후회스러움이 그녀를 아프게 옥죄어 왔다. 나오지나 말 것을 괜히 나왔다 싶은 생각까지 겹쳐지면서 그녀를 괴롭혔다. 지금 이 상황에 걸려온 전화에 반갑기 그지없었다는 그의 말이 위안이 될 수 있을지는 모르겠다.

희진은 마음 속으로 고개를 가로저었다.

'분명 책망할 거야. 겉으로 말은 않지만 속으로는 내가 훤히 들여다보이는 가벼운 여자라고.'

이처럼 불편한 가시방석에 앉아서 뭘 어쩌겠다고 나왔을까 하는 후회도 했다. 그녀는 그의 시선 아래로 눈길을 낮추고 가만히 숨죽여 고개를 떨어뜨렸다.

그는 투명한 유리잔을 들고 따뜻한 물을 한 모금 마셨다.

"이렇게 만나뵈니 정말 반갑군요."

그의 달가운 말씨에 희진은 시선을 들어 겨우 멈춘 곳이 테이블 앞 유리잔이었다. 살포시 미소를 지어보지만 그 역시 어색한 느낌이다.

"보통 사나운 날씨가 아니던데 나오시는 데 춥진 않으셨어요?"

"네, 괜찮았어요."

그녀의 달라붙은 두 입술이 겨우 틈새를 벌리고 말문을 열었다.

"겨울날은 추워야 제격이라지만, 갑자기 기온이 떨어지니 피부로 와 닿는 체감 온도는 더 낮은 거 같아요."

"네, 그러네요."

"아세요?"

"네?"

그가 뜬금없이 던지는 물음에 희진은 갑자기 눈이 커졌다.

"실은 이곳에 들어와 그쪽을 발견하고 잠시 머뭇거렸습니다."

"그러셨어요? 부담스러웠나 봐요."

"전혀, 그런 게 아닙니다. 혹 사람을 잘못 본 게 아닌가 싶어 재차 확인하느라 진땀을 흘렸습니다."

그는 만면에 웃음이 가득했다.

"절 한눈에 알아보지 못하셨다니 조금은 섭섭한 생각이 드네요."

그는 붉은색 바탕에 하얀 물방울이 조화롭게 새겨진 넥타이가 잘 어울리는 인상적인 모습이었다.

"오해하셨나 보군요. 그런 게 아닙니다."

"……?"

"오히려 절 놀래킨 죄, 제 심장이 철렁 내려앉은 책임을 단단히 지셔야겠습니다."

"……"

어려운 말도 아닌 그의 말을 이해하지 못한 희진은 뒤늦게 낯이 붉어졌다.

"이처럼 아름답고 눈부시게 변신을 하셨는데 당연히 제가 바로 알아보지 못하고 놀랄 수밖에 없었지요."

희진은 칭찬인지 비웃음인지 진의를 따져볼 정신이 없었다. 여지껏 가라앉는 기색없이 들뛰는 심장소리, 어색한 불편함이 그녀의 판단력을 흐트려 놓았다.

"결혼 때 보고 이후에 두 번 정도 뵈었을 때의 느낌, 뭐랄까… 바라보는 상대로 하여금 무엇인가를 생각하게 하는 그런 차분한 분위기에 휩싸여 있었지요. 그런데 오늘은 화사한 귀부인, 눈이 부시도록 아름다우십니다."

희진은 왠지 귀가 간질거렸다.

"칭찬으로 알고 받아들일게요."

"입에 발린 말이라고, 듣기 거북하셨어도 어쩔 수 없답니다. 저는 맘에 없는 소린 강요해도 못하는 성격입니다."

귀발림에 지나지 않는 겉치레일 테지만 희진은 그의 말을 믿고 싶었다. 어린 딸의 눈에도 변화한 엄마의 모습이 달라 보였을 것이다.

"엄마, 예쁘다!"

딸아인 그랬다.

"정말?"

"응, 정말 이뻐."

약속 장소에 나갈 준비를 하느라 옷을 갈아입고 화장대 앞에 앉아 마무리 화장을 하는 희진의 목을 끌어안으며 딸이 연신 예쁘단 소릴 했었다.

"엄마, 어디 가?"

화장을 마무리짓고 자리에서 일어나는 그녀에게 딸이 옷자락을 잡고 물었다. 동그란 두 눈으로 그녀를 바라보는 딸아이의 시선이 날카로운 가시처럼 그녀의 가슴에 뜨끔하게 박혀들었다.

"응, 엄마 친구들과 모임이 있어서."

철부지 딸애에게 이처럼 황당한 거짓말을 둘러대면서까지 나가야만 하는 것일까 하는 망설임이 없지는 않았다.

"일찍 올 거야?"

딸의 물음에 그녀는 대뜸 입을 열지 못했다.

"아니, 어쩌면 조금 늦을지도 몰라."

핸드백을 챙겨들자 남편이 욕실에서 안방으로 들어왔다.

"이 시간에 어딜 나가?"

눈에 잔뜩 힘이 들어가 있었다.

"어제 말했잖아. 친구들과 모임이 있다고."

"여자들이 모임은 무슨 얼어 죽을 모임."

적이 못마땅한 남편의 말투였다.

울컥 치밀어 오르는 화가 턱밑까지 차올랐다. 그에 대한 참을 수 없는 분노, 그녀의 등을 매몰차게 떠밀어주는 빌미를 기다리기라도 한 것처럼 희진은 대답없이 횡하니 찬바람이 일도록 그에게서 몸을 돌려 방을 나왔다. 한시라도 빨리 이곳에서, 그에게서 훌쩍 벗어나고 싶었다.

진정 이런 게 부부 사이일까. 참을 수 없도록 치밀어 오르던 분노 속에서 앞서 툭 불거져 나온 서글픈 울렁임에 목이 콱 막혔다.

"열쇠 가지고 나가, 이따가 곤한 잠 깨우지 말고."

등 뒤로 날카롭게 꽂혀드는 남편의 일침. 거짓을 둘러대고 낯선 남자를 만나러 나가는 것을 들킨 것 같아 그녀의 몸과 마음은 죄스러움에 화들짝 놀랐다. 하지만 움츠러들기보다 오히려 경멸스럽게 튕겨 나가듯 당당해졌다.

"엄마, 일찍 와."

어린 딸아이가 현관으로 쪼르르 따라 나오며 말했다.

"그래, 일찍 올게. 먼저 자."

"응."

희진은 딸아이 볼에 입술을 비벼주고 현관문을 열었다. 살짝 발걸음을 옮기고 현관문을 닫았다. 잠시 망설이던 그녀는 아랫입술을 지그시 깨물고 엘리베이터 버튼을 눌렀다. 아파트 현관을 나와 한참을 서성이다 택시에 올랐다.

친구의 소개로 남편을 만났지만 이러한 사실 또한 친구는 전혀 모른다. 희진은 친구에게조차 자신의 행적을 감춰 왔었다. 그 동안 희진이 꼭꼭 숨겨놓은 비밀, 딱한 처지를 알게 된다면, 여린 감성을 지닌 그녀의 가슴이 울컥 치올라 커다란 두 눈에 주체 못할 눈물을 펑펑 쏟아낼 것이다.

친구에게 그 일이 있기 전이었다면 분명 그랬을 터이다. 어쩌면 희진을 한없이 원망하고 못 믿을 사람이라고 경멸했을지도 모를 일이었다.

어쩔 수 없는 희진, 그녀만의 아픔. 고향 사람들에게조차 원망 섞인 말 한 마디 하지 못했던 그녀였다. 친구라고 예외일 수 있을까. 알량한 자존심이라도 곧추 세우기 위한 그럴만한 가치라도 존재한다면 얼마나 좋을까. 존재한다면 그만큼 마음에 위안이 될 수 있을 텐데…….

방황인지 앙갚음인지 불분명한 행동을 취하며 일주일을 밖에서 떠돌다 집으로 돌아온 남편은 흠뻑 술에 만취한 상태였다. 기우뚱 휘청거리는 몸짓과는 달리 휑하니 찬바람이 일도록 곧장 서재로 향하는 남편을 어떻게 해석해야 좋을지 희진은 난감했었다.

맨 정신으로 들어올 낯이 없어서 술기운을 빌어 집에 들어온 심사는 아닌 듯 싶었다. 울분을 삭히기 위해, 그렇다면 응당 취기라는 힘을 빌어 술주정하듯 화를 내거나 아님 타협을 하든지, 그것도 아니라면 용서를 빌면서, 서로가 용서하고 용서해 주는 그 어떤 선택을 했어야만 했다.

그러나 취중에도 감정을 억누르고 속내를 보이지 않는 가슴, 섬뜩한 남편의 저의를 어떻게 이해하고 받아들여야 하는 것인지 난감했다. 아침밥을 차려도 수저를 드는 둥 마는 둥 식탁을 벗어나기 일쑤였다. 속풀이로 뜨거운 국물을 훌훌 마실만도 하련만 남편은 냉담했다.

희진 역시 속이 뒤틀렸지만 밥맛이 없어서, 속이 좋지 않아서 그렇거니 하는 이해 아닌 이해로 좋게 좋게 덮어두고 넘어갔다. 하지만 맨 정신으로 퇴근한 저녁이나 다음날 아침에도 변함없이 같은 행동이었다.

정신적인 고문, 피를 말려 죽일 심사였던가. 참지 못한 이쪽에서의 행동 여하에 따라 적절한 반응을 취하겠다는 그의 계산된 심사인지도 모른다.

"보세요."

무겁게 들려오는 그의 음성에 희진은 숙였던 고개를 반쯤 들었다.

"무슨 생각을 그처럼 깊이 하세요?"

희진은 잠시 생각에 잠겨 있는 동안 그가 무슨 말인가 했었나 싶었다. 상대를 앞에 두고 실례를 범한 잘못, 차마 그렇게 말할 순 없었다.

"죄송해요."

얼버무리듯 그녀는 말끝을 흐렸다.

"잠시 절 바라보시지 않으시겠습니까?"

희진의 얼굴이 화끈 달아올랐다. 그녀가 어렵게 시선을 들어 그를 보았을 때 목소리만큼이나 부드러운 웃음이 만면에 가득했다.

"제게 뭔가 하실 말씀이 있으시면 하세요. 그처럼 수심에 잠겨 있는 모습이 안타까워 보여요. 어려워 마시고…."

희진은 마음 한 편으로 안도의 한숨을 내쉬었다. 희진이 뭔가 어렵게 부탁할 용건이 있다고 생각했나 보다.

그런 게 아니라고, 답답한 마음에 다른 남자와 술을 마시고 싶었다고, 대화를 나누고 싶었다고, 그렇게 해서라도 마음 속에 무겁게 쌓여 있는 갈등을 해소하고도 싶었다고, 결혼 이후 지금까지 당신을 사모했었다고, 그보다 오늘밤은 희진에게 뜨거운 남자가 되어달라고, 그런데 어찌 말할 수 있을까.

"혹시."

"네? 아니에요. 제가 술을 사드리고 싶어서요."

순간 희진은 자신도 모르게 튀어나왔던 말이라는 걸, 그의 허둥대는 표정을 읽고 난 후에 잘못 나온 말임을 수습하려 했다.

"갑시다. 제가 모시겠습니다."

그대로 두 사람은 카페로 들어갔다. 룸이었다. 실내는 노래방 시설이

되어 있었다. 희진은 결혼 전 남편에게 강간당했던 기억이 스쳐 지나갔다. 술이 나왔다. 희진은 목마른 사람처럼 술을 벌컥벌컥 마셨다. 아니 빨리 취하고 싶었던 것이다.

"저요, 남편한테 강간을 당해 우리 딸을 낳았는데, 남편은 자기 씨앗이 아니라고 하잖아요. 그나마 그건 참을 수 있었는데요. 남편이 이혼한 전처와 따로 살림을 차린 거 형진씨도 잘 아시잖아요."

희진은 이미 술이 올라 말하는 발음이 꼬이기 시작했다.

"그게 다 저 때문에 그렇게 된 것이라는 걸 저도 잘 알고 있습니다. 하지만 저도 희진씨를 좋아했었다면 믿겠습니까? 솔직히 말해서, 희진씨가 친구의 아내만 아니었다면 벌써……."

"벌써 해치웠단 이 말씀이군요. 지금은 늦었나요? 그렇다면 나도 형진씨가 남편이었다면 얼마나 행복할까 하고 생각하곤 했죠. 지금도 우리 신혼 때, 형진씨의 커다란 그게 자꾸 떠올라 미치겠어요."

희진은 그렇게 횡설수설하다가 어깨를 들썩이며 울음을 터뜨렸다.

"저로 인해서 미안합니다."

희진은 울다가 고개를 들고 그를 빤히 쳐다보았다.

"아니에요. 남편이 원망스러울 뿐이에요."

말은 그렇게 해도 그 속에 한이 서려 있었다. 그리곤 다시 고개를 숙이고 소리없이 울고 있었다.

언제든지 뒤로 한 걸음 물러나 남편이 요구하는 조건을 받아들일 용의, 남편의 꺾인 자존심을 곧추세워 줄 자신감도 있었다. 그런데 전혀 예상할 수 없었던 남편의 상식 이하의 행동, 서로 이해하고 타협하는 순리는 아닐지라도, 주어진 기회에 걸맞게 떳떳하고 당당하게 자신이 취하고자 했던 권위, 자존심 회복을 요구했어야 옳았다. 치기어린 졸렬한 행동으로 자신의 이기적인 이익을 위해 행한 그의 행위가 희진을 걷잡을 수 없는 분노 속으로 몰아붙였다. 현명한 이성과 인격을 갖춘 남자, 남편이란 존재가 상식 이하의 행동으로 아내를 막다른 골목으로 내몰고 핍박하고 피폐한 궁지로 내몰아 세웠다.

더 이상 비참한 부부생활을 이어갈 필요가 있을까? 희진은 환멸을 느끼고 있었다. 남편의 치졸한 노림수가 그녀에게 이혼 결심을 부채질하고 있었다. 남편이 앞서 염두해 두었어야 할 지난날의 그녀와 지금의 그녀를 헤아렸어야 옳았다.

지난날 어쩔 수 없이 희진 스스로 포기라는 체념 속에 자신을 빠뜨릴 수밖에 없는 처지였지만 지금은 모든 것이 달라져 있었다. 현실에 눈을 뜨며 단련된 그녀의 변화된 생각의 깊이, 주어진 상황, 처지가 판이하게 달라졌다는 사실을 남편은 전혀 직시하지 못하고 있었다.

희진 역시 묶인 매듭을 뚝 끊듯 결론을 내린 것은 아니지만 별거를 머릿속에 얹어두고 있었다. 경우에 따라서 최악의 선택, 그녀에게 있어서 최선의 선택이 될 수도 있을 이혼마저 불사할 의지가 가슴 밑바탕에 진하게 깔려 있었다. 과거와는 달리 지금의 현실에 얽매인 자신과는 전혀 달라지고 싶었다.

희진이 남편을 처음 만난 날은 크리스마스 이브였다.

그날 친구의 소개로 한 남자를 만나 술집에서 술을 마시고 같이 노래방에 들어갔었다. 한참 춤을 추며 노래 부르고 있었는데, 지금의 남편이 뒤에서 양팔로 허리를 감아 안고는 탁자에 엎드리게 했다. 그리고는 스커트를 걷어 올려붙이고 팬티를 내리려 했다. 희진은 깜짝 놀라 위험한 날이라며 반항했지만, 그의 힘에 당할 수가 없어 그대로 몸을 내주고 말았다.

강간이었다. 23세의 나이에 그런 식으로 처녀를 잃고 충격의 상처로 두 달을 보냈다. 거기다 또 다른 변화가 왔다. 생리가 없었다. 그 길로 병원 산부인과를 찾았는데 임신 2개월이란다.

희진은 절망과 함께 그를 찾아가 그날 밤 강간한 것을 책임져달라고 했다. 하지만 그는 성탄절인 만큼 술을 많이 마셔 전혀 기억도 없다고 발뺌했다. 그러다 다시 두 달을 보내고 희진은 자살충동에 빠지며 우울증까지 겹쳐 생사의 기로에 놓여 있었는데, 그에게서 만나자는 전화가 왔다. 만났는데 어이없게도 결혼하잔다.

뱃속의 새 생명을 위해서라도 일단 희진은 달갑게 받아들였다.

결혼식이 끝나고 신혼여행을 4박 5일로 괌에 다녀왔다. 시댁에서 이틀 밤을 보내고 다음 날 저녁에 남편의 친구들이 들이닥쳤다. 그들은 밤 늦게까지 술을 마시고 갈 생각을 하지 않고 있었다. 희진은 짜증스러웠다. 정신을 가다듬으며 밖으로 나왔다.

시원한 밤공기를 들이마시고 있는데 남편 친구 한 명이 담벼락에다 오줌을 갈기고 있었다. 순간 남편 친구는 인기척을 느꼈는지 몸을 휙 돌렸다. 아랫도리를 추슬르지도 않고 그대로 오줌을 질질 흘리고 있었다. 희진은 보기가 민망해 일단 손바닥으로 얼굴을 가렸다. 그때서야 남자는 아랫자락이 옷밖에 나온 걸 알고 얼른 옷자락으로 감추고 정리정돈을 마쳤다. 희진은 몸을 돌렸다.

"아, 실례했습니다. 근데 뉘십니까?"

역시 곰처럼 몸을 흔들고 있을 뿐 밤이라 잘 보이지는 않았다.

"저 동생인데요."

희진은 차마 신부라고 말할 수가 없어 동생인 척했다. 사실 시누이가 둘이나 있었다.

"동생? 그럼 지영이야?"

"네."

"나 형진이야, 형진오빠. 그리고 너, 내 것 봤냐?"

"어두운데 뭐가 보여요."

"어휴! 다행이다. 그래 이 오빠가 노총각이잖냐. 그래 넌 시집갔다고 이 오빠를 모른 체하기야?"

"그게 아니에요."

"지영아, 이렇게 세상이 불공평할 수 있냐? 누구는 노총각으로 늙어 가는데, 네 오빠는 두 번씩이나 장가 가나? 세상 참 좆같다야."

"네!"

이건 또 무슨 말인가. 희진은 놀라 비명에 가까운 소리를 질렀다. 그 소리에 놀란 형진은 기겁을 하고 손으로 희진의 입부터 막기에 바빴다. 이어 지영이가 아니고 신부임이 확인되자 그는 다시 뒤로 벌렁 나자빠졌다.

큰일은 벌어지고 만 것이다. 이 말만은 신부가 들어서는 안 되는 말이었다. 형진은 어떻게 잘 수습해야만 했다. 그렇지 않으면 친구의 가정 파탄과 함께 평생 원망만 살 것이었다. 앞이 깜깜했다.

형진은 취기가 확 깨어 버렸다. 이 상황을 수습하기 위해 희진의 손목을 잡고 끌다시피 대문 밖으로 나왔다. 그리고 희진 앞에서 무릎을 꿇고 손바닥이 닳도록 싹싹 빌었다.

오히려 희진은 다짜고짜 캐묻기 시작했다. 그러나 형진의 비밀을 지키는 조건 운운하는 것이 남편은 이혼 경험자라고 확신을 주었다.

"희진씨, 내가 말했다고 하면 저는 죽습니다. 꼭 비밀로 해 두세요."

희진은 모두를 위해 비밀로 하기로 하고 헤어졌지만, 기가 막히고 괘씸하고 화가 치밀었다. 한 편으론 그가 한 말이 거짓말이길 바라며 자신을 달래 보지만 무척 혼란스러웠다.

남편에 대한 배신감에 믿음이 없어지고, 죽이고 싶을 정도로 증오스러워 분노하며 눈을 감았다. 정말로 모른 체하고 비밀로 이렇게 눈감고 살아야 하는지 아니면 헤어져야 하는지 망설이다가 시골에 계시는 부모를 생각해서라도 눈 한 번 딱 감고 살기로 결심했다.

결혼한 지 5개월이 지났다. 배도 만삭이 되고 며칠 후 딸을 낳았다.

그러나 남편은 딸을 한 번도 안아주지 않았다. 희진은 너무 서운해서 몰래 많이 울기도 했다.

남편의 그런 이유는 결혼한 지 6개월도 안 되었는데, 어떻게 애를 낳았냐는 것이다. 희진은 혼전 성탄절 이브날 노래방에서 강간으로 임신이 된 것이라고 말했지만 남편은 변함없이 그날 밤은 아무 기억이 없다라는 말뿐이었다.

남의 여자를 강간해 놓고 기억이 없다고 하면 이해를 할 만했다. 그건 남편이 이혼한 성경험자였으니까. 그런데 현실은 그렇지 않았다.

언제부턴가 남편은 그런 저런 이유로 각방을 쓰며 생활했다. 남편에게 무시당하며 한 가정의 아내로서 위엄이 상실되고 더불어 모든 권리와 의무가 사라져 버렸다.

이혼도 생각해 봤지만 딸아이 생각도 있고, 주변의 체면 때문에 그리

하지도 못하고 참으며 살아왔다.

　그러던 어느 날, 우연히 남편의 컴퓨터에서 e-메일을 확인했는데, 편지내용의 정황으로 보아 이혼한 전처와 만나면서 두 살림을 하고 있음을 희진은 알아 차렸다.

　3년 동안 모른 척하고 말없이 가정을 위해 희진 혼자서 갖은 고생을 다하며 딸아이를 위해 아내로서 어머니로서 헌신하면서 살아왔었다. 그런데 어느 날 자기 씨앗이 아닌 딸을 보면 집에 들어오기 싫다면서 고아원에다 버리라는 것이었다. 정말 남편은 구제불능이었다. 도저히 앞으로 한 지붕 아래에서 같이 생활할 자신도 없었다.

　희진은 슬쩍 남편에게 다른 여자와 살림을 차렸냐고 물었다. 남편은 오히려 큰소리치면서 딸아이가 자신 말고 어떤 남자와의 사이에서 태어난 씨앗인지 대라고 다그쳤다. 희진은 어이가 없어 웃으면서 왜 자신의 말을 믿지 않느냐고 따졌더니, 남편은 이혼을 요구해 왔다.

　희진은 남편이 전처와 같이 살 목적으로 이혼을 요구하는 것이라는 걸 알고 있었다. 그래서 이혼은 없다 라고 못을 박자, 남편은 주먹과 발로 희진을 짓이겨 놓았다.

　희진은 남편한테 얻어맞은 부위를 치료 받기 위해서 동네 개인병원을 찾았다. 순서를 기다리고 있다가 간호사의 부름에 진찰실에 들어갔는데, 희진은 하마터면 소리를 지를 뻔했다.

　진찰하는 의사가 형진이었다. 그를 통해서 남편이 이혼한 사실을 알게 되었고 희진은 서로 비밀을 지키기로 했던 사이였다. 희진은 남편한테 맞아 얼굴에 멍든 것이 부끄럽고 창피하고 망신스러워 몸을 돌려 나오려고 했다. 그런데 형진한테 잡혀서 나올 수가 없었다. 잡힌 그대로 일단 진찰을 받고 회복실에 누워 있었다.

오후에 회복실로 형진이 들어오자, 희진은 몸을 일으키며 눈물을 흘렸다. 눈물이 볼을 타고 주르륵 흐르자 그가 손바닥으로 살며시 문질러 주었다.

"나 때문에 이렇게 고생하게 되어서 마음 아픕니다."

희진은 손바닥으로 눈물을 닦아냈다.

"절대 아니에요. 형진씨 아니었으면 저는 계속 속아 살아야 했잖아요."

속아 사는 것이 아니라 전혀 모르고 살아가는 것도 평생 행복하고 평화롭게 살아갈 수 있는 방법인데, 취기로 내뱉은 말 한 마디로 상대가 이렇게 되었다고 그는 생각했다.

"그렇기는 하지만……."

"저 집에 가봐야겠어요."

"그러셔도 됩니다. 보아하니 많이 힘드신 것 같습니다. 힘드시면 딴 맘 가지시지 말고 언제든지 연락하시면 제가 도와 드리겠습니다. 어려워하지 마시고, 그냥 편안하게……."

희진은 그가 그렇게 따뜻할 수가 없었다. 남편한테서는 받아 보지 못했던 포근함에 희진의 마음이 살살 녹아들고 있었다.

남편은 몇 년 동안 살아오면서 절반 이상 전처와 지내고 있었다. 타오는 월급도 전부 그쪽으로 가고 있었다.

더 이상 이런 식으로 살 수가 없었다. 그래도 이 시점에서 결백을 증명할 수 있는 건, 친자확인 유전자 검사였다.

샘플용 딸의 모근(머리카락 뿌리)과 구강상피세포(면봉으로 입 내부를 훑은 것)를 묻혀서 샘플 확인서를 작성해 한국유전자검사센터로 보냈다.

이렇게 하는 것은 정말 정 떨어지는 행동이었다. 분명 이런 짓은 좌절과 분노를 끓게 했다. 다른 것은 다 참아도 이런 경우를 보고 참을 수 없었다. 그리고 남편이 이혼 목적으로 한다는 사실을 알아냈다.

검사결과가 나왔다. 결과는 남편 본인이 직접 확인을 했다. 검사결과는 자신의 딸이었다. 미안해서일까, 그날 밤 남편은 느닷없이 몸을 요구해 왔다. 하지만 실망과 좌절에 빠진 희진은 완강하게 거부했다. 그게 복수라고 생각했고, 또 그럴만한 정이나 마음 구석이 남아 있지도 않았다.

남편은 그걸 핑계 삼아 집을 나갔고, 일주일 만에 만취 상태로 들어왔다. 그렇게 일주일을 밖에서 전처와 떠돌다 집으로 돌아온 남편은 희진에게 눈길 한 번 제대로 던져주지 않았다. 희진 역시 불필요한 말은 하지 않았다.

그 이전부터 두 사람 사이에 가로막힌 두터운 벽, 치유되기 힘든 침묵의 골이 더 깊게 패였다. 이미 회복 불능의 상태에 빠져 있음을 두 사람 모두 잘 알고 있는, 위험 수위를 훌쩍 벗어난 팽팽한 줄다리기. 다시 한 달이란 날짜가 흘렀건만 꼬인 매듭은 풀리지도 않고 끊어지지도 않은 채 팽팽하게 당겨진 상태였다.

남편은 집으로 돌아와 잠자리로 서재를 사용했지만 희진 역시 개의치 않았다. 처음부터 그렇게 살아오지 않았던가. 살가운 정과는 거리가 멀게 살아온 부부, 오히려 남보다도 못한 어색한 관계였는지도 모른다. 상황이 조금 더 악화됐다고 달라질 건 아무 것도 없었다. 단지 그때보다 조금 더 긴장된 시간 속에서 지내야만 한다는 현실이 조금 부담스럽게 느껴질 뿐이었다.

화해란 어느 한쪽에서 손을 내밀면 그 손을 맞잡아줄 마음의 준비가 되어 있어야 가능했다. 그러나 두 사람 모두 먼저 손을 내밀거나 맞잡아 줄 마음의 준비가 되어 있지 않았다. 한쪽에서 손을 뻗으면 못이기는 척 잡아준다고 쉽게 풀릴 성질의 갈등이 아니라는 사실을 두 사람 모두 뻔히 알기에, 서글픈 거리감은 너무도 멀었다.

"제가 어려우면 도와주신다고 하셨죠?"

희진은 병원에 갔을 때 형진이 한 말을 기억했다. 그 말은 형진도 똑똑히 기억하고 있었다.

"그럼요. 저 때문에 이렇게 된 건데, 말씀하세요. 도와 드리겠습니다."

"고마워요 형진씨, 오늘밤 절 드릴 테니까, 도와주세요."

희진의 떨리는 목소리, 술 취한 소리였다.

"그런 건 좀… 많이 취하셨습니다."

"난 이대로 멀쩡하게 집에 못 들어가요. 남편에게 죄를 져야 하거든 요. 이유요? 그래야 내가 미안해서 남편 앞에 고개 숙이거든요. 우리 딸을 위해서, 우리 가정을 위해서 해주면 안 될까요?"

희진은 지금 이대로 돌아서서 집으로 돌아갈 수는 없었다. 자존심 따위와는 상관없었다. 꼭 집이 아니어도 어디로든 가야만 할 것 같았다. 이대로 돌아서는 순간 미쳐 버릴 것 같은, 무슨 짓을 저지를지도 모를, 자신을 믿지 못할 만큼 두려움이 엄습해 왔다. 희진은 계속해서 술을 마셔댔고, 형진은 제지했다.

"그만 드시죠. 많이 드셨습니다."

"도와주신다고 하셨잖아요, 형진씨. 나 오늘 밤 형진씨와 하고 싶어요. 나 몇 년을 기다렸는지 아세요? 기다림에 지쳤어요. 그래도 싫다면 난 칵! 죽어 없어질 거예요."

그 말을 남기고 희진은 그 자리에 풀썩 허물어지고 말았다.

형진은 희진을 안아 의자에 앉히려고 무진 애를 썼지만 몸은 물빨래처럼 축 늘어져 별 수 없었다. 그는 할 수 없이 희진을 등에 업고 끙끙대며 밖에 나와 일단 가까운 모텔로 들어갔다.

모텔에 들어간 희진의 뇌리 속에 떠오른 얼굴, 그의 모습에서 잔잔한 여유로움을 느꼈다. 남편에게서 찾아볼 수 없었던 평화로움. 어쩌면 갈등의 늪에서 헤어나와 마침표를 찍을 수 있도록 동기를 부여해 준 바로 그의 낯설지 않은 편안함이었다.

희진이 집에 도착했을 때는 새벽 세시였다. 열쇠로 현관문을 따면서 새삼 남편이 열쇠를 가지고 가라고 했던 말이 고맙기까지 했다.

집안은 평화스럽고 조용했다. 안방에 들어서니 남편은 딸을 끌어안고 자고 있었다. 그 모습을 본 희진은 눈물을 흘렸다. 남편의 저런 모습은 처음이었다. 단 한 번도 딸을 안아주지 않았던 남편이었다.

희진은 문을 닫고 아무 일도 없었던 것처럼 거실 소파에다 몸을 던져 숨을 죽이고 잠을 청했다.

(2006년, 『세계뉴스문학』 창간호)

7
후회

번쩍이는 금박무늬가 화려하게 새겨져 있는 커다란 대문이 눈에 띄었다. 양쪽에 높은 담이 솟아있고 담장 위에는 감시카메라가 설치되어 있었다. 대문 왼쪽에 설치되어 있는 커다란 백색의 알루미늄 차고 문짝도 보였다. 그 앞으로 승용차가 썰매처럼 미끄러져 다가갔고, 센서로 감지됨과 동시에 차고 문짝이 자동으로 열리면서 승용차는 그 문을 통과해 안으로 들어갔다.

그런데 그 자동차는 그 차고 안에서 멈추는가 싶더니 터널을 통과하듯 다시 햇빛이 있는 밖을 스쳐 지나고 있었다. 아니 밖이 아니라 담장 안이었다. 그러니까 거대한 정원의 한복판이었다. 세상에 이런 집도 있구나 싶었다. 그런 정원을 가로질러 건물 현관 앞까지 밀려가서야 자동차는 멈추어 섰다.

엄청나다고 생각한 나는 그 자동차에서 내렸다. 대번 눈에 들어오는 것은 연못에서 하늘로 치뻗는 분수대였고, 잘 다듬어진 잔디밭이 눈앞에 펼쳐져 있었다.

　그리고 오른쪽에는 역시 잘 꾸며진 동산 같은 정원이 보였다. 다시 몸을 돌리자 2층으로 지어진 건물이 보였는데 흰색과 회색의 금속이 적절히 조화된 그런 집이었다. 그리고 그 건물이 뿜어내는 웅장함 그 자체가 나를 어리둥절하게 만들었다.

　현관문을 기준으로 왼쪽 벽은 모두 투명한 크리스털 유리로 장식되어 있었다. 2층으로 올라가는 데는 한 번 꺾어진 계단이 있었다. 그 계단 뒤에는 실내 정원이 보였고, 파란 잎을 가진 나무들이 울창하게 솟아있었다. 이건 꿈속에서나 볼 수 있는, 아니 영화장면으로나 볼 수 있는 그런 저택의 내부였다.

　엄청난 부잣집이었다. 이런 부잣집은 처음이었다.

　커피 한 잔 마시자고 해서 따라오긴 했지만, 잘못 왔다는 생각이 들었다.

　그러니까 내가 전에 연주네 집에 가자고 했을 때, 그녀가 반대했던 이유를 알 만 했다. 도대체 연주 남편의 직업이 무엇이기에 이렇게 엄청난 저택을 소유하고 있는지 궁금하지 않을 수 없었다.

　"들어가세요."

　현관문을 통해 들어온 나는 우선 앞에 보이는 통로를 보았다. 현관에서부터 정면으로 시작되는 통로 왼쪽에는 실내 정원이 있는데 커다란 유리가 벽처럼 가로막고 있었다. 오른쪽에는 벽면 곳곳에 네모, 세모, 동그라미 모양의 구멍이 뚫려 있는데, 그 안에는 조각품들이 형형색색의 조명을 받으며 빛나고 있었다.

　현관 왼쪽에는 실내 정원으로 돌아 올라가는 나무 계단이 보였다. 말이 계단이지 알 수 없는 희한한 고급 재질의 소재였다. 현관에서 연결된 긴 통로를 지나자 거대한 거실이 모습을 드러냈다. 높은 천장에는 커다란 샹들리에가 걸려 있었고, 화려하고 세련된 소파와 탁자가 보였다. 소파 맞은편 벽에는 거대한 벽걸이용 LCD TV가 걸려 있었고, 아래에는 고급 장식장이 놓여 있었다. 소파 뒤의 벽 중간쯤에는 문짝 크기만한 사각형 모양의 홈이 있는데 커다란 수석 2개가 놓여 있었다. 수석 아래에는 자수정과 투명한 수정석들이 반짝이며 깔려 있었다. 수석을 비추는 파란색 조명이 세련된 분위기를 연출했다. 거실 창밖으로는 조그만 나무들을 예쁘게 꾸민 정원도 보였다.

"이게 진짜 연주네 집이란 말이야?"

"네."

한 마디로 내 기부터 꺾으며 주눅들게 했다.

"진작 연주의 말을 들어야 했어. 내가 잘못 따라온 것 같군."

바로 그때 눈에 들어온 큰 사진을 보고 나는 '아!' 하고 소리를 지를 뻔했다.

벽에 걸린 사진은 얼른 보아도 잘 아는 사람이었다.

"아니 저 분은?"

"……."

그녀는 미동도 없이 몸을 돌려 외면하려 했다.

사각 액자 안에 들어 있는 사람은 내가 몸담고 있는 학교법인의 이사장이었다. 그리고 현재 국회의원이 아니던가. 그러니 내가 어찌 놀라지 않을 수 있겠는가. 정말 '어머나' 였다.

"나 갈래."

짧게 말을 던져놓고 난 몸을 돌렸다.

"차타고 나가세요. 걸어 나가시면 당신 얼굴이 감시카메라에 찍혀요. 찍히면 당신 살아남을 것 같아요?"

그녀의 도도함, 차디찬 표정이 그대로 묻어났다.

"아, 여기서 나가고 싶습니다."

그녀에게 말을 높였다. 그건 나도 모르게 그렇게 되었다.

"그러니까 내가 뭐라고 했어요. 후회할 거라고 했잖아요. 그런데 이게 뭐예요?"

그녀는 짜증스러운 투로 말했다.

"잘못했습니다. 정말 몰라 뵈었습니다."

"이젠 어쩔 수 없죠. 자, 선물이에요. 집에 가서 보세요."

더 이상 말이 필요 없다는 식의 차디찬 그녀의 음성에 소름까지 돋았다. 그리고 건네준 선물을 들고 현관을 막 나서는데 승용차 한 대가 대기하고 있었다.

그 자동차 운전기사의 안내대로 자동차에 몸을 실었다. 그런데 자동차는 겨우 집앞 골목까지 만이었다.

아마 담장에 설치된 카메라 때문에 거기까지였던 것 같았다. 어안이 벙벙해진 나는 승용차에서 내려야 했고, 걸어서 대로변까지 나왔다.

긴장감과 초조감으로 잔뜩 졸아버린 나는 우선 카페라도 들어가 시원한 맥주라도 마셔야 진정이 될 것 같았다.

마침 바로 앞에 커피숍 간판이 눈에 들어와 커피휴게실에 들어갔다. 푹신한 소파의자에 앉자마자, 그녀가 건네준 선물부터 풀어보았다. 어이없게도 하얀 편지봉투 두 개였다. 봉투 하나에는 거액의 수표 한 장이 들어있었고, 또 하나의 봉투 안에는 흰 백지와 볼펜 한 자루가 들어있었다.

'아, 이 백지와 볼펜은 무슨 뜻인가.'

카메라에 찍히면 살아남을 수 없다는 점과 카메라에 찍힐까 봐 그 집에서 나올 때 자동차에 실려서 내버려진 것을 생각하자 난 자존심이 상했다. 한참을 골똘히 생각하다가 무슨 뜻인지 알게 되자 우선 울고 싶었다. 그 앞서 가슴에는 이미 눈물이 가득하게 고여 있었다.

그녀가 준 볼펜을 잡고, 그녀가 준 백지 위에다 '사직원' 이란 세 글자만 써 놓고 펜을 놓았다. 그리고 눈을 감았다. 앞으로 어떻게 될 것인가도 생각해 보았다.

미래가 막막했다. 깊은 한숨을 토해내도 내 마음은 안정이 되지 않았다. 이럴 때 담배를 피워 물지 않고는 배기지 못할 것 같아 피워 물었다.

정말 내가 행했던 행동들이 후회스럽다. 그리고 그녀로 인해서 많은 충격을 받았다.

사실은 그녀의 말을 들었어야 했다. 그랬었다면 그녀의 도도하고 차디찬 음성을 듣지도 않았을 것이고, 지금 이렇게 울지도 않을 것이었다. 아니 애초 그녀와는 메일을 주고받지도 말았어야 했고, 만나지도, 여행도 같이 하지 말았어야 했다. 그랬으면 내 기억엔 어제처럼 부드러운 여인으로 영원했을 것이다.

그녀와 같이 여행했을 때만 해도 전혀 부유층의 여인이라는 것을 느낄 수 없었다. 그저 보통 바람 타는 여인으로만 느낄 수 있었다.

그녀와의 여행지는 동해안 바닷가였다. 부드러운 미풍이 내 얼굴을 휘감고 지나갔다. 어디서 불어오는 바람일까. 미처 깨어나지 않은 의식이 제자리를 찾아갈 무렵에 무겁던 눈꺼풀이 가벼워졌다. 어쩌면 그녀가 거기에 우뚝 서 있었기 때문이었다.

열린 창문으로 밀려드는 미풍에 살짝 날리는 커튼 사이로 그녀는 알몸을 가린 채 서 있었다. 내 인기척에 그녀가 몸을 돌렸다. 커튼이 말리면서 아담한 그녀의 젖가슴이 드러났다. 그 젖가슴엔 간밤의 흔적으로 곳곳에 이빨 자국이 찍혀 있었다.

"깨어났어요? 잠꾸러기네."

"깨우지 않고?"

내가 몸을 일으켜 팔꿈치로 시트에 기댄 채 그녀를 바라보았다. 그녀의 달콤한 입술이 미소를 그려내며 하얀 치아가 가지런히 드러났다.

"몇 시야?"

"일곱 시. 배고프지 않아요? 샤워하세요."

나는 욕실로 들어갔다. 원터치 꼭지를 열자 샤워기에서 적당히 따뜻한 물줄기가 간밤에 그녀와의 섹스로 지친 내 몸을 부드럽게 두들겼다.

비누거품을 내어 몸을 닦아내며 간밤의 정사를 떠올렸다.

그녀와는 첫 만남이었다. 그리고 즐겁게 마신 와인, 그로 인해 취기가 오른 그녀를 안고 들어온 호텔 객실, 부드럽게 안기던 그녀의 몸, 블라우스와 스커트를 걷어 올릴 때 떨리던 가슴, 가쁜 신음소리, 그리고 이어진 격렬한 섹스가 파노라마처럼 뇌리를 스쳤다.

유부남, 유부녀의 만남이 그러하듯 다시 또 언제쯤 만나서 간밤처럼 지새울지는 알 수 없는 일이었다.

없을 줄 알고 있었던 그녀에겐 역시 남편이 있었고 딸아이가 있었다.

나 역시 그러했다. 물론 채팅에서 비롯된 우연한 만남은 으레 그러하듯, 통과의례처럼 메일을 주고받으면서 적당히 야한 선에서 마무리되는 농담, 가끔 밤늦게 속살거리며 주고받았던 그 야릇한 교감, 그리고 현실에서의 첫 만남, 두려워하던 그녀와의 첫 섹스, 다시 오늘이었다.

"지훈씨, 아직이에요?"

"어, 다 했어. 곧 나갈게 연주."

욕실문을 열자 그녀는 침대에 앉았다가 무릎을 펴서 몸을 세웠다. 세워진 그녀의 몸에 어느새 옷가지가 걸쳐져 있었다.

연베이지색 원피스 차림을 한 연주는 슬며시 다가오더니 팔을 벌려 내 허리를 안고 가슴에 얼굴을 묻었다.

"여잘 너무 기다리게 하면 바람나는 거 알죠?"

언젠가 아내도 그런 비슷한 말을 했었다.

"웅? 맞긴 맞는 말인데, 그게……."

"눈감아 봐요."

"……."

부드러운 그녀의 숨결이 밀려들고 입술에 느껴지는가 싶더니, 촉촉하고 감미로운 입술이 겹치자 어느새 혀를 내밀어 내 입술을 천천히 애무하며 핥아갔다.

나는 숨이 막혀 와 다시 그녀의 옷을 벗기려 하자, 그녀는 손바닥으로 내 가슴팍을 밀어내고는 밖에서 기다리겠다며 나가 버렸다.

연주는 올해 서른일곱의 나이로 겉으론 차갑고 도도해 보이는 그런 인상을 가졌다. 외도라는 것은 꿈에서라도 생각할 수 없거니와 감히 입밖에도 내지 않을 것 같은 무척이나 차가운 인상을 가진 여인이었다. 거기다 졸부 집 딸로서 거만하기 그지없었지만 그 안에 화산같이 타오르는 열정이 감추어져 있는데, 그걸 어디에 끄집어 내놓고 식힐 수 없었던 차였다.

개나리꽃 노랑색을 좋아한다는 그녀는 벚꽃을 좋아하고, 산록의 담백하고 그윽한 향취를 좋아한다고 했다.

나는 그녀에게 한 가지 모르는 것이 있었다. 그건 그녀의 남편 직업이었다. 아니 그녀 남편의 직업에 대해서는 물어보지도 않았다. 또한 물어볼 필요도 없었다.

얼른 보아 그 누구도 감히 말을 붙일 수 없는 도도함이 철철 넘쳤지만 주고받는 메일은 그렇지 않았다.

ㅡ누군가와 대화를 나눈다는 것. 그것이 내가 알지 못하는 사람일 때. 그 사람이 내 마음을 이해해 줄 때, 당황했어요. 그리고 조심스러워져요. 마치 날 오래 전부터 알고 있다는 느낌. 그 느낌이 나만의 생각이었을까요? 당신이 궁금합니다. 무엇을 하시는 분인지. 또 어떤 분인지. 오래 전 남편과 연애할 때의 두근거림과 기다림을 당신에게서 느끼자 당혹스러웠습니다. 그래서 알고 싶습니다. 당신이란 사람을. From Y.

이것이 세 번의 채팅 후 연주에게서 받은 첫 메일이었다.

그녀가 나간 후 나도 옷을 걸치고 로비 프론트로 내려가자 호텔 정문 밖에 양팔을 늘어뜨린 채 서 있는 그녀의 모습이 보였다. 살며시 다가가 그녀의 어깨에 손을 슬쩍 올렸다.

"무슨 생각을 하지?"

"어? 왔어요? 아니, 그냥, 이것저것. 오늘은 어떻게 보낼까 하고……."

"그래서 생각해 둔 게 있어?"

그녀가 웃으며 도리질했다.

"아뇨. 없어요. 그냥 발길 가는 대로 가고 싶어요. 오랜만의 시간이니 후회 없이 보낼 거예요."

"내가 어떻게 도와주면 되지?"

어느새 우리는 어깨를 나란히 하고 팔짱을 낀 채 호텔 뒤 솔밭 산책로를 따라 걷고 있었다. 저 멀리 쪽빛 수평선과 쉬임없이 움직이는 파도와 파돗소리가 감미롭게 들려 왔다. 갈매기도 허공을 가르며 비행했다.

"음. 내가 하는 투정 다 받아주고, 내게 어깨 빌려주고, 가끔 손도 잡아주고, 내가 우울할 때 날 웃겨주고, 뭐 그 정도면…… 한 70점 줄게요."

"70점? 100점 만점은 뭐지?"

"알고 싶어요?"

어느새 그녀가 내 귀를 잡아당기며 속삭였다.

그녀의 젖가슴이 어깨에 닿자 감전이라도 된 듯 찌르르한 감각이 전신을 치달렸다.

"날 안아줘요. 어제처럼."

말을 마친 그녀가 입술로 내 귀를 살며시 깨물었다. 그리고 내 허리를 끌어안고 더욱 몸을 밀착시켰다. 동시에 그녀의 젖가슴이 내 어깨에 묻힌 채 걷는 걸음마다 이지러졌다.

"어제처럼만?"

"어제처럼……."

그녀가 고개를 숙였다. 이번에 내가 그녀의 귀에 속삭였다.

"그제와 어제를 비교하면 어느 쪽이 행복해?"

"연주가 고개를 들어 날 보더니 팔로 내 허리를 감았다.

아침 산책길에 나선 다른 사람들의 시선은 아랑곳하지 않고 그녀가 내게 얼굴을 들이밀었다.

그 모습은 마치 정겨운 부부의 모습인 듯 지나는 사람들의 입가에 미소가 떠올랐다.

"저 사람들 우릴 부부로 생각하겠죠?"

"음, 아마도……."

아침에 이렇게 부둥켜안고 있는 남녀라면 아무도 부부로 볼 사람은 없을 것이다.

"그제와 어제를 비교한다면 난 어제를 택하겠어요. 당신을 알고 나서 난 자유를 얻었어요."

자유를 얻었다. 얼마 전 방학 때 아내는 해외여행을 다녀오겠다는 말을 했었다. 같이 가자고 했더니 아내는 나와 같이 가면 자유가 없다며 혼자 다녀오겠다고 했었다. 나는 어쩔 수 없이 아내가 자유를 달라고 하는 말에 그럼 혼자 다녀오라고 했다. 아내는 그렇게 혼자 다녀와서는 자유라는 걸 실감했다며 좋아했었다.

나는 '자유가 없다' 라는 말을 이해할 수가 없었다. 교원인 아내는 직장인이라는 핑계로 아침밥 지은 지 오래이고, 점심밥은 학교 급식당에서 해결하고, 저녁은 회식이다 졸업생 제자와 먹었다면서 나보고는 알아서 해결하란다. 그러니 한 달이면 집에서 아내와 같이 밥 먹는 때는 한두 번밖에 되지 않는다. 거기다 하루 24시간 중에 잠자는 시간 빼고 서로 마주보는 시간은 두세 시간, 나머지는 직장동료들과 다 소비해 버린다. 그런데도 자유가 없다 라는 뜻을 이해할 수가 없었다. 오히려 가장인 내가 자유가 없었다.

그런 그녀도 자유를 얻었다. 그녀도 아내처럼 가정에서 자유가 없었던 것인가. 어쨌든 무슨 뜻인지는 이해 가지 않았지만 처음 메일에서 나타난 그녀의 구속감을 읽을 수 있었다.

—오늘은 하루 종일 집에만 있었습니다. 남편을 출근시키고, 아이 학교 보내고 나니 문득 제가 할 일이 없어졌다는 생각에 서글퍼졌습니다. 대학시절 외교관이 꿈이었던 전 책밖에 몰랐습니다. 하지만 사랑을 하게 되고 그만이 저를 행복하게 해 줄 거라는 생각에 꿈을 포기하고 결혼을 했어요. 그리고 그 사람과 아이만이 제게는 전부였어요. 하지만 당신을 알게 된 후, 그게 그리 행복한 것만은 아니라는 사실을 알게 되었습니다. 텅 비어 버린 집에 나 홀로 있다는 것이 얼마나 외롭고 우울한 일인지 당신을 알기 전까진 모른 채 가벼운 우울증까지 겪으며 시달리고 있었답니다. 그런데 요즘 실없이 웃는 날이 많아졌어요. 밥 준비를 하면서도 당신이 좋아하는 음식을 생각하고, 샤워 후에 속옷을 입을 때도 지훈씨가 좋아하는 보라색이 있는지를 생각해요. 향수를 뿌려도 당신이 좋아할까를 먼저 생각하고, 외출을 해도 당신이 보면 어떻게 생각할지를 먼저 걱정해요. 어제 동창 모임이 있어 다녀왔는데, 동창들이 은밀하게 주고받는 이야기 중에 남편 몰래 애인을 사귄다는 말을 들었어요. 전 같으면 불쾌했겠지만 이제는 이상하게 지훈씨가 떠올라 가슴이 두근거렸어요. 어머, 밤이 늦었어요. 저도 이제 자야겠어요. 오늘 밤 꿈엔 당신

이 나왔으면 좋겠어요. 참. 당신이 잠옷을 입은 날 보고 싶다고 해서 사진을 찍어 보내요. 보시고 웃지 말아요. 나 굉장히 진지하게 찍었거든요. 잘 자요. 내 비밀의 남자. From Y.

"나 말고 다른 남자는 없었어?"

"당연히 없었죠. 그러니 당신은 나쁜 사람이에요."

"왜?"

"날 타락시켰으니까요. 그런데 전 지금 아주 유쾌해요. 결혼하고 나선 한 번도 느껴보지 못했던 자유, 나 자신을 위한 여행, 그리고 남편에겐 미안하지만 비밀 속의 남자와 함께 하는 두근거림. 이 모든 게 너무 좋아요."

"살림하는 사람이 이렇게 며칠 동안 여행해도 돼?"

"그 사람, 미국에 갔어요. 5일 후면 귀국할 거예요."

그녀는 내 허리에서 팔을 풀고 앞서 걸어가더니 벤치에 앉았다. 그리고는 마치 무슨 고민거리가 있는 표정으로 바로 아래 파도가 만들어낸 새하얀 포말을 바라보았다.

4개월 전에도 내 메일을 보고 고민을 했었다는 그녀는 그때도 이런 표정을 지었을 것이란 생각을 했다.

―어젯밤 당신의 메일에 전 고민을 많이 했답니다. 오늘은 여동생 내외랑 에버랜드에 놀러가기로 한 날인데 팬티를 입지 않고 나가라는 당신의 말씀에 어쩔 줄 몰랐어요. 샤워를 하고 옷가지를 꺼낸 다음 가만히

생각해 봤어요. 늘 착용하던 속옷을 착용하지 않으면 얼마나 자유로울지 느껴보라는 말을 곰곰이 되새기며 방안을 서성거렸어요. 그래 나도 오늘은 팬티를 입지 않는 거야. 고민을 많이 한 것 치곤 참 간단하죠? 신랑이 너무 예쁘다고 칭찬하던 하얀 플리츠 쓰리피스를 했어요. 물론 팬티는 입지 않았고요. 에버랜드로 가는 길, 그리고 그 곳에서 이리 저리 다니는 동안, 내가 지금 팬티를 입지 않았구나 하는 생각에 자꾸만 신경이 쓰이고, 어느새 그 곳이 조금 습해지는 것을 느끼곤 얼굴이 붉어졌어요. 마침 제부가 사진을 찍어준다는데 내가 선 자리가 높은 곳이고, 또 앉아야만 해서 엄청 신경이 쓰였어요. 허벅지 안쪽이 미끈거리고 제부가 눈치 채지 않을까 조마조마했답니다. 돌아오는 길은 긴장이 풀려 차 안에서 곤히 잠들었어요. 당신 생각을 하면서……. 이렇게 누군가에게 마음이 쏠리긴 난생 처음이에요. 연애할 때도 이렇진 않았는데, 밤에 잠시 생각해 봐야겠어요. 당신은 내게 어떤 의미인지를……. 그리고 내일 오전에 시간 되면 목소리 듣고 싶어요. 시간 되시면 전화 주세요.

010-3918-**** From Y

메일을 받고 그녀를 상상으로 스케치하자 온몸을 조여오며 몽롱하게 느껴오는 상태를 즐겼다. 무엇보다 고마웠던 것은 보내준 전화번호였다.

교무실에서 Y에게 전화를 걸었다.

"연주씨?"

"네, 누구세요?"

"지훈이란 사람, 생각나세요?"

잠시 침묵이 흘렀다.

"지훈씨. 지훈씨 맞아요?"

그녀의 고운 음색이 몹시도 떨렸다.

"그래요 연주씨. 당신이 알고 있는 지훈은 저 한 사람일 테니까."

"보고 싶어요. 하지만 참겠어요."

전화를 끊고 수업에 들어갔다.

오후였다. 컴퓨터를 켜자 메시지가 와 있었다. 스팸은 아니었다. 발신자는 Y. 연주였다. 메일을 확인하자, 연주의 사진이 보였다. 목욕가운에 캡을 쓰고 경대에 앉아 거울에 비친 자신의 모습을 담은 사진이었다. 뭐가 그리 우스운지 웃음을 참지 못하는 표정이 역력했다.

30대 중반의 나이에도 불구하고 소녀 같은 풋풋함이 느껴졌다.

화면 속에 들어 있는 그녀를 만졌다. 혹시 그녀를 느낄 수 있을까 해서였다. 그때 또 메시지가 들어왔다.

'못 생겼다고 비웃지 말기! From Y.'

참을 수 없이 유쾌했다. 갑자기 터진 웃음에 교무실 교원들이 웅성거렸다. 앞에 앉은 유부녀 교원이 입술을 오물거리며 들리지 않는 목소리로 물었다.

"뭐예요?"

웃으며 고개를 저었다.

"나 말고 다른 여자 아니에요?"

"내 참, 듣겠다. 우리 사이 들통 내려고 작정하려는 거야, 뭐야."

언젠가 시험기간에 그 유부녀 교원과 같이 일찍 퇴근해서 술집에서 술을 마시고 2차로 노래방에 갔었다. 노래방에서 그 여교원을 벽으로 밀어붙였다. 노래방 반주가 끝이 났지만 달리 생각할 여유가 없었다. 그녀를 돌려 세워 등을 벽에 기댄 후 그녀의 눈을 들여다보며 정장의 단추를 풀어나갔다. 그녀는 날 주시한 채 떨고 있었다. 입술이 파르르 떨리는 것이 마치 비 맞은 참새 같았다. 천천히 하얀 블라우스의 옷자락을 잡아 스커트에서 말아 브래지어가 보일 때까지 걷은 후 손에서 놓았다. 그녀는 숨을 거칠게 몰아쉬며 고개를 돌렸다. 숨막힐 것 같은 열기가 느껴졌다. 걷어낸 블라우스 아래로 손을 집어넣자, 그녀가 손을 들어 내 손을 덮은 채 흐느꼈다. 다리가 비틀거리며 움직였다.

"설마. 여기서?"

그날 그 사건을 계기로 해서 남의 눈을 피해 자동차 안에서, 또는 노래방 같은 곳에서 발정에 미친개처럼 불륜을 저질렀다.

그러던 어느 날, 그 여교원이 2천만 원짜리 재정보증을 서달라고 해서 할 수 없이 서주었다. 그런데 그녀는 그 돈을 갚지 않아 은행에서 내 봉급을 차압해 갔다. 그래도 나는 아얏! 소리 한 번 내지 못하고 그 보증 빚을 갚아 가는 중이었다. 그 바람에 그 여교원과 멀어진 상태였다.

"미안해요."

"이제 나에 대해서 신경 쓰지 말고, 보증 돈이나 갚아."

이런 식으로 말하고 나면 그 여교원은 삐쳐서 나가 버렸다. 그때 나는 그 짬을 이용해서 손가락으로 자판을 두들겨 글자들을 조립해서 연주에게 화답했다.

—전혀, 아름다워, 곁에서 보지 못해서 미안해.

—피, 좀 있음 만날 수 있잖아요.

―오늘 바람이 심하게 불어요. 내가 날 수 있을 만큼만 바람이 불면
좋겠어요.

　―왜?

　―당신 곁에 있고 싶으니까. 나 외출해요. 쇼핑하고 친구 만날 거에
요. 나중에 봐요.

　―조심해서 다녀와.

　―지훈씨도 좋은 하루되길.

　Y(연주)에게 메일을 보내놓고 답장을 기다렸는데 답장이 왔다.

　그러니까 열 번째 받은 메일이었다.

　―나 오늘 백화점에 쇼핑을 한다고 했죠? 전부터 사고 싶었던 옷이 있
었지만 사지 않았어요. 대신, 지훈씨가 좋아하는 옷가지를 샀어요. 판매
원의 예쁘고 멋있어 보인단 말에 괜히 부끄럽고 가슴이 두근거리고 얼
굴이 붉어졌어요. 내가 당신을 위해 옷을 산다는 건 아무도 모르는 일인
데, 신기하죠? 그리고 적당히 야해 보이는 속옷, 여하튼 그런 것도 샀어
요. 고를 때 손이 떨리고 숨이 가빴어요. 어쩌면…… 당신에게 그 속옷
을 착용한 내가 보여질지도 모른다는 생각…… 이상한 상상은 하지 말
아욧! 이제 잘래요. 종일 걸었더니 다리가 부은 것 같아요. 주무실 땐 가
슴을 열어 놓으세요. 꿈속에 찾아갈지도 모르니까. From Y.

　"당신 무슨 생각하고 있어요!?"

　그때 거센 파도가 바위에 부딪쳐 바닷물이 대형 분수대처럼 허공에

치솟다가 허물어지고 있었다.

"연주가 보내줬던 메일 생각. 그 메일을 보고 많이 흥분했지."

그러면서 나는 그녀의 어깨에 팔을 둘렀다. 그러자 그녀도 자연스럽게 내 어깨에 기대더니 내 손을 꼭 잡아주었다.

"나, 당신을 만나지 않았다면 내 삶은 좀 더 유쾌하지 않았을 거예요. 매일 보는 남편, 아이들 뒤치닥거리, 의미 없는 시간, 숨막힐 것 같은 초조감, 어쩌면 제 스스로 일탈을 바랐는지도 모르겠어요."

"그런 면에서 난 운이 좋은 거군. 당신에게 덜미를 잡혔으니."

"아, 덜미. 그런 셈이군요. 어쩔 거죠? 당신 내게서 헤어나지 못하면?"

"앞날을 미리 생각하긴 싫어. 그건 머리 아파."

"그래요. 맞아요. 나도 생각하고 싶지 않아요. 이 순간만을 기억하고 싶어요."

내 손을 잡은 그녀의 손에 힘이 들어갔다. 마치 놓치기 싫은 듯 꼭 잡고 긴장을 늦추지 않았다. 그건 손으로부터 전해지고 있었다.

"당신을 만난다는 기대로 난 잠을 이루지 못했어요."

그러고 보니 얼마 전에 받았던 메일이 떠올랐다.

─오늘 새벽에 잠을 이루지 못했어요. 요즘 들어 부쩍 잠을 설쳐 일찍 깨는 일이 늘어났어요. 밤에 잠자기 전 당신 생각을 많이 하니까요. 다 당신이 보내준 메일 때문이에요. 어젯밤 팬티가 젖어 혼났어요. 어쩌지도 못하고, 이리저리 뒤척였는데 정말 얄미워요. 새벽 산책을 나섰는데 아침 공기가 너무 투명해서 좋았어요. 이것도 당신을 알지 못했다면 알지 못했을 기쁨 중의 하나일 거라고 생각해요. 오후엔 당신이 사는 곳까

지 갈려면 얼마나 걸릴지, 어디로 가야 할 건지 알고 싶어서 지도를 봤어요. 멀더군요. 혹 당신이 올라오실 일 있으면 좋겠어요. 가까이서 느끼고 싶으니까요. 카페에서 당신과 손을 잡고 마주보며 이야기하고 싶어요. 아, 거기선 야한 이야기하시면 안 돼요. 참, 제가 보낸 사진 보셨죠? 속옷이 비쳐 민망했는데, 당신 이상한 상상한 건 아니죠? 했다면 때려 줄 거예요. 어서 당신이 보고 싶어요. 하루 종일 당신만 생각해요. 만나면 어디로 갈까? 무슨 옷을 입고 나갈까? 날 예쁘게 봐줄까? 나 실없다고 생각하지 말아요. 당신을 알게 된 후 내가 변하는 걸 느껴요. 하지만 이 변화가 너무 좋아요. From Y.

그녀와 나란히 모래를 밟으며 바닷가를 걸은 지 1시간쯤 지나서 해송 솔밭 외진 오솔길을 걸어 들어갔다. 야트막한 야산이었다. 뒤로는 산들이 가로막혔고 앞으로는 시원한 바닷가가 보이는 곳이었다. 수명이 수백 년은 되었을 법한 소나무에 그녀를 기대놓고 가슴을 애무하기 시작했다.

"여기서?"

"뭐 어때. 아무도 없잖아. 볼 사람도 없고."

그녀의 두 눈을 바라보며 두 손으로 젖가슴을 부드럽게 감싸 쥐어짜듯 비틀며 그녀의 입술을 혀로 핥았다.

"그래도⋯⋯."

누군가가 볼지 모른다는 막연한 두려움에 그녀는 쉽사리 응하지 않는 듯했으나 계속 젖가슴을 애무하자 그녀는 고개를 돌리며 눈을 감았다.

파도 소리에 파묻힌 옷의 마찰 소리, 부러질 듯한 흥분과 몸으로 느껴지는 순간 여인의 거추장스러운 청색 재킷과 원피스의 어깨 끈을 어깨 아래 팔꿈치까지 밀어내고 있었다.

피치칼라 브래지어가 그녀의 젖가슴을 가린 채 드러나자, 내 목에 침이 꿀꺽하고 넘어갔다. 그녀는 여전히 고개를 돌린 채 팔꿈치에 옷이 걸린 채 가슴을 가렸다. 마치 처음 옷이 벗겨지는 여자처럼 수줍은 그런 모습이었다.

―어젯밤 당신이 보내준 사진을 보았어요. 그 사진 속 당신을 그리워하라는 말에 생각했어요. 날 만나면 블라우스 단추를 풀고 치마 속으로 손을 집어넣을 거란 당신의 말에 숨이 막힐 것 같았어요. 그리고…… 그 남자(남편)와 섹스하지 말란 말…… 만일, 하게 되면 내가 창녀가 되었구나 라고 생각하란 말에 몽롱해졌어요. 마침 샤워 후에 잠옷을 입고 있었는데 당신의 사진…… 내게 해 준 말로 아래가 젖었어요. 얼굴이 달아오르고 숨은 가쁘고 나도 모르게 가슴을 애무했어요. 한 손은 가슴을…… 다른 손으로는 거기를…… 다리가 꼬이고 고개가 뒤로 젖혀졌어요. 나도 모르게 신음했어요. 날 애무하는 당신을 생각했어요. 벗겨지는 나를요. 당신 앞에서 발가벗겨지는 생각, 내 안을 가득 채우는 당신을요. 그리고 그 아래에 당신을 받아들인 나를요. 흠뻑 젖었어요. 팬티와 잠옷까지, 그렇게 젖은 적이 없었는데, 당신의 말은 마술이라도 부리나 봐요. 피곤해요. 자야겠어요. 당신의 Y.

"이제 나와 한 몸이 되었는데 뭐가 그렇게 부끄러워?"
"여긴 밖이잖아요."

그 정도로 끝내고 다시 길을 걸었다. 해변가를 걸었다.

사실 연주를 6개월 전, 학교 당직서던 날 밤에 무료한 시간을 때우기 위해 인터넷 채팅방 하나를 개설하게 되면서 그녀와 첫 대면하게 되었다.

"우린 참 잘 만난 것 같아요."

"그래서 행복해?"

"……."

그녀는 대답 대신 고개만을 끄덕였다.

"나도. 헌데, 딸리는 가정만 없더라면, 우리는 정말 행복하겠지."

연주는 고개를 숙이고 아무 말 없이 모래톱에다 걸음만을 옮겨 놓았다. 나도 말없이 그녀의 발걸음을 맞추며 걸어 나갔다.

한참을 걸었는데도 그녀가 아무런 말이 없어 그녀의 얼굴을 힐끔 쳐다보았다. 그런데 그녀의 눈망울이 촉촉이 젖어 있었다. 파도가 남기고 간 하얀 포말의 아침빛을 받은 그녀의 눈언저리에 물기가 비쳤다.

아마 일탈에 대한 죄책감, 남편에 대한 미안함으로 감정이 복받쳤음일까, 아니면 저지른 불륜으로 무서웠을까.

그녀의 손을 잡았다. 왼손 마디에서 결혼반지가 걸렸다. 그 손을 들어 내 입술로 가져갔다. 손가락을 내 입술에 대고 가볍게 문질렀다.

"미안해."

"당신이 왜 미안해."

"그럼 왜 눈물을…… 죄책감 때문에?"

"아니야. 난 단지 이 행복이 깨질까 봐 무서워요. 그리고 오늘 올라가면 난 다시 그 사람의 여자가 된다고 생각하니 슬퍼요."

그녀는 손사래치면서 말했다. 그리고 그 사람의 여자라. 그러고 보니 그녀를 만나기 전 이틀 전에 받았던 메일이 그러했다.

—지난 밤. 그 남자(남편)가 절 가졌어요. 컨디션이 안 좋다고 했는데, 절 억지로 벗겼어요. 가슴을 애무하는 그 남자의 손길이, 왠지 싫었어요. 팬티를 벗겨내고 그 곳을 애무할 때 당신 말이 생각났어요. 그 남자에게 벗겨지면 난 창녀라는 말이. 미칠 것 같았어요. 섹스를 할 기분도 아니었는데, 그렇게 벗겨지니, 내가 정말 창녀라도 된 기분이었어요. 값싼 여자라도 된 기분. 아세요? 그 기분을? 그래서 당신을 떠올렸어요. 날 가지는 사람이 지금 그 남자가 아니라, 당신이란 걸. 그 남자가 내 안에 들어올 때 속으로 당신의 이름을 불렀어요. 그 남자가 떨어진 후 욕실에서 몸을 깨끗이 씻었어요. 그 남자의 흔적을 모두 털어 내고서야 기분이 나아졌어요. 당신을 만나고 싶어요. 그리고 날 가져줘요. 당신에게 양파 껍질처럼 하나 하나 벗겨지고, 내 몸이 만져지고 싶어요. 당신을 내줘요. 시간을 내줘요. 당신에게 달려갈께요. 당신의 Y.

이곳에서 이틀 밤을 보냈다. 그리고 아침밥 먹고 서울로 떠나기로 되어 있었다.

"연주 남편, 그 사람, 뭘 하는 사람인지 물어봐도 돼?"

나는 그녀의 남편 직업이 궁금했다.

"……."

그녀의 표정이 약간 굳어져 버렸다.

"말하기 싫으면 안 해도 돼."

그녀는 아무 말이 없었고, 나는 더 이상 묻지 않았다.

쓴웃음이 나왔다. 지금까지 남의 여자, 유부녀, 일탈, 나를 걱정하며 기다리고 있을 집사람, 가슴에서 올라오는 욕망에 비례하여 늘어나는 죄책감, 머리가 어지러웠다.

몸은 여자를 필요로 하고 있었던 것이다. 그 여자가 오직 연주여야 한다는 것이었다. 그 동안 메일을 받으면서 그녀가 나를 그런 구렁텅이로 빠져들게 만들었다. 그리고 그보다도 우린 이미 눈빛으로 서로의 의사를 확인했다. 그런데 연주는 더할 수 없는 모멸감과 수치심에 떨 것이라고 생각했던 것과는 정반대여서 상당히 유쾌했다.

호텔에 들어와서 아침밥을 먹고 서울로 올라갈 차비를 서두르고, 자동차에다 몸을 싣고 아름다움을 간직한 체 서울 회색 땅에 도착했다.

서울은 역시 불개미처럼 우글대는 인파로 숨이 막혔다.

"즐거웠어. 이제 떨어진다고 생각하니 눈물이 나려고 하는군."

"슬퍼요."

그녀는 어느새 눈가에 이슬이 맺히듯 눈물이 맺혀 있었다.

"이대로 헤어지는 건 좀 그렇지? 나 솔직히 연주네 집에까지 데려다 주고, 커피한 잔 마시고 헤어졌으면 하는데."

그녀는 손사래치면서 말도 안 된다며 펄쩍 뛰었다. 그래서 나는 이것으로 끝이다, 우린 추억의 한 페이지로 생각하자, 그냥 장난이라고 해두자며 억지를 부렸다. 그래도 그녀는 안 된다며 완강하게 거절했다.

그리고 몸을 돌려 느리게 걸어나갔다.

"커피만 마시는 거예요?"

그녀는 나의 슬픈 기색을 보더니, 내 걸음을 멈추게 했다. 그게 고마워서 몸을 돌려 그녀와 마주하고 웃음을 보여주었다.

"정말?"

그녀는 고개를 끄덕였다.

"미치겠네. 그런데 아마 당신, 우리 집에 가면 충격 받게 될 것이고, 또 후회하실 것 같은데, 그래도 상관하지 않겠어요?"

좀 애매해서 거북했지만 그래도 좋았다. 그래서 한참동안 실랑이를 놓았다.

"난 후회 같은 거 안 하니까 걱정 마. 그리고 그 사람 미국에 있다면서 뭐가 문제야?"

"그랬으면 얼마나 좋겠어요. 하지만 꼭 우리 집에 가야겠다면, 가서 날 원망해서도 안 돼요?"

물론 그럴 것이다. 비밀의 남자를 집안에 끌어들인다는 것은 말도 되지 않겠지만, 꼭 가보고 싶었다. 그래야 내 마음이 편하고 나도 집에 돌아갈 것 같아서였다.

(2006년, 『아시아문예』 가을호)

8
평창 장마

푹푹 찌는 장마 날씨였다. 다섯 번째 집에 들어가 보일러를 풀어 어깨에 둘러메고 임시로 설치해 놓은 수리본부로 가는 중이었다. 땀을 흘리며 한 집 앞을 지나려는데 마당가에 세워둔 화물차 뒤에 손수건으로 입을 틀어막고 서 있는 젊은 여자가 눈에 들어왔다. 여자치곤 큰 키에 모습을 다 드러내지 못한 채, 내가 있는 쪽을 내다보고는 몸을 숨기고, 또 내다보고는 몸을 숨기곤 하는 여자는 낯이 익었다. 혹시 명희가 아닌가 싶었다.

그녀는 갈색의 가죽가방을 어깨로부터 늘어뜨리고 얼굴을 가리느라 손수건을 쥔 손은 입에서 떼지 않았다.

얼른 고개를 돌린 나는 못본 체하고 태연하게 수리본부로 향했다. 그리고 다시 그녀의 모습을 생각해 봤다.

명희라면 어째서 이곳에 있게 되었는가. 그녀가 아닐 수도 있겠다 싶었다. 그런데 그녀는 나를 알고 자신을 가리느라 그랬겠지만 울고 있었던 것 같았고, 울면서 나를 부르고 싶었던 마음을 참았던 것 같았다. 세상에 저런 고집불통이 또 있을까 하는 생각에 나는 메고 온 보일러를 내려놓고 맨바닥에 털썩 앉아 고개를 숙이고 호흡을 조절하면서 그녀의 애절한 목소리를 떠올렸다.

"나, 안 만나요."

여지없이 울먹이던 전화 수화기 속의 그녀의 목소리였다.

"자기가 아는 나는 예전으로 끝난 거야. 자기가 날 그렇게만 알고 있다는 게 내 살면서의 위안이었어. 이 세상에 한 사람만은 날 좋은 사람이라고 여긴다 하면서. 가끔은 그 생각으로 살 맛이 나곤 했어. 나, 자기 안 만날 거야. 그 때 그 모습으로만 기억해."

나는 답답하고 억울해서 울화 섞인 소리를 내야 했다.

"이봐! 명희, 그렇게 말해도 몰라? 나 모르는 이런저런 일이 있었나 보지만 한 가지 분명한 건, 내가 여태껏 알고 있는 자기 모습이 본래의 모습이라는 거야. 다들 전혀 딴 말들을 하지만 그건 그들이 본 자신의 모습이고, 나를 대하는 명희의 본모습을 본 거야. 자기는 그런 사람이야. 내겐 존경과 그리움으로 맺혀 있는 정말 보고 싶은 사람이란 말이야."

"……"

"이봐 명희, 내 말 들어봐?"

"듣죠. 그 좋은 말을 왜 안 듣겠어? …… 경민씨가 해 준 그 감자수프가 먹고 싶네. ……하지만 경민씨, 이대로 그냥 살아. 날 만나려 하지 말아요. 그냥 예전처럼만 기억해 줘요."

그녀를 알 것도 같았다. 그토록 알게 하고 싶지 않았던 것들이라면…… 반듯하게 남기고 싶은 것이었다면…… 나는 그녀의 고집을 꺾을 수 없고 꺾어서는 안 된다는 걸 알았다. 원래가 그녀는 고집이 세고 한 번 부리면 어떤 일이 있어도 자신의 고집을 꺾으려 하지 않았다. 나는 결국 그녀 만나기를 포기하고 그녀를 다독여 내 심중에 있는 진심만은 알려주어야겠다고 마음을 바꿨다.

"그래요. 안 만날게. 이렇게 목소리라도 들려주니 너무 기뻐. 안 만날게."

"······."

"또 아프면 안 돼. 몸조심해, 응?"

"그래요. 조심할게, 언제 한국 돌아가요?"

나는 대답을 하지 않고 곧 바로 전화를 끊고 말았던 기억이 생생했다.

그녀가 한국에 아주 들어온 것일까. 아니면 한국에 다니러 온 것일까. 그런데 왜 이곳에 있는 것일까. 그리고 왜 나를 피하고 있는가도 알고 싶었다.

그런 그녀가 내 눈 안에 들어와 저만치 걸어오고 있는 것이 이젠 나를 피하지 않으려는 것 같았다. 순간 나는 지독히도 심하게 꼬집히는 뜨끔한 느낌과 함께 가슴이 마구 뛰기 시작했다.

보통 여자들에 비해 특히 큰 키, 비죽하게 여위어 뵈는 몸태, 무엇보다도 가방을 들고 있는 모습이 분명 명희가 틀림 없었다.

머리칼을 말총처럼 묶어 수양버들가지처럼 흔들거리고, 까만 흑진주를 연상케 하는 머릿결은 햇빛에 반짝였다. 눈은 강아지처럼 동그랗고 코는 곧게 뻗어 있는 것이 인상적인 데다 입술도 야무지게 적당했다. 그런 도시적인 그녀가 미국에 있어야 했는데 어찌된 일인지 이곳 방림4리 수해현장에서 만나게 되는 것인지 나는 의아해 하지 않을 수 없었다.

강원도 평창군 방림면 방림4리. 그러니까 금당계곡을 지나 안미리를 휘감아 돌고 그 다음 방림을 흐르는 평창강이었다. 42번국도 방림3거리에서 평창과 상방림으로 갈라지고, 대화 방향으로 조금 가다 보면 좌측으로 큰 다리가 있다. 그 다리를 건너면 바로 방림4리다.

이번 평창 장맛비에 나도 피해자였다. 성남에서 일찍 내려와 농토가 있는 대화8리 작골을 둘러보았다. 밭으로 올라가는 길이 100여 미터 정도 사라졌고, 산사태로 밭이 수백 평 패여 나가고 그 자리에 개울물이 흐르고 있었다. 그 개울을 건너던 다리도 흔적 없이 사라졌다. 그러니 이젠 그 밭으로 아무도 올라갈 수가 없으니 그대로 묵혀야 했다.

그래도 난 다른 사람들에 비해 가벼워서 이 정도는 피해라고 말할 수 없었기에 아무에게도 피해 사실을 말하지 않았다. 그보다 그곳에 거주하고 있지 않아 어디다 말할 수도 없었다. 그렇지만 그곳에 거주하며 농사를 짓는 사람들은 자신들이 피해 신고하여 임시복구를 끝낸 상태였다.

나보다 엄청난 피해를 본 수재민들은 집이 잠겨 가재도구를 잃고 농작물이 떠내려가고 묻힌 것을 볼 때 나는 수해피해자라고 감히 말할 수가 없었다. 그래서 나는 아예 그 땅을 버린 땅으로 마음을 고쳐 먹고, 진부와 용전, 속사 오늘은 방림4리에 머무르며 보일러 수리와 교체로 수해복구 자원봉사에 나섰다.

재성남평창군민회 회장과 성남열관리협회와 포천열관리협회가 합동 자원봉사로 방림4리 집집마다 돌아다니면서 보일러수리와 난방배관공사로 일한 지 벌써 3일째다. 성남에서 내려와 첫날은 진부면에서 봉사하고 장평에서 투숙, 이틀째는 용평면에서 일하고 대화에서 투숙, 그리고 오늘은 일찍부터 방림4리에서 자원봉사하며 수해복구 작업에 임했다.

비가 많이 내린 탓인지 아니면 강이 작은 탓인지는 모르겠으나 평창강이 범람하는 바람에 큰 다리가 엿가락처럼 휘어서 S자가 되었다. 한마디로 그릇이 작았던 것이다. 동네는 순식간에 황토바다를 이루었고, 물이 빠지자 비닐하우스며 우사와 창고는 폭탄에 맞은 것처럼 폐허가 되어 있었다. 논과 인삼밭은 흔적도 없이 온통 토사와 쓰레기로 뒤덮여 있었다.

평창 장맛비에 진부면에서 7명의 주민이 목숨을 잃었다. 그리고 무엇보다 2014평창동계올림픽 유치에 차질이 생길 것이란 언론사들의 보도를 보면서 안타까운 마음에 구경만 할 수가 없어 긴급수해복구에 자원봉사자로 나선 것이다.

장맛비가 그치고 모처럼만에 햇볕이 구름 사이를 헤집고 나온 2006년 7월 23일 일요일, 각지에서 모여든 자원봉사자들은 수천명이 넘었다. 물론 일부 사람들은 해외여행과 피서길에 나섰지만, 구리시와 포천시, 그리고 경기도 각 봉사단체와 군인들, 경찰부대 병력들은 진흙에 땀으로 범벅이 된 채 집집마다 들어가 키 높이만큼 쌓인 토사를 퍼내고 있었다. 다 퍼낸 다음 우리가 들어가서 보일러를 배관부터 수리하고 교체하여 작동시켰다.

토사와 쓰레기 때문에 재성남평창군민회, 성남보일러협회와 포천보일러협회는 차량과 장비들을 둘 장소가 마땅치 않아 조금 높은 지대에 위치한 산 밑에 있는 어느 집 마당에 임시본부를 두고 작업에 임했다. 그래도 그 집은 가슴께까지 물만 찼을 뿐 토사가 들어오지 않아 본부자리로 사용하기에 무난했다. 거기서 나는 다행인지 행운인지 명희를 만나게 되었던 것이다.

10년 전에 그녀를 알게 되었고, 2년 만에 다시 보게 된 것이고, 더욱 다행스러운 것은 오늘 이 자리에서 대화를 나눌 수 있게 된 것이다.

"저어, 명희씨?"

그녀는 화들짝 놀라 걸음을 멈추고 내 얼굴을 들여다 보았다.

"보고 싶었어요."

"언제 한국엔 온 거야?"

그녀는 잠시 난감하다는 표정을 짓더니 당황했는지 아무 말이 없었다. 그도 그럴 것이 그녀와 미국에 있을 때 마지막이라면서 찾지도, 만나지도 말자고 약속하고 헤어졌었다. 그보다 그녀가 유방암으로 살아남기 어려울 것으로 치부했었다. 그런데 지금 내 앞에 있는 명희는 전혀 그런 병색이 보이지 않았다.

"유방암은?"

"경민씨, 정말 미안해요. 보고 싶었지만……, 그래서 만나지 않았던 거예요."

"뭐?"

"사실 어쩔 수 없었어요. 딸애가 어떤 사람과 결혼한다고 나가 버리는 바람에 죽으려고 약을 먹고 병원에 있었는데, 차마 경민씨에게 그런 말을 할 수가 없어 유방암이라고 속였던 거예요. 용서하세요."

그 말에 어안이 벙벙해지며 속에서는 화가 일었다. 하지만 어쩔 수 없었다는 말에 참아야 했다.

내가 한국에 왔다가 다시 미국에 갔을 때, 그녀가 살던 곳을 지나게 되었었다. 그녀 생각에 그냥 지나칠 수가 없어 간신히 시간을 내서 찾았으나 끝내 그녀는 나를 만나주지 않았었다.

"무슨 일인지 모르겠지만, 왜 나를 피하려고 했는지 난 이해를 하지 못했어."

"……."

그녀는 괴롭다는 표정으로 걸음을 놓으며 집마당으로 향했다.

"그래 알아. 이 집과 어떤 관계야?"

"엄마 집이에요. 이번 장마에 물에 잠겼다고 해서, 3일 전에 와 있었어요. 아침에는 대화시장에 가서 마실 물과 몇몇 물건 좀 사왔고……."

그녀는 다시 걸음을 멈추고 몸을 돌려 나를 향해 섰다.

"어머니 집? 어떻게 이곳에……. 그럼 미국에서?"

짧고, 한꺼번에 다 물어 보기엔 무리였다.

"한국에는 두 달이 넘었어요."

"아주 온 거야? 딸은?"

"네, 아주. 딸애는 미국에 그냥 있어요."

증오가 차오르는지 그녀의 동그랗고 까만 눈동자가 번뜩였다.

"그럼, 딸은 현지신랑인가 하는 그 놈과……?"

참을 수 없는 듯 그녀는 비트는 몸짓을 하고는 마당가 가재도구들이 쓰레기로 쌓여 있는 더미 뒤로 갔다. 그곳에서 쭈그리고 앉아 고개를 숙이고 있던 그녀의 어깨가 들썩이는 걸로 보아 울고 있는 것 같았다. 그런 그녀의 모습에서 오만가지 애틋함이 전해져 왔다.

비로소 모든 문제들을 터뜨리려는 걸, 나는 그걸 막았다.

"명희, 나 일해야 해. 오늘 이 동네에서 보일러 일을 끝내야 하거든."

때 마침 본부 수리센터에서 일행들이 빨리 오라는 손짓으로 나를 부르고 있었다.

그녀가 어떤 문제들을 털어놓지 않아도 나는 대강 알고 있었다. 그리고 내가 모르는 일이라 해도 난 듣고 싶지 않았다. 그건 그녀와의 약속이기 때문이었다.

그녀와의 약속은 잘 지켜지고 있었다. 우린 만나지 않기로 했었다. 그 약속 뒤에 그녀가 몇 번 한국 집에 왔다는 소식을 들었으면서도 나는 그녀를 만나지 않았다. 온통 머릿속은 그녀를 생각하면서도 나는 그녀를, 또는 그녀의 집을 피해야 했다.

언젠가 그녀가 미국생활을 마치고 한국에 아주 살러 왔다는 소식을 들었었다. 난 목이 메이도록 그녀를 그리워했지만 전화 한 통 않고 그냥 있어야 하는 괴로움에 떨어야 했다.

고통처럼 아파하며 나는 그녀가 건재하다고 믿고 있었다. 그런데 그녀는 다시 미국에 간다는 소식이 들려 왔다. 그 이유는 그녀가 미국에서 딸과 있는 동안 그녀 남편에게 다른 여자가 있었던 것이다. 더 놀랐던 것은 다른 여자 몸에서 아이까지 생겼다는 사실이었다.

물론 그녀는 다신 한국에 오지 않겠다는 다짐을 하고 떠났는지도 모른다. 그렇게 떠났다는 소식을 들은 나는 그녀와 손을 잡고 해변을 걷고, 거리를 걸었던 추억에서 헤어나지 못했다. 그저 건조하고 무의미한 정사, 울타리가 없는 외국살이에서의 무력하고 무책임한 행동에 허덕였다.

가족은 물론 그 누구에게도 의식할 수 없는 지상의 낙원이었건만 외로움, 고독, 그리고 인간의 질서, 윤리와 도덕이 무너진 외국살이가 현실적으로 다가왔다. 그저 고국에서 보내온 돈으로 흥청망청 마약복용하고, 울타리가 없는 자유로운 성에 탐닉했다. 그리고 돈이 떨어지자 성노예처럼 팔려가는 등 얼룩진 상처로 정신이 혼탁해지고 타락하고, 육신이 멍들고 시들어갔다.

대부분 한국에서 돈을 갖다 쓰는 소위 부잣집 자식들이 그랬는데, 그녀 또한 그런 부류에 속해 있었다.

그녀의 자동차를 타고 다니면서 그녀의 남편이 보내온 풍족한 돈으로 여행과 유흥가로 돌아쳤다. 물론 모든 비용은 그녀가 지불했다.

그렇게 미친개처럼 쏘아 다니다가도 빨간 신호를 무시하고 차를 세우지 않고 달려가는 못돼 먹은 젊은 녀석이 있으면 어김없이 고개를 빼고 '해이, 유, 뱃 보이(야, 이 나쁜 녀석아)' 하며 소리를 지르던 모습들이 선하다. 그런 그녀가 내 앞에 나타나 있었는데 미국에서의 모습은 전혀 찾을 수가 없었다.

나는 지금까지 그녀를 만나지 않았을 뿐이다. 만나고 싶은 사람을 만나지 않으려는 것은 얼마나 마음 아픈 일인지 당해 보지 않고는 모른다.

봄이 한창인 뜰에 목련이 자기시절을 잃고, 꽃잎이 나무에서 뚝뚝 떨어져 말라 몹쓸 흔적을 남기고 있는 것처럼 내 가슴 속도 그녀의 모습이 지워지지 않는 그런 목련이 되어 버렸다. 남 몰래 그런 가슴앓이로 아파하고 있는데, 너무나 당연하고도 우연스럽게 만나게 된 것이 꿈이 아닌가 싶을 정도였다. 이런 걸 두고 세상은 좁다고 말하는 것이 아닌가?

그녀를 처음 만나게 된 것은 로스앤젤레스 오렌지카운티에서였다. 그곳은 한국 간판들이 즐비한 한국인이 가장 많이 사는 곳이었다.

나는 공장 생산라인에서 일을 하고 있었다. 거기에서 본사 여사무직원을 알게 되었다. 그녀는 회장의 딸이었고 자금을 관리하는 대리였다.

어느 날 만나자고 해서 만났는데 수표가 든 봉투를 주면서 나의 도장과 주민등록증을 달라고 했다. 이유를 물었더니 은행에 차명계좌를 만들겠다는 것이었다. 봉투 속에 든 돈 때문에 수락하고, 도장과 신분증을 주었다.

문제는 2년 뒤였다. 회사비리로 검찰청으로부터 내사를 받고 있었다. 회사에서는 나의 차명계좌를 숨기기 위해 나를 강제로 미국에 보냈다. 미국에서 지사의 직원 감시를 받으며 어느 자전거점포에서 정비공으로 일하고 있었다.

휴일이었다. 외국에서 첫 여름을 보내는 외출이었다. 로스앤젤레스 여름의 날씨도 우리나라 여름과 별반 다르지 않았다.

오렌지카운티 거리를 걷다가 배가 고파 눈앞에 보이는 패스트푸드 가게에 들어섰다. 가게 안에 들어섰는데 남미 출신 여자 종업원은 유난히도 저기압이었다. 그 날은 휴일이라 손님들이 줄을 서 있었다. 그 종업원은 많은 손님들 탓인지 아예 목소리가 쉬어버린 데다 쓰고 있는 위생모는 거의 뒤통수로 넘어가 염색한 빨간 머리가 원래의 색깔인 검은 머리와 뒤섞여 앞이마에 마구 흘러내리고 있었다. 그런 그녀를 바라보며 음식을 주문하고 있을 때였다.

갑자기 여자의 비명소리와 함께 한쪽에서 사람들이 혼비백산하여 흩어지며 그 주위가 아수라장이 되었다.

카운터 너머 빨간 머리의 남미 출신 여자 종업원이 커피인지 콜라인지를 뒤집어쓰고 씩씩대고 있었고, 그것을 집어던진 듯한 한국 여자는 찢어발기기라도 할 것 같은 기세로 빨간 머리를 노려보고 있었다.

아까는 몰랐었는데 그녀의 다리 옆에는 그녀의 딸인 듯한 아이가 붙어 어쩔 줄 몰라 하고 있었다. 그 아이를 본 순간 나는 이런 저런 생각 없이 그녀에게로 다가갔다.

"아임 낫 어 베거.(난 거지가 아니야)"

그녀의 눈빛은 모르는 사람이라도 자존심이 매우 상한 감정 표현이라는 것을 느낄 수 있도록 매섭고 노기로 가득했다. 시간이 좀 지나서야 그녀가 진정이 되었는지 앉아서 해 준 얘기는 이러했다.

그녀가 빨간 머리에게 딸과 자기 것으로 주문한 몇 가지 음식을 받았을 때, 그녀는 주문한 중간 사이즈의 음료수가 안 나왔다는 걸 알았다. 그래서 얼른 영수증을 찾았지만 어디에 두었는지 찾을 수가 없었단다. 하는 수 없이 음료가 빠졌다고 그 빨간 머리를 불러 말했더니 시키지 않았으니까 나오지 않은 것이라며 화를 내었다는 것이다. 기분이 상한 그녀가 매니저를 불러 사정을 이야기했더니, 매니저는 빨간 머리에게 말하기를 이 손님에게 음료수를 갖다주라고 했단다. 그런데 이 빨간 머리는 뾰루퉁한 낯짝을 하고 그녀를 쏘아보더니 잠시 후 컵에다 콜라를 부어 그녀 앞에 난폭하게 내려 놓고는 입술을 비틀며 이렇게 말하더란다.

"잇츠 프리!(이거 공짜야)"

이 말을 듣고 화가 머리 끝까지 오른 그녀는 그렇게 음료수 잔을 빨간 머리에게 던져 버린 것이다.

나 역시 그 이야기를 듣고 나자 가슴 속이 끓어오르며 자존심이 상했다. 하지만 당사자도 아닌 내가 새롭게 화를 내며 법석을 떨 수는 없어서 그녀에게 주머니와 가방을 뒤져 영수증을 잘 찾아보라고 했다.

결국 그녀의 가방 안에서 몇 장의 명함과 영수증이 나왔다. 영수증을 들고 그녀와 나는 너무나도 당당하게 총책임자를 만나게 해달라고 했고, 그 빨간 머리로부터 정중하게 사과할 것을 요구했다. 그러자 머리매무새까지 제대로 고치고 걸어 나온 빨간 머리로부터 머리가 무릎에 닿을 듯한 동양식 인사를 받게 되었다.

그 바람에 그녀를 알게 되었다. 그것이 계기가 되어 그녀를 자주 만나게 되었고, 더 가까운 사이가 되어 버렸다.

나이 서른둘인 그녀는 딸의 조기유학을 위해 남편을 한국에 두고 미국에 와 있는 중이라고 했다. 그녀 남편은 문화재단 이사장이고 흔하지 않은 부유한 집안이었다. 그녀도 미스코리아 출신으로 연예기획사와 영화사에서 소속되어 몇 편의 영화에 출연하다 부유한 집 아들과 결혼을 했다.

24살 때 결혼한 그녀의 남편은 12년이나 연상이었다. 그런 남편을 섬기면서 가정주부로서 딸을 낳아 행복하게 살고 있는데, 연예기획사에서 찾아와 연예 활동을 재개할 것을 요구하는 바람에 미국행을 택했다. 물론 활동해도 아무런 상관은 없겠지만, 혼전 미스코리아 선발 당시 심사위원에게 잘 부탁한다는 뜻으로 성상납함으로써 처녀성을 잃었고, 선발 후엔 생각보다 많은 돈을 연예활동에 투자하는 바람에 가사가 기울게 되고 그 때문에 친정아버지는 농약을 마시고 자살하고 말았다.

그 후 이래저래 망가진 몸을 이끌고, 오기로 돈을 벌겠다며 그들이 원하는 대로 몸을 굴려 영화와 드라마에 출연한 바가 있었다. 그랬는데 다시 활동하게 된다면 지난 과거의 문제들이 새싹 돋듯 피어올라 남편의 귀에 들어갈까 봐 활동을 할 수 없다는 그녀의 얘기였다.

빼어난 미모에 늘씬한 그녀와 나는 손을 잡고 긴 해변을 따라 걸으면서 그녀의 이야기를 듣고, 그러다 모래를 깔고 앉아서 노닥거리며 장난치기도 했다.

어느 날이었다. 느지막한 시간에 우리는 다시 그 해변에서 부둥켜안고 깊고도 긴 입맞춤으로 흥분을 북돋웠다. 그러다 참을 수가 없어 승용차에 올랐다. 그리고 자동차 안에서 그녀와 나는 자동차가 들썩이도록 격렬하게 서로의 살을 섞어야 했다. 그 계기로 그녀와 나는 자주 여행하면서 호텔에 들락거리며 불륜을 저질렀다.

우리는 여러모로 익숙해져 행동 하나하나가 부부처럼 너무나 자연스러웠다. 그렇다고 가족이나 어느 누구의 눈을 피할 필요도 없었다. 마음만 통하면 아무 조건 없이 성적 욕구를 해소하면 그만이었다.

외국살이에서 생긴 나의 외로움은 이제 그녀로 대신했다. 또한 내 마음이 미덥고 너그러워지며 관대함이나 온유함 같은 인간 최고의 성품조차 흉내 낼 수 있을 정도로 나는 푸근한 사람이 되곤 했다.

가을이 지나고 크리스마스가 지나 새해를 코앞에 둔 무렵 나는 내가 머물고 있는 숙소에서 그녀와 함께 조촐한 파티를 가질 계획을 세웠다.

그녀는 나의 초대에 몹시 즐거워했었는데, 그날 깊은 밤 그녀에게서 전화가 걸려왔다.

그녀는 어려운 말을 꺼내 놓을 듯 목소리는 조심스럽고 그녀답지 않게 딴 말을 풀어내고 있었다.

"말을 해. 혹시 못 온다는 거야?"

내가 다그치자 그녀는 뜸들인 것을 후회라도 하듯 단번에 말을 토해냈다.

"남편도 있는데, 내일 데리고 가도 돼?"

이해할 수 없는 말을 했다.

"한국에서 남편이 왔구나."

"그게 아니고, 그냥 신랑이야. 현지신랑."

남편은 뭐고 신랑은 무엇인지 도대체 무슨 말을 하는지 알 수 없었다.

파티에 자기 현지신랑을 데리고 가도 되냐는 것이었다. 나는 당황했지만 대환영이니 오라고 허락을 했다.

그녀는 내 대답에 고맙다는 말을 되풀이했고, 전화를 끊기 전에 급하게 한 마디 했다.

"내일 우리 신랑 보고 놀라기 없기, 알았지?"

그 무슨 까닭인지 알 수 없었지만 보통은 아닌 것 같았다.

다음날 저녁이었다. '놀라기 없기' 라는 그녀의 일방적 약속이었을 뿐, 나는 그녀에게서 그녀의 현지신랑이라는 미국인을 소개 받았다. 순간 나는 정말로 놀랄 수밖에 없었다.

그녀의 현지신랑은 그녀보다 한참 연하였다. 고등학생으로 보였다.

그녀 말로는 자신의 딸에게 미국말을 가르치는 가정교사로 두었단다. 같이 있는 시간이 길어지면서 그와 친해졌고, 친해지면서 그가 그녀의 집에서 자고 갔단다. 그렇게 되자 그가 남자로 보여졌단다. 그런 데다 한창 나이에 성적 욕구를 극복하지 못하고, 남성이 너무 그리워 그를 유혹하여 서로 몸을 섞었단다. 그도 그렇게 자신을 원했단다. 그게 발단이 되어 사랑하게 되었고, 아예 같이 살림을 차렸단다. 그러다 보니 미국영주권 욕심도 생기고, 미국시민권자인 그 가정교사와 위장으로 결혼 신고해서 바로 임시영주권까지 발급 받았단다. 1년만 더 버티고 있으면 미국에 세금을 낼 수 있는 미국시민권자가 된다고 했다.

나는 이런 사실을 한국의 남편도 알고 있냐고 물었다.

그녀는 영주권을 얻기 위해 가정교사인 어린 미국인과 허위 결혼신고를 했다고 알렸단다. 하지만 남편은 현지신랑이라는 사실을 모른다고 했다.

더 의심받을 것 같아 그녀는 그와 같이 한국을 방문해서 남편에게 소개시켰고, 남편은 고맙다며 고액의 돈까지 전해 주었다고 했다.

젊은 청년과 또 한 번의 행복한 신혼을 누렸던 그녀는 얼마 후 라티노(주로 멕시코인들이 사는 지역)로 이사하게 되었다. 한국에 남편을 두고 다시 나이 어린 미국 청년과 살림을 차린 것을 한국 사람들에게 보여주고 싶지 않아 이사를 했다가 다시 이곳으로 왔다는 것이다.

파티가 끝나자 청년 신랑과 딸을 먼저 집으로 보내고, 그녀와 나는 파티상을 치우고 거실에 단 둘이 앉아 많은 얘기를 나누었다. 주로 현지신랑에 대한 이야기였는데, 오랫동안 하고 싶었던 말들을 풀어 놓았다.

그녀가 그를 사랑하고서 한국 남편에게 느끼는 죄의식, 또 그 딸과의 갈등, 쉽지 않았던 삶들의 여정을 담담하게 풀어 나갔다.

그녀와 어린 현지신랑 사이에 있는 아주 긴밀하고 사적인 부분들까지 털어놓는 바람에 나는 엉겁결에 펀치에다 위스키를 섞어 몇 잔을 더 마시고 말았다. 취해서 들은 그녀의 얘기가 농도 짙은 성적인 얘기로 발전하는 바람에 그만 서로 부둥켜안고 후회없이 뒹굴었다.

"이제 좀 살 것 같아."

한 바탕의 힘겨루기라도 한 양, 그녀의 말은 하나의 화풀이와도 같았다. 그건 보이지 않는 지루한 외국살이의 따분함이랄까, 그런 것들을 나에게 풀어버리는 것 같았다.

나는 미국에서 꼭 머슴 사는 것 같아 우리나라로 돌아왔다. 늘 암사자 같이 맹렬하고 열정적인, 그러나 한 편으론 냉정하고 단호하기가 서릿발 같았던 그녀를 늘 생각하면서도, 그녀에게 또 다른 서양 신랑을 키우고 있다는 사실에 난 크게 실망하고 그녀에게 연락을 하지 않았었다.

그렇게 조용히 2년을 보냈다.

그런데 느닷없이 칼스 주니어에게 받을 돈이 있다며 그 돈 받으러 미국에 와달라고 하는 채무자의 부탁에 나는 그 돈을 받아 주겠다고 미국에 잠입했다.

어차피 미국에 온 김에 명희 그녀가 어떻게 살고 있는지 안부전화나 하자며 전화를 걸었다.

전화를 받을 수 없다 라는 녹음이 들려 왔다.

나는 전화기를 통해 들려오는 우리말에 구름 같은 것이 아득하게 밀려옴을 느꼈다. 전화를 끊고 나서 생각을 정리하는 동안 그것의 정체가 불안하여 심장이 쿵쿵 뛰고 있다는 것을 알았다. 그러나 달리 어찌할 길을 모른 채 그저 그렇게 불안을 느끼고 있을 뿐이었다.

이틀 후에 연락을 해 온 그녀였다.

"사정이 생겨서 만날 수 없어요, 경민씨."

"무슨 사정인지 모르겠지만 만나서 얘기하자."

"잘못 되어가고 있어요. 그래서……."

"세월이라는 게 뭔데. 사람을 변하게 하는 거잖아. 전혀 생각도 못한 방향으로 흘러가 버리는 걸 어떡해. 세월 탓인 걸. 누가 뭐랄 수가 있겠어. 난 정말 아무렇지도 않아. 명희씨를 다시 만날 수 있다니. 그거 말고는 난 아무 생각도 없어, 지금."

"……."

"우리 어디서 만날까? 옛날에 잘 가던 '데니스'에서 만날까?"

"사실은 나, 병원에 입원해 있어요."

그녀가 극도의 불안 상태에서 절망을 전하는 말을 들었다.

그녀는 유방암 수술을 받은 적이 있었는데, 완치되지 않고 재발하여 지금은 다른 곳으로 전이되어 더 이상 수술조차 할 의미가 없다는 것이었다.

그 순간 나는 상황도 모른 채 떠벌린 말이 부끄러워 어찌할 줄 몰랐다.

그녀가 아프다는 사실을 어쩌면 그렇게도 모를 수 있었을까? 수술로 가슴을 잃은 여자를, 4년 동안이나 연인으로서 친구로서 또는 불륜의 상대로 지내왔다면서 어떻게 그렇게 모를 수 있었단 말인가.

둔하고 지능이 모자라는 데다 인간성까지 수준을 밑돈다고 내 자신을 천 번도 더 힐책하였다.

그런 저런 자책에 잠자리에서 불에 덴 듯 벌떡 일어나고 그때부터 뜬 눈으로 오로지 내 자신을 나무라고 경멸하는 데에만 그 까만 밤을 하얗게 지새우며 아침을 맞이하고 병원을 찾았다.

그녀는 화장끼 없이 수척해진 모습으로 앉아 있었다. 파란 알파벳 무늬의 환자복, 팔에 꽂힌 주사바늘이 그녀에게 억지로 생명을 부지하게 하는 것 같았지만 나는 안도감마저 느끼며 그녀에게로 다가가 덥석 그녀의 손을 잡았다. 순간 나는 가슴이 철렁해지며 지금껏 계속되던 불안 속으로 되돌아가게 되었다.

그녀의 손은 너무나 앙상했다. 강하고 딱딱했던 그런 손이 아니었다. 너무나 가볍고 약해졌다. 게다가 그녀는 혼자 앉아 있을 기력이 없었던지 흰 베개를 세 개나 포개어 침대 틀에 받혀 기대어 있는 것이었다. 나는 그런 것들을 목도하면서도 동시에 그 반대로 희망적인 것을 찾아보려고 기를 쓰고 그녀를 관찰했다.

그녀의 목소리, 그녀의 언어만은 예의 그 선명함과 단단함을 잃지 않고 있었다.

"명희씨를 만나니까 참 좋네. 그냥 요번에 안 보려고 했는데……, 하지만 잘 됐어. 이젠 미국에 안 올 거야. 지금 안 보면 언제 봐."

우린 이런 저런 이야기를 나누었다. 예전 같은 폭소에다 신랄한 말싸움은 없었지만 간간이 소리내어 웃고 농담도 나누었다.

몇 번 병실을 드나들었다. 그런데 그녀의 현지신랑과 딸이 보이지 않았다. 간병할 사람도 없으니 나 역시도 초조해지기 시작했다. 나는 벌이를 위해 곧 한국에 돌아가야 했다. 그런데 그녀의 병세는 더욱 깊어져 가는 지독한 상황의 불협화음이 지속되었다. 나는 마치 숙제를 마쳐야 하는 학동같이 며칠 동안은 그녀를 지켜야 한다는 의무 같은 것을 느끼고 있었던 듯했다. 거의 잠만 자는 그녀를 지키면서 그 얼굴 위에 겹치는 건강하고 용감한, 또 솔직하고 활기찬 예전의 모습은 이제 다시 못 올 것 같은 두려움으로 가슴이 아팠다.

"신랑과 딸애는?"

"없어."

그녀는 내 물음에 말을 하지 않다가 내가 답을 기다리자 '없다' 라고 짧게 말했다.

"없다니? 무슨 소리야?"

"걔들 나갔어."

"나가? 어디로?"

"둘이 결혼하겠다며 가버렸어."

"뭐야? 딸이 몇 살인데 벌써 결혼이야."

"열다섯. 나쁜 자식."

그녀는 시선을 창에다 고정해 버리고 밖을 내다보며, 이 사이로 내뱉고는 눈물을 이겨 넣는 듯했다.

아뿔사. 정말이지 맙소사였다.

아무리 나이 어린 철없는 연하 현지신랑이라고 하지만 어떻게 가봉녀(의붓딸)와 같이 붙었단 말인가. 결국 그녀는 현지신랑을 딸아이한테 빼앗긴 꼴이 되고 말았다.

어떻게 돌아가는 것인지는 모르겠지만 이건 완전히 콩가루 판이었다. 그보다 그녀가 유방암이 아니라 해도 병들게 생겼다.

한 마디로 딸의 조기유학은 큰 실패작이었다. 조기유학이 그녀의 인생까지 망쳤다.

"한국으로 돌아가자."

"이 꼴로 어떻게 한국에 가. 남편 볼 면목도 없어."

"남편도 다른 여자와 산다면서."

"그래도 싫어, 내 조국을 봐서라도 그렇게 할 수 없어."

"애국자다. 미국에서 뭘 어떻게 했는지 누가 알아. 그리고 우리 한국에서 온 그런 인간들이 어디 한둘인 줄 알아. 그래도 한국에 가서는 깨끗한 척 태연하고 도도하게 무슨 박사니 하며 교수네 하는데."

"내 자신이 허락치 않아. 죽으면 죽었지 못 가. 그리고 나 얼마 살지 못해."

그녀는 마치 꺼져 가는 마지막 촛불처럼 모습도 그러했다. 그런 그녀를 보고 있자면 내 마음도 편치 못했다.

그녀는 감자수프를 먹고 싶다고 했다. 나는 향료까지 넣어 제법 잘 만든 수프를 구해서 그녀의 병실로 가져갔다. 그녀는 수프 그릇의 뚜껑을 열자 퍼져 나오는 구수한 냄새가 좋은지 한참을 수프 그릇에 코를 대고 있더니 나를 보고 씨익 웃었다.

"자기, 인제 우리나라에 가면 날 보러 오지 말어. 다음에 미국 올 일 있어도 우리 집에는 오지 말기야. 알았죠?"

수프 그릇을 받아 자기 손으로 떠먹으면서 하는 말이었다. 내가 무슨 말이냐며 흘려 들으려 하자, 그녀는 나를 빤히 바라보고 다시 말했다.

"약속해요. 다시는 날 보러 오지 않기. 약속했으면 지켜야 돼. 약속하지?"

그녀의 말은 짧았다. 그러나 나는 그녀의 말이 얼마나 깊게 함축된 내용을 품고 있었는지, 얼마나 정밀한 속내를 감추고 있었는지 알 수 있었다.

그 약속을 하고 나는 떠날 준비를 했고, 다음 날 그녀의 병실에 잠깐 들러 인사를 했다.

'나, 약속 지킬 거야. 두 번 다시 널 안 봐. 잘 있어.'

속으로 곱씹고 우리는 서로 껴안았다.

"우리 여기서 있었던 어떤 일도 한국에서 발설하지 않기."

그렇게 그녀와 약속하고 헤어졌었는데, 오늘 이곳 평창 장마에서 그녀를 만난 것이었다.

"나, 남편과 정식으로 이혼했어."

나는 이럴 때 뭐라고 말해 줘야 할지 몰라 잠시 망설였다.

"이혼해 주는 조건으로 위자료도 엄청 받았어. 이곳 평창에서 우리 엄마와 조용히 살 거야."

바로 그때였다. 모 방송사 기자 차량이 도착했다. 자동차가 멈추기 무섭게 기자들이 커다란 카메라를 들고 내렸다. 아마도 우리들의 자원봉사 활동을 취재할 것으로 알고 있었는데, 엉뚱하게도 명희에게 달려드는 것이 아닌가.

그들은 우리에겐 눈길도 주지 않고 그녀 앞에서 이혼하게 된 동기며 앞으로 연기활동 재개에 대해서 묻고 있었다.

평창 장마로 인한 수해로 사람이 죽고, 온 동네가 파묻히고 뒤집혀 있는데, 늙은 여배우가 더 특종감일까.

그런 모습들을 보면서 나는 그녀가 이곳에서 조용히 살 것 같지 않다고 생각하며 그녀를 뒤로 하고 보일러 수리센터로 걸어 나갔다.

(2006년, 『평창문학』 제17집)

9
창녀 정보

"꼭 와야 해요?"

순간 정신이 아스무레해서 눈을 감았다. 2년 전, 보증 잘못 선 걸로 시작해서 한 사채업자에게 빌려 쓴 돈을 갚지 못해 패가망신하게 되었다. 아내가 집 나가고 나는 노숙생활하면서 어쩌다 만난 그녀와 헤어졌는데 그녀가 한 말이 괴롭도록 내 머릿속을 마구 휘젓고 들쑤셔 놓았다.

눈이 부실 정도로 하얗게 상아빛나는 가느다란 손가락이 소주잔을 감아쥐고 조금씩 흔들리는가 싶더니, 이내 잔은 바닥으로 곤두박질쳤다. 긴 머리카락 사이로 비치는 그녀의 설움에 찬 표정은 아예 할 말을 잃었다. 시간이 멈춘 듯한 그때의 선술집은 긴 침묵 속에 빠져 들게 했고, 늙은 여주인의 날카로운 칼질 도마소리가 초침을 대신했다.

희뿌연 담배 연기 속에 녹아드는 전구의 빛을 말없이 응시하며 나는 투명한 알콜에 취해 버렸다. 그 달이 밝았던 날에 그녀와의 술자리는 그렇게 끝이 나고 있었다.

그게 2년이나 흘렀단 말인가. 그 동안 나는 시골에서 보내다 이제 야탑동 버스터미널에 도착해서, 희진을 찾아보겠다고 시장 앞 골목을 찾아들었다. 골목 안으로 들어서자, 그녀들은 길가에 나와 의자를 깔고 앉아 시원한 하드를 빨면서 농짓거리를 하고 있었다. 그런 그녀들을 보자, 희진이 생각이 더더욱 간절했다.

그녀는 내가 올 때까지 꼭 기다린다고 했었다. 아니 죽을 때까지라도 기다린다고 해서, 나도 꼭 1년 안에 데리러 오겠다는 약속을 했었다. 그랬던 것이 난 그 약속을 깨고 이제야 온 것이다.

사실 그녀가 창녀만 아니었다면, 아니 이웃 방씨의 딸만 아니었다면, 아마 그 약속을 제대로 지켰을지도 모른다. 그런데 난 내 주제도 모르고, 그녀가 창녀라는 쓰잘데 없는 편견을 갖고 있었는지도 모른다.

그녀에게 미안했다. 그러면서도 그녀는 죽을 때까지 기다린다고 했기에, 그녀는 지금도 나를 기다리고 있을 것으로만 믿고 있었다.

"저 여기에 희진이, 아니 진아라는 여자가 있지요?"

모두들 모른다는 표정이었다. 그런 표정에 나는 그럴 리가 없을 것인데 하면서도, 창녀들이란 그렇지 뭐 하며 돌아서려는데, 그 중의 한 여자가 나를 불러 세웠다.

"왜 그러시는데요? 희진이를 찾으시나요?"

"찾는다기보다……."

내뱉은 말에 나는 또 다시 파렴치한이 되어 거짓말을 주워 넘기고 있었다.

"예쁜 그 언니를 말하나? 그 미친 언니, 진아라고 왜, 저 가운데 대구 아지매 집에 있던 언니, 생각들 안나? 거지 때문에 온 사람 애먹이던, 그

거지새끼를 눈깔이 빠지도록 기다리다 죽은 언니? 맞아, 그 예쁘게 생긴 희진이 언니를 얘기하시는 거죠?"

그 거지라면 바로 나였다.

"죽다니요?"

"그 언니 혼자 한 겨울을 두 번이나 넘겨도 약속한 사람이 나타나지 않아 화병까지 났어요. 그 새끼 기다리다 돌아버렸다고요. 미친 거죠. 하루는 자기 아저씨가 왔다면서 마중 나간다며 맨발로 성호시장 앞 도로에 뛰어들어 차에 치었다고 누가 그러드라고요."

그 말을 듣는 나는 하늘이 노래지는 것을 느끼며 가슴이 턱하고 미어졌다. 그리고 멍하니 몸에 힘이 주욱 빠지며 모래성처럼 허물어지듯 맥없이 그 자리에 주저앉고 말았다.

"대구 아지매 집에 가서 물어보세요, 오빠."

늘씬한 한 아가씨가 껌을 잘근잘근 씹어대며 비웃듯이 말했다.

허긴 나는 대구 아지매를 두 번 다시 보고 싶지 않았다. 대구네 때문에 거지가 되었고, 내 인생을 모조리 망쳐 버리지 않았던가.

"이 오빠 왜 이래? 충격 먹었나 봐."

한 여자가 내 어깨를 흔들며 말했다. 순간 나는 그녀들 앞에 처한 내 추한 꼴이 창피하기도 해서 간신히 무릎을 펴고 몸을 일으켜 세웠다.

몸은 여전히 어질어질했고 정신은 멍했다. 일단 그녀들을 피해 좁은 골목에 들어가 쪼그리고 앉았다. 내가 조금 더 일찍 왔었더라면 희진은 죽지 않았을 것이라는 생각이 들었다. 분명 일찍 올 수도 있었는데 그녀가 단지 창녀라는 이유 때문에 조금은 소홀했던 것이 솔직한 내 심정이었다. 가엽고 불쌍한 희진이었다. 몸과 마음이 아름다운 여자였다. 주의를 다하고 흐트러짐 없는 마음을 가진 그녀가 죽음을 혼자 당하여 몸과 마음이 분리되었다고 하니 난 슬퍼하지 않을 수 없었다.

눈에 선했다. 마치 살아 움직이듯이 내 머릿속을 휘저으며 그때의 기억을 되살아나게 했다. 그것이 더 괴롭고 내 마음이 아리고 시렸다.

그 짧았던 하룻밤, 2년 전의 기억은 한 편의 드라마처럼 생생하게 펼쳐지고 있었다.

온갖 꽃들이 만발한 들녘에서 나는 언덕을 걸어 내려가고 있었다. 도시의 소음도 콘크리트의 매캐함도 없는 그런 저녁의 들판은 너무나 따뜻했다. 햇빛을 받고 있는 것처럼 나의 몸은 온기를 정면에서 느끼고 있었는데, 누군가 팔을 잡아끄는 듯한 느낌에 눈을 떴다.

꿈이었다. 나는 따스한 온돌 방안에 누워 있었다. 한쪽 켠에는 침대가 놓여 있었고, 그 옆으로 작은 탁자와 전화, 물병과 물잔이 보였다.

여기가 어딘가. 난 어떤 방안에 있는 것이 확실했다. 그리고 놀랍게도 달덩이 같은 허연 얼굴이 하나 떠 있었는데, 그 얼굴은 나를 내려다보고 있었다. 머리를 길게 늘어뜨리고 나를 내려다보는 눈동자는 마치 슬픈 황소 눈깔 같았다. 여하튼 그 얼굴은 나를 편하게 만들었고, 포근하고 안정되게 만들어 주었다.

얼굴은 보기 드문 낯짝이었다. 악의가 없는 얼굴은 눈이 부실 정도로 아름다웠고 입가로 번져드는 소박한 미소는 나의 마음을 모두 가져갈 것 같은 그런 여자였다.

'참 어여쁜 여자이구나.'

그런 여자와 한 방안에서의 소담스런 느낌과 내음들, 나는 벌떡 일어나려고 했지만 내 몸은 뜻대로 움직이질 않았다. 그저 방안이 조금씩 빙빙 도는 것같이 느껴지는 걸 보면, 나는 심하게 어지럼증에 빠져 있는 것이었다.

"일어나지 마시고. 조금 더 누워 계셔요."

목소리까지 아름다웠다.

"근데, 여기가 어딥니까?"

"생각 안 나요? 새벽에 저희 집 앞에 쓰러져서 엄마랑 아저씨가 모시고 내 방에 들어왔어요."

"그럼."

어렴풋이 기억이 났다. 나는 지하 신흥역에서 허기와 추위에 지쳐 있었는데, 어떤 사내들에게 잡혀서 어디론가 끌려 갔었다. 그리고 아무런 이유도 없이 무조건 두들겨 패는 것이었다. 한참동안 얻어맞고 나는 초주검이 되어 맨바닥에 쓰러져 있었다. 잠시 고요해지면서 그들은 느닷없이 만원권 돈 뭉치 세 다발을 던져주면서 명령했다.

"오늘 새벽에 시장 C지역을 다 태워야 한다. 안 그러면 넌 죽는 거야. 시장을 다 태우고 나면 너에게 목포 인근에 아파트 한 채를 마련해 주겠다. 너도 이런 거지생활에 종지부를 찍어야 하잖아."

"……."

"여기 신너를 뿌리고 이 나이터로 불을 붙인다. 불이 붙었으면 피해서 불이야! 하고 소릴 질러야 한다. 혹시 시장 안에 사람이 자고 있을지도 모르니까, 큰 소리 쳐서 사람은 살려야 한단 말이야. 인명피해는 골 아프거든."

재래시장에다 불을 지르고 나오면 오늘 당장 현금 1천만원을 주겠다며 돈 가방까지 보여주었었다. 어쩌면 나도 그들처럼 나쁜 짓을 했으면 지금 이런 꼴은 되지 않았을 것이다. 남에게 폐를 끼치지 않기 위해 이렇게 거지가 되었는데, 아니 이렇게 지금까지 살아왔는데 이제 와서 돈에 눈이 멀어 그런 나쁜 짓을 할 수는 없었다.

죄 받을 짓은 절대로 할 수 없음을 그들에게 말하자, 그들은 내게 던져 주었던 돈다발을 챙겨 들었다.

"할 수 없지. 좆 같은 새끼들은 좋은 말할 때는 안 듣는다니까."

그들은 다시 나를 짓이기고 두들겨 팼다.

"우리가 돈이 남아서 이러는 줄 알아! 불은 우리가 낼 수도 있어. 다만 사람이 죽으면 안 되니까 피하게 소리치라는 거야. 그래도 싫어?"

끝까지 싫다고 했더니 그들은 나를 새벽까지 일어날 수 없을 정도로 두들겨 팼다. 나는 바닥에 새우모양으로 웅크리고 있었다. 다시 그들은 나를 으슥한 시장 구석으로 끌고 갔다. 구석에 도착했을 때 새벽은 오고 있었다. 그들은 미리 준비해 온 신너(휘발성 액체)를 두꺼운 비닐봉지에다 한 되(2리터) 정도 넣었다.

"아무도 없지? 여기다 해야 사방으로 옮겨 붙는단 말이야."

그들은 신너가 담겨진 비닐에 구멍을 뚫고 물건 더미에다 뿌리더니 라이터로 불을 당겼다. 그 라이터를 물건더미에 던지자 대번에 불이 번지는 걸 확인하고 그들은 유령처럼 쏜살같이 모습을 감추었다.

불은 순식간에 퍼져 나갔다. 나는 불이 더 번지기 전에 얼른 꺼야겠다며 아픈 몸을 일으켰으나 몸이 말을 듣지 않았다. 거지생활로 마음은 괴로웠지만 배고프면 이곳 시장사람들한테 얻어먹었기 때문에 난 거지로라도 살아남은 것이다. 그 신세를 생각하며 불은 꺼야겠다고 다짐했다.

안간힘을 다해 몸을 간신히 일으켜 세웠다. 우선 생각나는 것은 소화전이었다. 재래시장이라 그런 소화전 따위는 있을 리가 없었다. 바로 그때 떠오르는 곳은 순대국 식당, 그래도 시장으로 돌아다니며 봐두었던 빨간 소화기가 생각났다.

나는 순대국 집에서 소화기를 가져와 거꾸로 흔들어 안전핀을 뽑고 쏘아 일단 불을 끄는 데 성공했다.

불과 1, 2분 사이였지만 2시간보다 더 걸린 것 같았다. 나도 이런 몸으로 어떻게 그런 행동을 했는지 기가 막혔다. 정말 기적이었다. 그런 일이 벌어지는 사이에 무슨 일이 일어났는지도 모르고 모두들 평화스럽게 잠에 빠져 있는 상황이 원망스럽기까지 했다.

순간 그들이 내게 방화범으로 덮어씌우기 위해 모의한 일임을 알아차렸다. 왜 그래야 했는지도 알 것 같았다. 지하상가와의 관계, 부동산 가격 올리기 작전, 시장의 현대화 재건축, 지원금과 보조금 작전, 정치인의 개입, 화재 보험금 노리기 작전, 권리금 관계로 지주들이 재산권을 행사하지 못해 벌린 짓이라는 등등의 여러 가지들의 말들이 오고가는 것을 들어볼 수가 있었다. 그런 말을 엿듣고 있었기에, 이 시장은 최소한 폭발 아니면 불이라도 날 것이라는 예상을 가지고 있었다.

언젠가 시장점검차 온 경찰관과 소방관에게 그런 말을 했더니, 그들도 내 말을 새겨듣기보다 어느 개가 짖어대는가 식으로 치부해 버렸다. 그냥 노숙자 거지가 하는 말은 그저 헛소리로 알아들어 넘겼던 것 같았다. 일단 시장에 번질 불은 꺼 두었으니 안심은 되었다. 하지만 나는 이제 내 몸부터 피해야겠다는 생각이 들었다. 아마도 그들이 멀찌감치서 이곳을 주시하고 있을 것이라는 생각도 잊지 않았다.

아픈 육신을 끌고 중동 골목으로 숨어들었다. 그렇게 지쳐서 기어다니다시피 비틀거리다가 어느 집 앞에서 기진맥진해 쓰러졌었다.

거지 생활도 어느덧 8개월 째 되었나 보다. 나의 온 몸에서는 썩은 냄새가 진동하고 있을 터인데, 이렇게 작고 아늑한 방안에 버젓이 누워 있어도 되는 것인가에 미안한 생각이 들었다.

"정신이 좀 드시면 이 우유라도 드시고 씻으세요."

그녀는 알맞게 데운 우유를 놓고는 방을 나갔다. 내 옆에는 속옷과 갈아입을 옷가지와 칫솔, 치약, 1회용 비누와 1회용 면도기 등이 놓여져 있었다. 나는 한 입에 우유를 부어 삼켰다. 목과 속이 따스해 옴을 느꼈다. 그리고 어지럼증이 조금 가시는 것 같았다. 이제 살았다 라는 생각과 더불어 정말 고마운 아가씨라는 생각이 들었다.

난 목욕거리를 들고 방을 나섰다. 방문이 다닥다닥 붙은 방밖의 한가운데에는 옛날 한옥 마당이 보였고, 풍경은 싸구려 여인숙 같은 분위기였다. 밖에는 툇마루에 그 아가씨가 앉아 있었다. 그녀는 방에서 나오는 나에게 손짓으로 욕실을 가리켜주었다.

"갈아입으신 옷은 밖으로 내어주세요. 너무 더러워서 입을 수 없을 것 같으니 버릴 겁니다. 뭐 중요한 것이 있으시면 주머니에서 빼놓을게요."

거지 생활에 중요한 게 뭐 있을라구. 난 옷을 벗어서 문밖으로 던져놓고, 한 동안 보지 않았던 거울을 쳐다보았다.

주방 뒷켠을 개조한 듯한 욕실은 협소했지만 나에게는 어느 궁궐의 욕실보다도 화려하게 보였다. 거울에 비친 내 모습은 8개월 전의 모습을 찾는다는 것이 아예 불가능해 보였다.

씻지도 않았을 뿐더러 말라서 광대뼈가 튀어나온 흉한 얼굴은 누가 보더라도 범죄자의 그것이었다. 수염도 덥수룩하게 자라 얼굴의 형태는 예전이었으되 느낌은 저 먼 곳에 가 있는 형상이었다.

물을 틀었다. 뜨거운 물이 콸콸 쏟아져 나왔다. 나는 정신없이 그 맑은 물을 먹기도 하면서 몸을 씻어 내려갔다. 하수구로 나가는 하수구 구멍이 막힐까 두렵기까지 할 정도로 때들이 대팻밥처럼 몸에서 벗겨져 나왔다.

오랫만에 맡아보는 비누냄새, 나는 현기증까지 날 정도로 좋았다. 이런 꿈은 제발 깨지 말기를 간절히 바라면서 머리카락을 빨았다.

어느 정도 대충 씻고 나자, 다시 한 번 치밀어 오르는 어지럼증에 나는 다시 자리에 쪼그려 앉았다.

아마도 몸이 많이 쇠약해진 것을 느낄 수 있었다. 진정이 된 다음 마지막으로 나는 면도기로 턱과 볼에 무성한 털을 밀었지만 수염이 길게 자란 탓으로 잘 나가지 않았다. 그래도 나는 면도를 할 수 있다는 생각에 피가 비치는 것도 아랑곳하지 않고 면도기로 밀어냈다.

이게 8개월 전의 모습이었다.

"저기여?"

바깥에서 나를 부르는 그 아가씨의 음성에 가까스로 대답했다.

"아, 네. 다 되어 갑니다. 곧 나갈게요."

이 집을 나가기 전에 난 밥 한 끼라도 얻어먹고 나갈 수 있을까 하는 생각이 앞섰다. 목욕까지 했는데, 너무 큰 욕심은 내지 말자고 다짐하면서도 동물적인 본능만이 남은 나의 내장덩어리는 그 새를 못 참고 쪼아

대는 소리에 정신이 없었다.

막 문을 열고 나서는데 나를 물끄러미 쳐다보는 그녀의 시선이 환해지는 것을 느끼고는 난 계면쩍은 웃음을 지을 수밖에 없었다.

"아가씨 고마워요. 나 같은 거지를 구해준 것도 고마운데 목욕까지 시켜주니, 원."

"생각보다 근사하시네요. 몰라볼 정도로…. 근데 식사하실래요? 찬은 별로 없지만……."

나는 속으로 이런 횡재가 있나 라고 쾌재를 외쳤다. 하늘도 무심하지는 않은 모양이다. 난 뻔뻔한 속을 감추고 마지 못해 가는 것처럼 그녀의 방으로 들어섰다.

개구리가 올챙이적 생각 못한다는 식으로 방안에는 좀 전에 내가 남긴 고린내며, 썩은 냄새들이 방안 가득하게 고여 있는 것이 역겨웠다.

그녀가 들어오기 전에 방문을 열고서 냄새가 어느 정도 빠지기를 기다렸다. 얼마 후 그녀는 자그맣고 둥근 소반에 저녁상을 차려 왔다.

"오늘 아침에 뉴스를 봤어요."

난 목안에서 꿀꺽 소리가 나는 것을 애써 참으며 그녀의 말을 들어야 했다.

아침 뉴스시간에 여자 앵커가 간밤에 일어난 사건 사고들을 보도했는데, 성남시 한 시장에 방화범 소행인 듯한 불이 났는데, 누군가가 불을 발견하고 소화기로 불을 끈 흔적을 남겼다며, 누군가가 이 불을 끄지 않았으면 엄청나게 큰 화재가 날 뻔했다는 것이다. 경찰은 조사 중이라고 했고, 불을 끈 훌륭한 일을 해낸 시민을 찾고 있다란다. 그녀는 마치 뉴스 앵커처럼 말을 했다.

"참, 나쁜 사람들 많아요."

그렇게 말하고 난 별 관심없이 먹는 데에만 신경이 곤두서 있었다.

그녀는 게걸스럽게 밥그릇 안에 빠져 있는 나를 멍하니 바라보고 있었다. 그때 방 바깥에서 카랑카랑한 경상도 사투리의 여자 목소리가 쏟아져 들어왔다.

"니 뭐하노? 손님 안 받을 끼가? 으이? 문딩이 콧구멍에 마늘을 빼 묵지, 어디 비빌 데가 없어 냄비 파는 미친 가스나 밑고랑을 붙잡고 있노. 그 자슥 쌍판이나 한 번 보자카이, 걸뱅이 구제는 나랏님도 몬한다는 말, 니 모르나? 얼빠진 가스나야."

방문을 열어 제낀 그녀는 인상부터가 험악했다. 문 앞에는 50대 후반으로 보이는 살집이 풍성한 아주머니가 버티고 있었다.

나는 그녀를 보는 순간 밥을 먹다 말고 숟가락을 떨어뜨리고 벌떡 일어섰다.

"댁은, 그 사채업자?"

그녀도 나를 알아보았는지 몸이 굳어지는 듯했다. 그리고 아무 말을 못하고 어디론가 피해야겠다는 눈빛이 역력해 보였다.

그 여자는 나를 거지로 몰았던 그 장본인이었다.

5년 전, 우리나라가 국가부도 사태에 직면한 채 IMF 구제금융 상태로 경제가 어려웠을 때 아내와 나는 가게를 했었다. 절친한 방씨라는 이웃이 은행대출을 한다면서 재정보증을 서달라고 해서 인감과 같이 보증서에 사인도 해 주었더니, 나중에 그 방씨가 망하고 몰래 도망가는 바람에 은행은 내 재산을 모두 차압해 버렸다. 그렇게 되자 나는 사글세로 이사를 해야 했고, 아내는 그때부터 신용카드에 의존해 돈을 빼 쓰기 시작했다. 나중에 카드빚만 2천여만원이란 액수를 넘어섰고, 아는 사람들로부터 빚도 얻어 썼다. 이후 돈을 갚을 길이 없게 되자, 아내는 사채업자 여자 사장한테 돈을 빌렸다. 사채업자는 우리가 기간 안에 돈을 갚지 못하자 사람을 시켜 아내를 잡아갔다. 그들은 아내를 고문하면서 내게 돈을 갚지 않으면 아내를 죽이겠다고 협박도 했다. 나도 신용불량자이고 해서 마음대로 하라고 했더니, 그 이후 아내와의 연락이 끊기고 말았다. 그제서야 난 아내를 찾으러 나섰다. 그러나 아내를 찾을 수가 없었다. 며칠 후 그들이 아내를 서해안 섬지방 어느 술집에다 팔아먹었다는 소식만 들었다. 그 후로 나는 혼자 외롭게 떠돌이로 지내고 있었는데, 바로 작년에 사채업자 그 여자를 만났다. 업자는 미안하게 되었다면서 아내가 대전에 살고 있는 곳을 가르쳐 주었다. 나는 당장 대전으로 찾아갔는데, 아내는 부잣집의 아내로 귀부인처럼 변해 있었다. 아내는 나를 모르는 사람으로 안면 몰수해 버렸다. 나는 순간 기막힘과 아찔함으로 아득하니 살 맛을 잃고 아무 말을 못한 채 몸을 돌려야 했다.

내게 모든 불행을 갖다 준 방씨와 그 사채업자, 그 사채업자가 바로 내 앞에 서 있는 뚱뚱한 여자다.

그런 악덕 사채업과 겸해서 포주까지 해서 돈을 버는지는 모르겠으나, 여하튼 그로 인해서 내 인생이 망쳐졌고, 작년부터 모든 게 꼴 보기 싫어 거리에 나돌며 노숙하면서 거지로 생활하고 있었다.

"엄마, 왜 그래?"

잠시였던 정적을 깨며 아가씨가 의아해 하며 말했다.

"나쁜 사람."

"아이다 가스나. 어서 서둘기나 해라."

"알았다니깐두루. 손님 받을게, 숙희 방이 비었으니, 오늘은 그곳에서 받으면 되지? 밥 좀 먹읍시다. 다 먹자고 하는 짓인데 조용히 밥 좀 먹게 해 주구랴."

내가 아무런 말이 없자, 사채업자였던 그녀는 슬그머니 문을 닫았다.

그제서야 나는 이곳이 창녀촌이라는 것을 알게 되었다. 그렇다면 내 앞에 있는 아가씨도 창녀가 아닌가. 나는 갑자기 밥맛이 뚝 떨어졌다.

아무리 내가 걸인 생활을 하더라도 창녀의 도움은 받고 싶지 않았다. 그 느낌을 알아차린 그녀가 말을 이었다.

"이제 아셨죠? 나가 봐야 해요. 오늘은 그냥 여기서 쉬세요. 아무도 안 오니 잠도 편히 자고요."

내키지는 않았지만 머뭇대는 사이에 그녀는 횡하니 방을 나갔다.

어렸을 적부터 창녀들이라고 하면 갈보라며 돌을 던지던 기억이 났다. 병덩어리이고, 그런 곳에 가서 몸을 담그는 인간들은 미친놈이 아니고서는 할 짓이 아니라고만 떠들고 다녔었는데, 내가 지금 창녀의 도움을 받게 될 줄이야. 아무리 거지랄지도 난 자존심이 팍 상했다.

밥술을 뜨다 말고 숟가락을 내려놓았다. 더러운 거지 옷이라도 다시 껴입고 나가볼까도 생각해 보았지만 밖은 엄동설한에 성호시장 앞의 바람은 너무도 매서웠다. 유명한 단대약국 뒷골목, 소위 중동골목은 붉은 정육점 같은 조명 아래에서 미니스커트 차림에 다리를 쩍 벌리고 의자에 걸터앉아 담배를 꼬나물고서, 먹잇감을 찾는 사자처럼 지나가는 사람을 잡고 한 번 놀다 가지, 라고 느물대던 창녀들에 대한 나의 오래 전 기억은 별로 흔쾌하지만은 않았다. 이렇게 흘러 흘러 걸인이 된 지금에라도 창녀가 주는 은공은 아직까지 고개를 젓고 싶은 심정이었다. 그렇지만 난 치사한 놈이었다. 공밥 얻어먹은 것도 모자라 방구석에 널브러져 있는 담뱃갑을 발견하자, 슬그머니 담배 한 개비를 꺼내 불을 붙여 빨아댔다. 대번 핑하고 천장이 도는 것이 이런 게 담배 맛이로구나 하고 느껴본다.

밥을 먹고 담배까지 슬쩍해 보니 더 이상 부러울 것이 없었다.

잠이 들었던 것 같았다. 얼마를 잤는지는 몰라도 문 두드리는 소리에 잠에서 깨었다.

"술 드실래요?"

그녀였다.

"이름이 뭐요?"

나는 다짜고짜 이름을 물어 보면서 술을 먹겠냐는 그녀의 질문을 잡아먹었다.

"희진이, 방희진."

"방씨라고요?"

방씨라고 하면 나는 몸서리를 쳐야 했다.

"네, 방씨. 그런데 왜 놀래요?……여기서는 진아라고 불러요. 아까 그 여자 분이 엄마에요. 너무 언짢게 생각하지 마세요. 엄마께서 아저씨가 쓰러져 있는 것을 발견하고 모셔 들어왔어요."

그녀들은 포주를 엄마라고 불렀다. 나는 그녀의 얼굴을 찬찬히 볼 수 있게 되었다. 이런 곳에서 일을 하는 여자라고는 볼 수 없을 정도로 청초한 모습이었다. 다만 거친 피부를 덮어 씌운 진한 화장에서 나이를 조금 읽을 수는 있었다. 글래머도 아니었지만 허리선과 목선이 고운 여자였다. 두 다리를 포개고 앉아있는 그녀의 모습은 정말 곱다 못해 화사하기까지 했다. 눈에 붙인 길다란 가짜 쌍꺼풀만 없었어도 대학생이라고 하기에 충분한 지적 미모였다.

"안 바빠요? 내가 괜히 장사나 방해하는 건 아닌지 모르겠군요."

"아니에요. 이것도 인연인데요, 뭐."

이런 곳에 사는 여자들의 대화는 90프로가 욕지기고, 5프로는 삶에 필요한 동사들, 예를 들자면 밥 먹자, 자자, 볼일 보자, 손님 받자 등이고, 나머지 5프로는 눈물 섞인 울부짖음이라는 말을 들을 수 있었다. 그러나 이렇게 다소곳하게 찬찬히 말을 해준다는 것은 평소에 상상조차 할 수 없는 일이었다. 손님을 받으면 비위를 맞추어 준다라기보다는 어떻게 하면 빨리 끝내게 해서 다음 손님을 더 받을까 궁리하느라 잔머리 기술만 는다는 것이 창녀라고 했다. 그런데 그녀는 자못 인간다운 냄새가 풍겼다.

"저 몇 살같이 보여요?"

"글쎄, 스물넷?"

"잘 보시네요. 스물다섯이 넘으면 이런 곳에도 한물가요. 나이를 속이고 들어온 진짜 열여섯도 있어요. 그러니 전 물갔지요."

"전부 다 불쌍한 인생이군."

"새벽에 딴 여자들은 싫다고 했는데, 제가 제방으로 모셔오자고 했어요. 저 술 좀 마실께요."

그녀는 소주병 뚜껑을 가볍게 따고는 병 주둥이를 입에다 대고 나발을 불 듯 마셨다. 그리고 난 다음 안주 대신 손으로 입술을 쓱 훔치고는 이내 담배를 피워 물었다. 한 동안 아무 말 없이 천장으로 번지는 담배 연기에 그녀는 말을 잊었다.

"새벽에 엄마가 아저씨를 업고 들어오는데 깜짝 놀랐어요. 제가 누군 지 궁금하지 않으세요?"

"글쎄."

사실 난 '창녀 인생이 다 그렇지 뭐' 하는 생각으로 궁금하지 않았다.

"전 아저씨를 아는데, 아저씨는 왜 저를 모를까. 당연히 모르실 테죠. 이렇게 변했으니까."

시답지않은 얘기이지만 예의상 누구냐고 물어주었다. 그녀는 나의 시큰둥한 태도와는 상관없이 그녀는 술과 담배로 스스로를 달래가며 추적추적 자신의 얘기를 해나가기 시작했다.

"저 이곳에서 일한 지가 2년이 넘었네요. 아버지가 사업에 망해서 가족이 뿔뿔이 갈라섰어요. 더 이상 갈 곳도 없고, 가진 게 없으니 누구도 반겨 주지 않고, 밥은 먹어야겠고. 그래서 레이싱걸로 이곳저곳 다녔어요. 그런 일을 하다 보니 술과 담배 그리고 남자들로 몸과 마음이 다 망가졌어요. 이곳에 오게 된 것은 어느 날 일을 하고 있었는데, 한 남자가 같이 술을 먹자고 하더라고요. 따라갔죠. 술을 마셨는데, 그만 맥이 떨어지자 아, 술에다 약을 탄 줄 알았죠. 그는 나를 여관으로 끌고 가서 몇 명인지 알 수는 없었지만 여러 놈에게 돌림판으로 당하고 말았어요. 그리고 나와서 길거리에 주저앉아서 한참을 울었어요. 그 모습을 보고 지나가던 분이 바로 포주였어요. 저를 보고 왜 우느냐고 하시면서 얘기해 보라고 하시더라구요. 그 여자가 저에게 잘 곳이 있느냐고 물어보시고 잘 곳이 없으면 자기와 같이 지내지 않겠느냐고 하면서 이 방으로 데리고 오신 거죠. 후회도 많이 하고 그 여자를 미워하기도 했지만 오갈 데 없이 미친년처럼 중동에서 방황하는 저를 보기에 안쓰러우셨다는 말씀에, 그것도 역시나 고마운 일 아니냐고 마음을 고쳐 먹었어요. 그래도 가끔 성호시장에 나갔다 오곤 했었죠. 그런데 얼마 전에 거지를 보았어요. 그 거지가 우리 아빠에게 연대보증을 서셨던 아저씨와 비슷해서 확인하고 확인해 봐도 아저씨였어요. 그런 분이 오늘 제 앞에 이렇게 거짓말같이 나타난 걸 믿을 수가 없었던 거죠."

그래 방씨에게 딸이 있었다. 이 아가씨가 그의 딸이란 말인가. 어릴 때의 모습을 뜯어보니, 그의 이미지가 남아 있었다.

"아저씨, 아저씨가 이렇게 된 거 저의 아버지 때문이라는 걸 잘 알아요. 저를 알아보지 못했을 때 아저씨에게 저의 더러운 몸이라도 바쳐서 조금이라도 죄의 값을 치르고 싶었는데……."

그녀는 울먹이느라고 더 이상 말을 잇지 못했다.

"다 소용없는 일이잖아."

창녀라는 이유 하나만으로 가슴에 품고 있는 순수한 조각마저도 색칠하고 쳐다본 나의 졸렬한 자존심이 괘씸했다.

"희진이라고? 그래 여고생 때의 이미지가 남아 있어."

"저의 아버지 때문에 미안해요. 항상 제 가슴이 아팠어요."

"이제 아파하지 마. 다 끝났다고 했잖아. 이제 앞으로가 문제야. 그리고 아버지는?"

"모르겠어요. 못 만난 지 4년이나 넘은 것 같은 걸요. 엄마는 다른 남자를 만나서 잘 산다는 소식은 들었고요."

"그랬었군. 다 부모를 잘못 만나서 이렇게 되었군."

"하지만 엄마 아빠를 잊은 지 오래 됐어요. 아저씨만 용서해 주시면 되는데……."

"그래, 알았어."

"고마워요. 오늘 여기서 푹 주무시고 가세요. 저 오늘 저녁에 손님 안 받아요."

그녀는 다소곳이 일어섰다. 그리고 웃으면서 윗도리의 블라우스 단추를 풀기 시작했다.

마치 '나 어때' 라며 자랑하고 싶은 얼굴로 그녀는 자랑스럽게 옷을 벗기 시작했다. 옷을 벗으면서 눈물로 인해 꺼멓게 줄지어 흐른 마스카라를 손등으로 훔치면서 눈썹에 붙어있던 인조 속눈썹을 떼어버렸다. 블라우스 안에는 아무 것도 없었다. 하얗고 눈부신 그녀의 젖무덤과 적갈색의 유두만이 나를 향해 있었고, 치마의 지퍼를 내렸을 때는 아무런 거리낌 없이 치마가 발등에 떨어지면서 내 앞에는 꿈에서나 볼 수 있을 것 같은 그녀의 나신이 칙칙한 방안의 형광등 불빛을 제치면서 다가왔다. 그녀가 왜 그런 행동을 보이는지 알 바 아니지만 나는 아무 말도 할 수 없었다. 그녀의 눈빛은 그 깊이를 알 수 없을 정도로 기쁨에 떨고 있는 것으로 보아, 아마도 그녀의 눈앞에 앉아있는 나를 남자 이상으로 보고 있었는지도 모른다. 그녀는 알몸으로 내 앞에 머리를 조아리면서 무릎을 꿇고는 눈을 감고 울먹였다. 술이 많이 취해 있었고, 조금은 비틀거리는 모습이 불안해 보이기까지 했다.

"아저씨 용서해 줘서 고마워요."

"고맙긴. 앞으로 열심히 하자."

"저를 창녀로 보지 말고 한 여자로 보아주세요."

내 손끝은 심하게 떨리고, 주워 넘기는 대로 내 입 밖으로는 그녀를 위로하는 말들이 쏟아져 나왔다. 그녀의 괴로움과 죄책감이 물밀듯이 다가왔다. 나는 그녀의 머리를 쓰다듬으면서 흐느껴 흔들리고 있는 벗은 어깨를 어루만졌다. 따스한 온기와 함께 느껴지는 그녀의 소름 돋은 살결. 나는 그녀의 앞으로 다가가 앉았다. 그녀는 나의 무릎을 베고 나의 허리를 지그시 껴안았다. 벗은 그녀의 등이 내려다보이고 척추를 타고 가녀린 그녀의 뼈들이 간신히 살을 받들고 있는 모습이 눈에 들어왔다.

"많이 야위었구나."

나는 그녀를 위해 무슨 말을 해야 할지 몰랐지만, 나의 가슴은 벌써 무언가를 느끼기 시작한 것 같았다. 이 밤만은 내가 그녀의 남자가 되어 주자는 그 결심이었다.

그녀는 천천히 상체를 일으켰다. 눈물로 얼룩진 눈가를 훔치더니 그녀는 다시 또 환하게 웃으면서 나의 옷에 손을 댔다.

"아저씨도 이제, 거지로 있지 말고 시골에 가서 사세요."

나는 고개를 끄덕였다.

그러자 그녀는 책상에서 콘돔을 꺼내 내게 건넸다.

막상 그걸 보고 있자니, 가녀린 그녀를 보호하는 마음에서 그녀의 남자가 되어서는 안 된다는 생각이 스쳤다.

"우리 불쌍한 사람끼리 이러면 안 돼."

"저가 창녀라서요?"

"아니야 그건, 내가 우리 희진이를 아껴서 하는 말이야."

나는 그녀를 살살 달래었다.

말대로 난 시골에 가서 기반 잡아놓고 1년 안에 꼭 데리러 올 테니, 힘이 들더라도 그때까지만 참고 있어달라고 했다. 그녀도 내가 올 때까지 기다린다며, 아니 죽을 때까지 기다리겠노라고 말했었다.

우린 철통 같은 약속을 하고 나자, 그녀의 표정은 행복감에 젖어 있는 것을 볼 수가 있었다.

가슴 속의 회한이나 그리움, 슬픔 등은 우리의 소유가 아니었다. 그녀는 내 가슴에 쓰러져 그렇게 잠이 들어 버렸다. 얼굴은 행복함이 가시지도 않았건만 너무나 천진하고 세상을 다 가진 듯한 흡족한 모습으로 잠이 들어 있었다.

아침에 난 잠에서 깨었다. 내 옆에 그녀가 없는 것을 알았다. 문밖으로 보이는 햇살이 아침이 훨씬 지나고 있음을 보여주고 있었다.

"아저씨, 일어났어요? 가시기 전에 밥 먹고 가세요."

그녀는 어제의 그 작은 소반에 아침을 차려 갖고 들어왔다. 어제와 같은 반찬이었지만 한 가지 특이한 것은 만원권 돈 한 뭉치가 놓여 있었다. 그녀는 나를 놀라게 했다. 내 앞에 수줍은 듯이 고개를 숙이고 서 있었지만, 화장하지 않은 또 다른 얼굴은 진실함이 담겨져 있었다. 어깨를 거의 드러내고, 허리는 잘록해서 둔부로부터 이어진 한 무더기의 허연 구름 같았다. 목은 가느다랗고, 어깨는 얇아 우아하지 못했다. 거의 백치다운 것 같았다. 그 같은 가느다란 목에 얹힌 오늘의 얼굴에 너무 많은 죄로 앓아 윤기는 없었으며 그냥 청초해 보였다. 그녀는 그런 모습으로 나를 이끌고 지하 선술집으로 들어갔다.

투명한 알콜을 입에다 들이부었다.

"꼭 오셔야 해요."

그리고 그녀의 몸이 그 자리에서 허물어지고 말았다.

"이 오빠? 거기서 뭐해?"

거의 환각 속에 빠져 있다가 여자 목소리에 놀라 고개를 들었다. 그녀는 장난하고 싶어하는 표정으로 내 옆에 쪼그리고 앉았다.

"오빠, 그거 생각없어?"

"아, 난 그럴라고 온 게 아니라……."

"오, 죽은 진안가 하는 그 언니. 좀 그렇잖아요. 창녀들은 죽으면 개새끼만도 취급 못 받아요. 이런 데서 죽잖아요. 그 언니처럼 영안실도 못 들어가 보고 그 길로 로스구이라잖아요."

"로스구이라니?"

"아이참, 화장터!"

"아."

"저기, 있잖아요. 소문에 의하면 누가 일부러 죽였다는 말도 있어요. 타살."

이게 또 무슨 말인가. 나는 한 대 얻어맞은 기분이었다.

"설마. 그럼 누구요?"

"글쎄…… 맨 입으로? 나하고 한 번 하고 2만원만 줘. 장사가 안 돼 죽겠는데, 오빠한테 반값에 주는 거야."

한 여인의 죽음을 가지고 장난치는 것 같아 무척 기분이 나빴다. 그렇다고 그녀가 이끄는 대로 따라들어 갈 수도 없었다.

"자."

단돈 2만원을 꺼내 그녀에게 건넸다.

"그거 안 하고 줘?"

"장사가 안 된다면서, 말 안 해도 좋아. 나, 간다."

나는 몸을 세워 걸음을 놓았다.

"오빠? 하고 가야지. 그냥 가면 어떡해!"

그녀는 악을 써가며 말했지만 난 아무렇지도 않은 척하고 걸어가는데, 그녀는 어느새 뛰어와 내 앞을 턱하고 가로막고 쏘아보았다.

"야, 개자식아. 나 창녀라고 우습게 보지 마. 나도 고등학교 시절까지는 우리 아버지가 시청의 국장이었어. 뇌물사건으로 망해서 지금 내가 창녀 노릇하지만 나도 인간이야. 그리고 나, 공섭은 허용해도 이런 공돈은 싫어. 가지고 가 이 개자식아."

그녀는 돈을 내 주머니에 쑤셔 박고는 몸을 확하고 돌려 가버렸다.

그 말을 듣자, 자존심과 화가 치밀었지만 참았다. 아마도 그녀도 공돈이 싫은 것은 자신의 아버지 뇌물사건에 상처를 받아 공돈을 받지 않았는지도 모를 일이었다.

"오빠? 그 언니는 그 거지 같은 개새끼를 기다리다가 미쳐 죽었는데, 어떤 개새끼들이 그 언니를 죽였다."

화살이 날아와 등에 꼽히는 듯, 그 말이 등에 꼽혔다.

'나 때문에……. 어떤 개새끼라면…….'

시장의 방화사건과 관련이 있는 그들이 그녀를 죽였다는 걸 알 것 같았다. 나는 그 말을 어떻게 소화시킬 것인가에 대하여 망설이며 움직이지도 못한 채 마냥 서 있었다.

(2006년, 『한국문학세상』 가을호)

10
난동

아침 일찍 출근을 했다. 너무 일찍 나온 탓인지 사무실엔 등불이 밝혀져 있었다. 책상 앞에 앉자마자 노트북을 켰다. 액정화면이 열리는 동안 창 너머로 한강을 내다보았다. 안개는 깔렸지만 아직 해는 돋지 않은 것 같았다. 밤새 움츠렸던 이른 봄의 강 한가운데 떠 있는 밤섬은 안개의 품속에 숨어 있었다. 안개는 마지막의 철새들이 풀풀 눈뜨는 섬을 깊이 포옹하며 공중으로 사뭇 날아올랐다.

오늘은 토요일, 오후에 청량리역에서 현빈을 만나 춘천으로 떠나기로 약속되어 있었다. 현빈은 부잣집 아들이 아니랄까 봐, 자신이 구입한 승용차로 가자고 했었지만, 오늘은 왠지 불길한 느낌에 그냥 청량리역에서 열차로 가자고 했다. 내가 열차로 고집했던 건 현빈이 오늘 강촌에서 결혼하자는 프로포즈를 할 것이라고 생각되었기 때문이다. 나는 직장도 더 다녀야 했고, 결혼에 대해 생각해 본 적도 없었고, 집안 차이가 너무 부담스러워 열차 타고 가자고 제의했던 것이다.

현빈은 오늘을 위해 새 자동차를 구입했고, 선물도 차안에 가득히 준비했다며 징징댔지만 나는 빙그레 웃음이 나왔다. 그런 웃음과 함께 어둑한 강과 가로수들을 비추는 돋을볕이 내리는 것이 보였다.

창은 마치 커다란 거울 같았다. 창에 비친 강은 창 밖에서 어렴풋이 흘렀다. 창은 창안에 붙박이 사무실 집기들을 훤히 비쳤다.

일찌감치 출근하는 기자들은 안개와 몸을 섞었다. 한강 둔치로 벌써 올라온 안개는 윤중로를 가로질러 거푸 밀려들었다. 어둑어둑한 국회의사당으로, 여의도공원으로, 증권가의 빼곡한 빌딩들 사이로 범람했다. 안개가 자욱한 공원의 한 모퉁이에서 웬 군인들이 하나둘 집결하고 있는 것이 보였다. 예비군 소집일일 것이라며 취재수첩을 폈다.

며칠 째 검찰청에 드나들며 수집한 사건들을 정리해야 했다. 보도자료들을 뒤적이며 노트북 자판을 얼마동안 두들겼을까. 창 밖에서 술렁이는 소리가 들렸다.

나는 액정화면을 보던 시선을 들어 창밖을 내다보았다. 안개 속에서 집결하던 군인들이 공원에서 신문사로 몰려오고 있었다. 족히 수백 명은 넘어 보였다. 그들은 깃발을 들고 구호를 외치며 다가오고 있었지만 무슨 뜻인지 잘 알아듣지 못했다.

"저 군인들 왜 저래요? 우리한테 몰려와요."

나는 큰소리로 외쳤다.

취재원고를 정리하던 출판국의 선배들이 하나둘 창가로 몰려들었다.

몰려오던 군인들은 시위대로 변해서 신문사 앞에서 대오를 정렬하고 있었다. 그리고 전위에 있던 10여명이 신문사 밖의 비상계단을 타고 올라와 주주센터의 환기구를 부수고 안으로 난입했다.

갑자기 복도가 술렁거렸다. 곧 출판국에 그들이 쳐들어 왔다.

"비켜! 비키란 말야."

그들은 컴퓨터 등 집기들을 닥치는 대로 집어던지며 부숴 버렸다. 또한 사람은 서류뭉치에 불을 붙여서 옆 사무실 안으로 집어 던져 넣었다. 소화기를 들고 불을 끄려던 선배 기자들은 그 불청객인 그들에게 쇠파이프로 맞아 고꾸라졌다. 쇠파이프로 책상을 후려치는 소리가 낭자했다. 책상 위에 유리들이, 집기들이 깨지는 소리들로 나는 공포와 기겁에 얼른 사무실에서 빠져 나왔다.

"인정사정 보지 마! 모조리 작살내 버려! 다 까부서."

내가 그들을 피해서 복도 끝 비상계단을 따라 1층 로비로 내려갔을 때, 신문사 옥외 주차장의 담장 30여 미터를 허물고 들어온 그들은 쇠파이프로 자동차를 부수고 있었다. 신문 발송용 컨베이어와 취재차량 여섯 대가 벌써 휴지처럼 구겨져 있었다. 주차장이 내다보이는 관리실 창유리도 깨져 있었다.

그들은 마치 봇물 터지듯 깨진 창문을 타고 건물 안으로 쏟아져 들어오고 있었고, 신문사 정문 앞 보도에서 화염병, 돌과 벽돌을 신문사 건물을 향해 마구 던졌다. 어떤 이유인지는 몰라도 그렇게 투척한 결과로 성한 창유리들은 거의 없었다. 온통 유리 파편들이 햇살에 반짝이며 바닥으로 낙엽처럼 쏟아져 내렸다.

돌을 투척하던 100여명, 그들은 정문 옆 1층 발송장의 철제문을 부수고 로비로 진입했다. 옥외 주차장 쪽 관리실 창문을 부수고 들이치는 그들과 발송장 철제문을 부수고 들어오는 군인들 틈에 나도 뒤섞였다. 그들한테 술 냄새가 훅하고 끼쳐 왔다. 그리고 눈빛에 핏발이 서 있었다.

"넌 또 뭐야? 저리 비켜!"

술 냄새를 풍겼던 그가 고함치면 내 손에 들려져 있던 핸드폰을 냉큼 잡아챘다. 보란 듯이 핸드폰을 로비의 대리석 바닥에 냅다 집어던졌다. 그리고 군홧발로 담배꽁초 짓이기듯 짓밟았다.

그들은 군인이 아니었다. 카키색 군복을 입었고, 군화를 신었지만 아무리 훑어봐도 예비군이나 군인은 아니었다. 군복 차림의 사내들은 로비에 나를 남겨두고 비상계단을 뛰어올라 사무실로 몰려갔다.

"전쟁터의 총알받이도 서러운데, 양민학살이 웬말이냐. 양민학살이 웬말이냐. 웬말이냐. 웬말이냐."

정문에서 들려오는 농성구호였다.

"억울해서 못 살겠다. 허위사실 유포하는 언론은 각성하라. 언론은 각성하라. 각성하라. 각성하라."

내가 밖으로 나오자 그들은 정문에서 대오로 서서 피켓을 들고 구호를 외치고 있었다. 그 중 한 사내가 신문사 옆 전봇대로 올라갔다. 전봇대에서 전력 차단기를 내리고 전화선을 끊었다. 신문사는 정전이 되었다. 구호를 외치던 카키색 그들은 와 하고 환호했다. 그러자 다시 구호와 돌팔매질은 멈추었다.

그들 중에 한 사람이 시위대 뒤쪽에서 행인에게 유인물을 돌리는 것이 눈에 들어왔다. 나는 유인물에 무엇이 쓰였는지 궁금했다. 카키색의 빛바랜 깃발들이 무엇을 요구하고 있는지 알고 있었지만 구체적으로 더 알고 싶어, 유인물을 받으러 그에게 다가갔다.

그가 왠지 낯이 익었다. 전단을 돌리는 몸짓이 어디서 많이 만났던 거동이었다. 그러나 언제 어디서 만났는지 기억이 없었다. 도대체 누구일까. 혹시 취재원이었던가 싶기도 했다.

"안녕하세요?"

"어, 이 누구야? 아, 경애로구나. 그런데 여긴 어쩐 일이야?"

그는 분명 나를 알아보고 이름까지 알고 있었다. 그런데 난 그가 누구인지 알 수 없어 답답하기만 했다.

그가 건네준 전단을 들고 내용을 읽어 내려갔다.

베트남의 양민들이 한국군에게 희생당했다는 언론의 보도가 베트남전쟁에 불려나가 조국 근대화의 밑천을 벌어온 청년들의 명예를 훼손시켰다는 주장의 내용이었고, 능력 있는 전통주의 만능시장경제를 좋아하는 보수단체였다.

내가 고개를 들었을 때는 그는 저만치서 유인물을 돌리고 있었다. 그가 누구인지도 모른 채 나는 시위대를 등지고 둔치로 갔다. 왜 이런 일이 벌어졌을까 하는 의구심으로 강가에 앉았다.

강을 바라보았다. 안개가 걷힌 강에서 철새들이 떼를 지어 낮게 날아올랐다. 강물은 물결을 일으키며 파도처럼 퍼져 나갔다. 그 잔잔한 물결의 파장이 햇빛에 반짝이며 눈을 부시게 만들기도 했다.

물결은 서강대교 쪽에서 마포대교 쪽으로 술렁이고 있었다. 강을 바라보고 있다가 이상한 점을 발견했다. 잘못 보았는가 하고 다시 확인해도 강물은 거꾸로 흘러가고 있었다. 서쪽 바다에서 흘러 들어온 강물이 이곳 여의도를 지나쳐 노량진 쪽으로 빠져 나가는 듯 보였다.

"착각이야. 저것 좀 봐. 흐르는 강물과 공기가 부딪히는 경계에서 바람이 일고 있잖아. 바람이 흐르는 강물에게 저항하고 있어. 그러나 저바람은, 강물을 돌려놓지 못해. 오해하지 마. 파도가 서쪽에서 동쪽으로 술렁이는 이유는 강이 지금 동쪽에서 서쪽으로 흘러가고 있다는 증거야."

나는 미친 여자처럼 혼자 중얼대며 자리를 털고 일어섰다.

'눈에 보이는 것들만 믿으면 자칫 오해하기 쉬워. 진실은 눈에 잘 안 보이거든.'

강을 등지고 둔치를 가로질렀다. 그때 군복을 입은 사내들이 둔치로 몰려 나오고 있었다. 그들이 오는 걸로 보아 난동은 끝났나 싶어 신문사로 돌아갔다.

발칵 뒤집어 놓았던 그들의 난동현장은, 경찰의 진압에 밀려 그들은 이미 빠져 나간 후라 적막했고 뜻밖의 역풍이 지나간 자리는 어수선했다. 전기와 통신까지 마비된 사무실에 깨진 유리 파편과 취재자료들이 아무렇게나 나뒹굴어 있어 발 디딜 틈조차 없었다. 그야말로 참담했다.

나는 내 책상에 다가갔다. 책상에 열쇠를 끼우고 서랍을 열었다. 다행히도 서랍 속은 무사했다. 안도의 한숨과 서랍 속에서 카메라를 발견한 순간 눈물이 핑 돌았다. 자료가 가득히 담긴 카메라였다. 그 난리 통에도 멀쩡하게 살아남은 카메라를 꺼내 보다가 훌쩍훌쩍 울음을 터뜨렸다.

"유경애 기자, 왜 그래? 다쳤어?"

취재부장이었다.

"아뇨, 부장님 괜찮아요."

"많이 놀랐지? 진정해. 특별한 일 없으면 그만 들어가. 사무실 청소는 남자 기자들한테 맡겨도 돼."

"저도 도울게요. 출근할 때 단화를 신고 왔거든요. 토요일이잖아요."

사실은 퇴근 후 현빈과 춘천에 가기로 되어 있었기에 간편한 신발을 신고 나왔다.

"아니, 그럴 필요 없어. 이 아수라장에 자네가 남아봐야 도움이 안 돼. 오히려 다치기 십상이야. 여기자들은 다들 먼저 퇴근해도 좋아. 대신, 월요일 새벽에 두어 시간 먼저 출근하도록 해. 일찍 나와서 뒷정리나 좀 해줘. 아 참, 그리고 한 가지, ……취재기자 모두에게 편집국장님의 전달 사항이 있어. 오늘 있었던 난동은 다음 달 월간지에 보도할 계획이야. 그 일로 월요일에 기획회의를 열 생각인데, 각자 오전에 목격한 사실을 토대로 기획안을 만들어 와."

나는 카메라 가방을 어깨에 메고 신문사를 나왔다. 어디로 갈까 생각하다 청량리역에 약속한 기억이 나 여의나루역에서 전철을 탔다. 객차 문 위의 거미줄처럼 얽히고 설킨 수도권 전철 구간 노선도를 쳐다보며 청량리역 연결노선을 찾던 사이 전동차는 한강 밑을 빠져 나가고 있었다. 술 냄새가 났다. 객차 안을 둘러봤다. 눈앞에 카키색이 빼곡했다. 카키색 군복을 입은 사내들은 신문사에서 난동을 부리다가 경찰에 의해 강제로 밀려난 분풀이로 한강 둔치에서 술을 더 걸친 모양 같았다.

혼자서 유인물을 돌리던 그 사람도 보였다. 그는 객차의 한 자리를 차지하고 앉아 벌써 잠을 청하고 있었다. 그가 누구인지도 몰랐던 나는 아스라한 기억의 시간 속에서 한 사람의 얼굴을 떠올렸다. 그것은 강희네 강희 아버지의 실루엣이었다.

순간 가슴이 철렁했다. 혹시, 고독하다는 어떤 느낌 때문이었을까 하는 짐작이 들었다. 그랬다. 강희 아버지는 고독한 사람이었다.

강희 아버지가 집이나 동네에서 누구랑 허물없이 어울리며 마음을 탁

터놓고 웃는 얼굴을 한 번도 보질 못했다. 왜 그렇게 살아야 할까.

그가 잠든 옆에 다가가 앉았다. 언제 깨어날지는 모르겠지만, 아까 유인물을 돌릴 때 분명 나를 알아보았었다.

고등학교 시절로 기억된다. 강희와 나는 고등학교 2학년이었던 것같다. 강희네 가족은 우리 집 반지하실 단칸방에서 살았다.

강희 아버지인 그는 베트남 파병으로 있으면서 베트콩이 쏜 총탄에 허벅지를 관통 당해 수술을 받아 약간 다리를 절었고, 미군 비행기에서 뿌린 고엽제 중독으로 피부가 뭉개지는 질환을 앓으며 고통스러워 했다. 몇 년 전에 월남파병 고엽제 중독자 신고를 했으나 보증인과 서류부적합으로 국가에서 나오는 연금과 보상 한 푼 받지 못하고 있었다. 그가 더 억울하다는 것은 베트남에서 보병도 아닌 특파병으로 편하게 있던, 멀쩡한 사람들은 연줄이 좋아 무슨 정신적인 충격이네 하며 보상과 연금을 받고, 그 자신은 몸이 불구인데도 아무런 혜택을 받지 못한다는 그런 불만으로 그는 집에서 늘 혼자였다.

고독한 가장을 대신하여 생계비를 벌던 강희 어머니가 하루는 밤늦게 돌아오던 길에서 교통사고를 당했다. 버스 정류장에서 버스가 완전히 정차하기도 전에 버스의 뒷문이 열렸고, 정차하지 않은 버스에서 내리던 어머니는 찻길에 넘어졌다. 이미 뒷바퀴에 치인 후였다.

어머니를 병원에 옮긴 버스회사측은, 버스가 완전히 정차할 때까지 기다리지 않고 손님이 너무 급하게 하차하는 바람에 사고가 났다고 주장했다. 분명한 억지였다. 자동차가 완전히 정차한 뒤에 버스 문을 열었어야 했다. 회사측은 문을 먼저 열고 나중에 정차한 운전기사의 실수를 인정하지 않았다.

강희 어머니가 퇴원할 때까지 치료비를 배상한다는 조건을 내놓은 회사측의 합의서에 강희 아버지는 도장을 찍어주었다. 치료도 받기 전에 합의부터 해줬던 것이다. 그게 바로 연결되어 퇴원 당하고 말았다. 퇴원해서 집에 누워 있자, 먹고 입는 경제적 손해와 정신적 피해에 대한 보상을 요구하지 못했다. 하루라도 벌지 않으면 당장 땟거리가 떨어지는 줄도 모르고, 나중에 후유증이 어떻게 될지도 모르면서 합의서에 쉽게 도장을 찍어 주었는지 모른다.

"우리 같은 사람은 빽이 있나 힘이 있나, 괜히 대들어 봤자 거꾸로 당하기만 한다니까. 이만한 것도 다행이지 뭐."

그는 그렇게 세상을 읽고 마는 그런 사람이었다.

"사람은 언제나 정직해야지, 남에게 해롭게 굴면 죄 받아."

매사 그런 식이었다. 당신의 치료보다 식구들의 생활비 걱정이 앞섰던 강희 어머니는 아픈 몸으로 시장에 다시 나갔지만, 몸이 예전 같지 않았다. 불편하기 그지없었지만 가족들 걱정에 아픈 것도 아랑곳하지 않고 물건 파는 데에만 몰두했다. 결국 한 달도 안 되어 몸져눕고 말았다. 다시 입원을 해야만 했다. 교통사고의 후유증이라고 버스회사측에 호소해 보았지만 이미 합의한 대로 치료비는 다 계산되었다면서 발을 뺐다. 그들은 교통사고 한 달 뒤에 생긴 지병까지 책임질 수 없다는 강한 주장이었다.

치료비가 없어 온전한 치료를 받지 못하고 퇴원한 그녀는 진통제에 의존해서 방에 누워 있어야만 했다. 그러니 날이 갈수록 병은 점점 깊어만 갔다.

하루는 그녀 방에서 다투는 소리가 들렸다. 강희 오빠가 아버지에게 무엇을 따지는 듯했다. 다투는 소리가 심상치 않았다. 그릇 깨지는 소리도 들렸다.

"지금까지 살아오면서 나쁜 짓 한 번 안 했다 이놈아. 그런데 나보고 남들처럼 사기치고 속여서 돈 벌어 살라고 이놈아!"

"그렇게 착실하게 살면 누가 알아준대? 그래도 몰라? 도둑에 사기에 등치고 땅투기를 해야 잘 산다고."

"이 애빈 그렇게 해서 잘 살고 싶지 않다. 왜 넌 애비를 나쁜 쪽으로 죄를 지게 하는 거냐."

"아이구 답답해. 수억 수백을 해 먹은 사람은 죄가 아니라니깐. 죄는 아버지같이 사는 사람이 껌 한 개만 해 먹으면 큰 죄로 몇 년을 교도소에서 살고 나와야 한다는 걸 왜 몰라?"

두 부자의 말다툼은 곧 육박전으로 치달았다. 이웃들이 몰려들었다.

"아니, 이놈의 자식이 애비한테 주먹질을 해? 그래, 잘 한다. 잘 하는 짓이야. 먹여주고 재워주며 키워서 공부시켜 놓았더니 그래. 이놈아, 이제 애비를 패냐?"

"아버지가 날 키웠어? 아버지가 날 가르쳤어? 나 공부할 때 등록금 한 번 벌어다 준 적 있어? 엄마를 이 꼴로 만들어 놓고도 할 말이 더 있어? 엄마 살려내. 살려내란 말야!"

"그래도 이놈이?"

강희는 오빠와 아버지가 싸우는 옆에 앉아서 엉엉 울고만 있었다.

아랫목에 누워 있는 그녀의 어머니는 자신의 남편과 아들이 엉겨 붙어 주먹다짐하는 것을 알아보고 있는지는 몰라도 눈만 번히 뜬 채 움직이지도 않았다.

이웃들이 달려들어 밀고 당기는 틈에 그들의 멱살이 풀렸다. 엉거주춤 일어선 강희 아버지는 방문을 나섰다.

"너 이놈, 꼼짝 말고 그대로 있어. 경찰에 신고할 테야. 세상에 제 애비를 패는 놈은 콩밥을 먹여야 해. 꼼짝도 말고 기다려."

고개를 숙이고 울고 있던 강희가 자리를 박차고 벌떡 일어나 자기 아버지를 따라 나갔다.

"아빠, 어디 가세요? 돌아오세요."

바로 그 무렵에 어둠이 깔린 밤 남편도 딸도 아들도 없는 방에서 강희 어머니 혼자 세상을 마감하고 말았다.

새벽녘에 강희 아버지가 돌아왔지만 강희는 돌아오지 않았다. 강희가 없는 자리에서 장례를 치른 며칠 뒤 강희 오빠가 먼저 집을 나갔다. 이어 강희 아버지도 이삿짐을 챙겨 떠나 버렸다. 그리고 강희는 어머니가 죽은 줄도 모르고 집에도 학교에도 돌아오지 않았다.

강희 담임선생님이 나를 교무실로 불렀다. 강희에 대해서 물어보았지만 강희가 집을 나가던 날 밤의 일을 담임에게 설명하지 못했다. 본능적으로 친구를 보호해야 한다고 마음먹었다. 친구의 슬픔을 덮어주고 싶었다. 아무 일 없었던 것처럼 친구가 등교하는 날만 기다렸다. 집을 나간 지 한 달이 지나서야 강희가 학교 아닌 집에 나타났다. 자신의 어머니가 사망한 사실조차도 아버지가 이사한 사실도 까맣게 모른 채였다.

회사에 취직했다고 했다. 그녀 손에 첫 월급봉투가 들려져 있었다. 강희는 내게서 자신의 어머니 죽음을 전해 듣고 바닥에 주저앉아 한없이 울기만 했다.

"어디로 갈 거니?"

울음을 그치고 일어서는 친구에게 물었다.

"공장 기숙사에 들어가야 해."

그것이 끝이었다.

멀어지는 친구의 뒷모습을 멍하니 바라보던 그날, 고등학교 2학년의 가을밤은 무척이나 길었다.

지루하던 가을이 가고 이내 겨울방학이 되었다. 고3이 되어야 했던 나는 수능이라는 시험대비로 친구의 슬픔에 더 이상 연연해 할 짬을 내지 못했다. 시간이 없었다.

대학에 진학했고, 학사졸업을 한 달 앞두고 신문사에 우수한 성적으로 취업이 되었다.

전철은 신금호역을 안내하고 있었다. 그는 여전히 잠에 떨어져 있었다. 나는 마장역에서 내려야 했다.

"저어, 아저씨?"

나는 그의 어깨를 흔들어 깨웠다.

그는 무척이나 귀찮은 얼굴로 나를 힐끔 보고는 몸을 바로잡고 앉았다.

"안녕하세요? 경애예요."

내가 몸을 세워 그의 앞에서 고개를 숙이고 정중히 인사를 했다.

"음, 경애로구나. 그래도 넌 내가 누군지 알아줘서 고맙구나."

"당연히 알죠. 그런데……."

"네가 기자라는 걸 신문을 봐서 알지 나야. 혹시 우리 강희가 어디 있는지 알고 있겠지?"

"네?"

내가 먼저 물어보고 싶은 말이었다.

"그럼, 강희 소식을 모르는 모양이군."

그것도 내가 하고 싶은 말이었다.

"그럼 아버님도 강희 소식을 전혀 모른단 말씀이세요?"

그는 대답 대신 고개를 끄덕이더니, 이내 눈에 눈물을 가득하게 이겨 넣고 있었다.

마장역이라는 안내가 흘러 나왔다. 나는 마장역에서 내려야 했다.

"아버님, 저 이번 역에서 내려야 해요."

"그래 잘 가."

열차가 멈추었고, 곧 출입문이 벌어지자 나는 그를 뒤로하고 내렸다.

막 내리고 나니 아차 싶었다. 열차에 다시 타려고 했으나 객차의 문이 닫힌 후였다.

그의 연락처를 적어두지 않았고, 내 명함을 건네주지 못했음을 후회하며 무척 아쉬워했다. 마장역을 빠져 나오며 손목시계를 보았다. 약속 시간 10분 전이었다. 시간이 촉박해서 택시를 잡아탔다. 택시는 전농동을 가로질러 굴다리를 지나고 있었다. 자동차들이 밀려 거의 서 있었다. 차라리 성바오로병원 뒤 588 사창가를 가로질러 걸어가는 것이 더 빠를 것 같아 택시에서 내렸다.

일정하게 백색 알루미늄 샤시창으로 만들어진 전시장 같은 사창가 골목으로 뛰었다. 그런데 이곳은 성매매특별법으로 단속지역이어서 썰렁하기 그지없었다. 그런데도 간간이 정육점처럼 붉은 유혹의 등불을 밝혀놓고 손님을 기다리고 영업하는 집도 간간이 보였다. 그런 단속 속에서도 간 크게 지나가는 남자를 낚아 가는 여자들도 보였다. 그런 여자를 카메라에다 클로즈업하며 촬영을 하려는데, 순간 셔터를 누르려던 내 손이 멈칫했다.

카메라 망원렌즈에 잡힌 그 여자는 낯이 익었다. 그 여자의 얼굴은 분명히 처음 보는 얼굴이 아니었다. 대번 강희라는 생각이 스쳤다. 또한 지하철에서 강희 아버지를 만났기에 비슷한 얼굴을 보고 착각했는가 하고 의심했으나, 그냥 지나칠 수 없었다.

그녀의 얼굴을 눈으로 직접 확인해야만 했다. 카메라를 거두며 그녀가 있는 쇼윈도로 다가갔다. 믿어지지 않았지만, 확인하지 않고 그냥 지나치면 나중에 후회할 것 같았다. 그냥 지나쳤다가 두고두고 쓸데없는 추측을 하면서 마음 고생을 하고 싶지 않았다. 사창가의 쇼윈도로 머뭇머뭇 다가서며, 쇼윈도 속에 무심히 앉아 있는 한 여자를 물끄러미 바라보았다. 그녀와 눈이 마주쳤다. 그 여자의 눈이 휘둥그렇게 커졌다.

그녀는 나를 첫눈에 알아봤다.

쇼윈도로 다가서는 나를 발견한 그녀는 자리에서 벌떡 일어섰다. 이내 몸을 돌려 가게 안 쪽문으로 뛰어 들어가려고 했다. 난 쇼윈도 유리문을 밀고 들어서려고 했을 때, 그녀는 얼른 몸을 돌렸다. 열린 유리문을 거칠게 닫고는 돌아가라고 손짓했다. 내가 그 문을 아무리 밀어도 안에서 걸어버리는 바람에 문은 열리지 않았다.

어깨에 메었던 카메라 가방으로 유리문을 힘껏 쳤다. 유리창은 쨍그랑하고 왕창 깨졌다. 깨진 유리조각이 그녀의 손등을 찍었다. 문의 손잡이를 놓친 그녀는 손등을 거머쥐었다.

문이 열렸다. 나는 깨진 문을 넘어 안으로 한 걸음 들어섰다.

다친 손등에서 흐르는 피를 왼손으로 거머쥔 그녀는 문을 박차고 골목길로 뛰쳐 나갔다. 살이 훤히 비치는 얇은 속옷차림도 아랑곳없이 무작정 달리기 시작했다. 뭐라고 말 한 마디 건넬 틈도 없었다. 깨진 문 앞에서 벌써 저만치 멀어진 그녀를 바라보았다.

내 시선에서 이내 그녀가 사라진 골목으로 쫓아 들어갔다. 막다른 길이었다. 골목 끝에서 그녀는 등을 보이고 서 있었다.

"오지 마, 제발!"

다가오는 발자국 소리를 향해 소리쳤다.

"부탁이야, 그냥 돌아가."

울고 있는지 목소리가 젖어 있었다.

걸음을 잠깐 멈췄지만 돌아설 수 없었다. 울먹이며 들썩이는 어깨 위에 손을 얹었다. 어깨가 차가웠다. 춘분이지만 바람이 아직 차가웠다. 속옷차림으로 뛰쳐 나온 어깨가 푸들푸들 떨고 있었다. 내가 입고 있던 바바리코트를 벗어 친구의 어깨를 감쌌다.

"강희야, 너 살아 있었구나. 아참, 아까 전철에서 네 아빠를 만났어."

강희는 고개를 번쩍 들었다.

"정말. 연락처 알아뒀겠지?"

할 말을 잃었다. 내가 그만 급히 내리느라고 연락처를 얻지 못했다. 그렇다고 내 연락처도 주지 않았다. 이렇게 난감한 일은 없었다.

"미안해 연락처를 그만……."

나는 힘없는 말로 얼버무렸고, 그녀는 그만 울상을 하고 있었다. 그런 그녀를 보고 있으려니, 전철 객차 안에서 강희 아버지가 딸을 보고 싶다면서 눈물을 흘렸던 것을 생각하니, 내 마음이 무척이나 아렸다.

"아빠가 많이 아팠는데. 우리 아빠 많이 늙었지?"

"아니야. 건강하고 젊어 보이시던데."

그녀는 자신의 아버지를 생각하며 울어버렸다.

"네 아빠는 찾을 수 있어. 내가 꼭 찾을 거야."

"……."

"반갑다. 건강은 어때? 미안해. 그날 널 붙잡지 못한 내가 너무 미웠어. 내 방에서 함께 살 수도 있었는데, 그때는 왜 그 생각을 못했을까? 내가 나빴어. 미안해. 난 너의 친구도 아니었어. 너희 아빠가 이사 갈 때 어디로 가는지 알아냈어야 했어. 그랬어야 했는데, 너를 위해 나는 아무것도 못했어."

"……."

"네가 학교에 다시 올 줄만 알았어. 아무리 기다려도 너는 안 나타났고, 나중에 내가 잘못했다는 것을 깨달았지만 너무 늦어 있었어. 나는 너에게 잘못한 일을 잊으려고 했어. 미안해. 하지만 이젠 아냐. 이렇게 만났잖아. 다시는 널 그냥 보내지 않을 거야. 우린 친구잖아. 이러지 말고, 우리 어디 들어가서 얘기 좀 할까?"

"……."

"강희야. 나, 널 찾아다녔어. 네가 다니던 공장에도 가봤어."

줄곧 등을 보이고 서 있던 강희가 나를 바라보며 돌아섰다.

"대학 2학년 때였어."

"……."

"우시장 뒤에 있던 그 공장 생각나니? 내가 갔을 때 너는 공장에 없었어. 결근했다더라. 다음 날도 찾아갔어. 그날도 너는 결근이었어. 며칠

만에 다시 갔더니 네가 회사를 옮겼다고들 하더라. 아무도 네가 어디로 갔는지 모른다고만 했어.”

“…….”

“어쩜 그러니. 아무도 네 소식을 모른다고만 했어. 넌 나보다 예쁘고 공부도 잘 했잖아. 뭘 하든 나보다 잘 할 거라고 믿었어. 시간이 갈수록 네가 미워졌지. 너는 단 한 번도 내가 안 보고 싶었니? 그래, 그렇게 생각했어. 내가 너를 보고 싶어하는 것만큼 너는 나를 보고 싶어 하지 않는다고 생각했어. 작년 겨울에 나 첫 월급을 받았거든. 그런데 말야. 월급봉투를 받아놓고 갑자기 눈물이 나더라. 지금 생각해 보니 너 때문이었어. 첫 월급을 엄마 약값에 쓰려고 왔던 네가 생각나서 나는 참을 수가 없었어. 월급봉투를 들고 화장실에 가서 혼자 얼마나 울었는지 몰라. 울면서도 나는 내가 왜 우는지 몰랐는데, 이제야 알 것 같아. 네 생각이 났던 거야. 나도 모르게 너는 내 속에 숨어 있었던 거야. 너는 나의 분신이었어.”

“나 지금 바빠. 영업 중이야. 나 없어진 줄 알면 발칵 뒤집힐 거야. 빨리 들어가야 해. 아직도 모르겠니? 깨진 유리창 값이나 치르고 빨리 가버려. 난, 그러니까 유리창 깬 사람을 쫓아가서 잡느라고 나갔다 왔다고 변명해야 해.”

“그래, 알았어.”

핸드백에서 지갑을 꺼냈다. 여행비용으로 챙겨온 현금 모두를 고스란히 건넸다.

“그래, 좋아. 오늘은 그냥 갈게. 약속이 있거든. 지금 나, 춘천에 가는 길이야. 내일 오후에나 돌아올 거야. 다녀오는 길에 우리 만날래?”

"아니, ……오지 마."

"그게 무슨 소리야? 그럼, 언제 만나?"

"아무튼, 오지 마. 나중에 집으로 연락할게. 이사 안 갔지?"

"그래 성남, 그렇게 해. 다음에 네가 날 찾아와. 기다릴게. 나, 검찰청 출입기자야. 명함 줄게. 꼭 연락해. 알았지?"

명함을 건네고, 몇 발짝 옮기던 걸음을 되돌린 나는 강희를 와락 끌어 안았다.

"안 돼. 널 여기 그냥 둘 수 없어. 나쁜 계집애. 넌 분명히 날 다시 찾지 않을 거야. 내가 다시 오면 넌 또 어디론가 숨어 버릴 거야. 몇 년 전, 그때도 그랬어. 넌 그 회사 어딘가에 있는 것 같았는데 다들 네가 어디로 갔는지 모른다고만 했어. 퇴사했다고만 했어. 내가 바본 줄 아니? 그만한 눈치도 모르겠니? 그날 넌 그 공장에 있었지? 맞지? 네가 어딘가에 숨어서 나를 지켜보고 있는 것 같았어. 사람들의 눈치가 그랬어. 네가 날 안 만나려고 하니까, 자꾸만 날 따돌리는 것 같았어. 나쁜 계집애."

"빨리 돌아가. 연락할게."

"정말이지? 꼭 연락할 거지?"

"그래. 빨리 가. 네가 더 있으면 나만 곤란해져."

"알았어. 갈게. 그런데 너, 손 괜찮니? 어머나, 피가 계속 흐르잖아. 우선 이걸로 좀 닦아."

나는 핸드백에서 손수건을 꺼내들고 강희의 손등을 닦았다. 유리가 스친 손등이 찢겨져 있었다.

"미안해, 나 때문에."

"그러니까 빨리 가라고 하잖아. 네가 가야 치료를 하든지 뭘 할 것 아냐. 이 옷 갖고 빨리 가."

"아냐. 괜찮아. 추울 텐데, 그냥 입어."

벗어서 건네주는 코트를 강희의 어깨에 다시 입혔다. 차마 발이 떨어지지 않았다. 등 떠밀리듯 사창가의 막다른 골목에서 빠져 나온 나는 약속시간보다 많이 늦은 시각에 역 광장을 가로질렀다. 광장 한쪽에 현빈이 서서 손목시계를 들여다보며 기다리고 있었다. 약속시간이 20분이 넘어 있었다. 나는 그를 보는 순간 걸음을 멈추고 몸을 숨겨야 했다.

나는 망설였다. 결혼할 현빈이냐 가장 불우하게 살아왔던 강희냐의 경계선에서 갈등하고 있었다. 미래의 행복을 보장해 줄 현빈이가 중요했다. 하지만 친구인 강희도 중요했다. 그보다 한 인간이 불쌍하게 가장 가련한 여성으로 하루하루 고역의 연속으로 살아왔고, 불행한 인생으로 살아가는 것을 보았다. 그래서 내 결론은 연약한 강희를 두고 현빈과 춘천으로 떠날 기분은 아니었다.

보통사람이 아닌 오직 정직과 진실만을 고집하고 살아왔던 파괴된 가정의 강희네와 거짓과 부정으로 재산을 축적해 행복을 보장받는 현빈을 놓고 생각해 보았다.

그렇다, 강희네는 강희 아버지가 베트남 파병에서 상처와 고엽제 중독만 아니었다면 가족들이 죽거나 잃지도 헤어지지도 않았을 것이고, 강희는 행복한 가족들 틈에서 행복하게 공부했으면 나보다도 훨씬 더 훌륭했을 것이다.

내 아버지는 군에도 안 가고 일찍이 공무원으로 일했다. 공직에 있으면서 눈먼 돈이 자꾸 들어오는 것을 받아 어머니는 부정한 돈을 모아두었다가 부동산에다 투자하는 바람에 졸지에 부자가 되었다. 나는 부족함 없이 부르조아처럼 풍요롭게 살아왔다는 게 지금 내 자신이 왜 이렇게 부끄러운지 모르겠다.

나는 현빈을 뒤로하고 강희가 있는 사창가 골목을 향해 달렸다.

"경애야!"

누군가가 나를 불렀다. 나는 현빈의 목소리라는 걸 쉽게 알았다. 나는 뒤도 돌아보지 않고 뛰어서 강희가 있는 곳에 도착했다. 강희는 깨진 유리 조각으로 손목의 동맥을 끊고 자살을 시도했다. 그리고 방금 성바오로 병원으로 옮겨졌다는 것이다.

강희는 응급실에 있었다. 심한 출혈로 수혈을 받아야 수술이 가능하다는 말에 내가 수혈을 하겠다고 나서서, 강희는 수술을 받았다.

강희는 일반 병동으로 옮겨졌다. 나는 강희의 보호자로 또는 간병인으로 옆에 있으면서, 월요일 회의에 가지고 갈 강희 아버지의 삶인 신문사의 난동 기획안을 만들고 있었다.

(2005년, 『대한민국공무원문인협회』 사화집)

11
평창강의 슬픔

평창 땅 좋다길래
바람 따라 이리로 왔네.

이만 저만 세간 먼지 찌들은 몸
며칠 좀 쉬었다가 갔으면 하네.

금당산 끼고 도는 철쭉꽃길 사오십리
개수구곡(介水口谷) 이끼 낀
태고적 바위산
종아리 드러낸 적송(赤松)들 유혹 또한 그러해
마음 비워 놓고 그네들과 더불어
이 밤 한껏 취해볼 참이네.

바람 따라 찾아든 금당계곡
빈 가슴으로 맞이하는 밤맞이라
둥근 달도 물가에다 내걸고
못내 바람의 잔(盞)도 들이킬 것이네.

새벽을 쫑알대는 산새들 노래 속에
새날이 열리면
아무래도 나는 너를 못 잊어
좀 더 쉬었다가 갔으면 하네.

금당계곡,
예가 바로 신선이었네.

— 김시철 시집 《금당계곡》 중에서

　산이 웃자랐을까, 땅이 푹 꺼져 버렸을까 싶은 그런 금당계곡의 전경을 바라보는 것만으로도 가슴이 후련해지는 것 같았다.

　앞뒤가 턱하고 막힌 산은 마치 도시의 빌딩 사이에 있는 듯한 기분도 들지만 인공과 자연은 차이가 있는 법, 이곳은 공기와 맑은 물이 넘쳐나고 자연의 숨소리와 산새소리 외에는 어떤 인공의 소리가 들리지 않아 너무도 상쾌하고 좋았다. 내가 서 있는 이곳 물림터 대두리의 큰 솔밭을 끼고 흐르는 수림대 계곡물은 굽이쳐 흘러 다시 금당계곡 평창강에 합류한다. 본래 금당계곡 물은 흥정천과 속사천이 흘러 재산에서 합강(합강소)해서 평창강이 된다.

봄의 평창강물은 붉은 철쭉꽃에 물들어 바삐 흐르고 건너편 금당산은 높고도 가팔랐다. 이곳에서 바라보면 마치 여덟 폭의 병풍 같았다. 솔나무는 바위에서 비스듬히 누워 매달려 풍광이 뛰어난 곳이다. 그런데 가파른 저 높은 바위산에는 어떤 짐승들이 살고 있을까 했는데, 내가 어렸을 때는 독수리와 부엉이, 족발을 가진 산양들이 득실거렸다. 전설에 의하면 산삼과 금이 많이 나왔다고 했던 그 능선이 가매봉 봉우리를 둘러싼 듯한 아늑함이 편안한 숨결로 다가왔다.

나는 강원도 재산에서 태어났다. 재재고개(공식명칭은 재산고개)에서 살면서 금당산 가매봉에 자주 가곤 했다. 특히 그 금당산이라 하면 바다의 섬 같은 산이었다. 말하자면 산맥이 이어지지 않는 동떨어진 산이다. 물론 산맥이 재산고개로 이어지긴 했지만 누가 보더라도 재산고개는 산맥으로 볼 수 없을 것이었다.

금당산을 휘둘러 감아 돌아가는 평창강 상류는 이곳에서부터 시작한다. 그리고 금당산 정상에는 큰 바위가 있다. 재산에서 바라보면 가매(결혼할 때 신부가 타고 다니는 가마)처럼 생겨서 가매바위 또는 가매봉이라 한다. 아주 먼 옛날 금당산에 산삼이 많아 이곳 사람들이 산삼 캐러 올라가서 강물을 내려다보니 무엇인가 번쩍이는 것이 있었다고 한다. 그 강물에 비치는 것이 무척이나 이상해서 강에 내려갔더니 거기엔 황금이 가득히 있었다고 했다. 그 후로 이곳을 금당계곡이라고 불렀고, 금당산이라고 불렀다.

나는 유포다리 위 솔밭에다 캔버스를 고정시키고 바위에 앉아 앞을 바라보았다. 시선 가득히 들어오는 강물은 한시도 가만 있지 않고 바위에 부딪치고 부딪쳐 물은 은가루처럼 부서지고, 다시 바위 틈에 끼었다가 떨어지고 또 부딪치며 하얀 물거품을 만들어냈다. 이건 물이 흐르는 것이 아니라 은가루가 날리는 것이었다. 그렇게 흐르는 강물은 햇살에 부서져내려 눈부신 은빛 비늘처럼 주변을 황홀하게 만들었다. 마치 그 누군가를 불러 유혹하듯 넘실거리는 손짓에 나는 한 동안 넋을 잃고 바라보았다.

"흐음."

굳게 다문 입술 사이로 나도 모르게 흘러 나온 긴 한숨소리였다. 맥 빠지는 허탈감과 우울증세가 아리게 명치께로 엄습해 오자, 나는 갓난 아이가 경기를 일으키듯 부르르 몸을 떨었다.

아직도 내게 아리도록 아파할 상처가 남아있었던가. 내가 거울을 들여다보지 않아도 내 얼굴은 그늘진 얼굴에 쓸쓸한 웃음이 암울하게 드리워져 무거움을 덧입고 있으리라 생각되었다.

어쩌면 당연히 그럴 것이다. 얼마 전 아내가 나를 버리고 어디론가 가버렸다. 이런 산골에 산다는 것이 답답해서 못살겠다며, 이혼을 요구해 와서 나는 협의 이혼해 주고 말았다.

그래서일까. 세월이 흘러 기억에서 멀어졌다고 상처 난 흔적들이 예전에 없었던 것처럼 깨끗하게 사라지진 않을 것이다. 단지 의식이라는 저편 언저리로 이미 흘러 버린 세월이라는 부피에 겹겹이 싸여 제 모습이 본연의 자리를 잃어버렸을 뿐이다. 오늘처럼 왠지 모를 슬픔이 찾아들면서 흘러가 버린 세월 뒤에 가려졌던 흐릿한 흔적들이 제 모습을 드러내고 있었다. 그리고 예전에 검붉게 물들었던 기억을 회생시키기 위해 아픈 상처는 날카로운 이빨을 드러내고 몸부림치는 의식 속으로 강렬하게 파고들었다.

저 강물이 휘몰아치듯 밀려드는 아픔을, 기억을 죄다 떨쳐내려는 듯이 나는 의식적으로 움찔 몸을 떨었다. 저항하듯 깊게 벙거지를 눌러쓰고 팔레트 위에 바를 물감을 떠올린 다음 물통으로 손을 뻗어서는, 듬뿍 물을 머금은 붓을 들어 팔레트 위의 진득한 물감에 문질렀다.

끈끈한 액체가 알맞은 녹녹함으로 잘 개어질 때까지 곱게 이겨대던 물감을 붓에 찍어서 캔버스로 옮겨 유연한 손놀림으로 선과 선을 이으며 밑그림을 그리기 시작했다. 캔버스와 붓 사이에서 유연하게 번지는 물감이 촉촉하게 스며들었다. 감이, 느낌이 좋았다. 얼마 전 금당에서도 그랬었다. 손놀림이 붓끝을 통해 캔버스에 스며드는 감촉이 촉촉하게 전해지면서 그런 대로 맘에 드는 꽤 괜찮은 작품이 완성되었었다.

"하나, 둘!"

어디선가 청아하고 맑은 아이들의 구령 소리가 들려 왔다. 이런 곳에도 소풍 나오는구나 싶었다. 허기사 아래 강 건너편 개수리 쪽에 국립청소년수련원이 있어서 이곳에 소풍을 자주 오는 것 같았다.

나는 손길을 멈추고 들려오는 소리를 찾아 목을 빼고 시선을 돌렸다. 대두리 유포다리를 건너 산책로를 따라 앞서 걷는 선생님 뒤로 노란색 원복의 유치원 원생들이 이곳 솔밭으로 오는 것이 보였다.

나는 고개를 들어 주위를 둘러보았다. 어느새 모여들었는지 고만고만한 병아리 같은 원생들이 솔밭 그늘 아래 모여서 앙증맞은 고사리 손에 크레파스를 쥐고 그림 그리기에 여념이 없었다.

오늘이 무슨 날인가. 원생들 사생대회가 열리는 날인가 보다. 원복의 명찰을 보니 대화(대화면 소재지)에서 온 것 같았다. 소풍보다도 사생대회임을 어렵잖게 짐작할 수 있었다.

나는 피식 쓴웃음을 흘렸다. 캔버스에 열중한 탓일까, 혼자 골몰히 사색에 잠긴 탓이었을까, 주위에 꼬마 아이들이 잔뜩 몰려드는 것조차 모르고 그림에 열중했다.

"아저씨?"

옆에서 불쑥 들려오는 어린아이의 목소리. 나는 붓을 헹구던 손길을 멈추고 고개를 돌렸다.

"이거 좀 그려 주세요."

5, 6세쯤 되었을 사내아이였다. 망설임 없이 내 앞에 스케치북을 내밀고 초롱거리는 눈망울로 바라보았다.

"너 몇 살이니?"

아이는 영혼이 살아 있는 듯한 맑은 눈을 꿈벅였다.

"여섯 살."

대화유치원이란 노랑 바탕에 검은 글씨가 박힌 하트모양의 명찰이 가슴에 달려 있었다.

"너 참 사내답게 씩씩하구나."

"……."

아이가 살짝 고개를 숙였다.

"뭘 그릴 거니?"

"아저씨랑 똑같이 그리고 싶어요."

붙임성 있는 귀여운 꼬마가 캔버스를 힐끔거렸다. 나는 피식 웃음을 지었다. 밑그림조차 그리지 못한 그림이 아닌가.

"음, 아저씨도 멋지게 그려 주고 싶지만 그려 줄 수가 없구나."

"왜요?"

빠르게 반문하는 아이의 표정, 기대감이 사라진 실망감이 얼굴에 역력하게 드러났다. 나는 거짓을 숨길 줄 모르는 천진난만한 순수한 표현, 온갖 세상의 더러움에 물들지 않은 티 없이 맑은 아이들에게서나 찾아볼 수 있는 이 솔직함이 아름답게 느껴졌다.

　"너, 그림 그리기 대회에 왔지?"

　"네……."

　아이가 고개를 끄덕였다.

　"저기들 봐."

　나는 시선으로 주위의 원생들을 가리켰다.

　"모두들 열심히 그리지?"

　"네."

　"아저씨도 멋지게 그림을 그려 주고 싶지만, 이 그림은 귀여운 네가 그려야 하는 거야. 친구들과 함께 그림 그리기 대회에 나왔으니까 정정당당하게 네 스스로 열심히 그려야 해. 너두 잘 그릴 수 있을 거야."

　"……."

　아이는 고개를 숙이고 침묵에 빠졌다. 나의 말을 잘 이해하지 못하거나 내심 못마땅한 눈치였다.

　"아저씨가 그려 주는 그림으론 저기 대회에 참가할 수가 없거든. 또 선생님이 아시면 아저씨와 우리 귀여운 꼬마 모두를 혼내고 야단치실 테니까. 너, 선생님께 야단맞는 거 싫지?"

　"괜찮아요!"

　"괜찮아?"

　숙였던 고개를 들고 빠르게 내뱉는 당돌한 꼬마의 대답은 오히려 나를 어리둥절하게 만들었다.

"우리 엄마거든요."

"누가? 선생님이?"

"네, 우리 엄마가 선생님이구 원장님이세요."

걱정 없다는 듯이 철없는 원생다운 의미심장한 말. 아이에겐 선생님에 앞서 엄마라는 믿음이 앞서 작용했으리라.

"그래도 그건 좀 곤란하구나."

"왜요? 엄마가 있어서요?"

내가 뭐라고 입을 열기도 전에 아이는 재차 입을 열었다.

"지금 여기 없어요. 저 아래 버스에 갔거든요."

꼬마가 아래 평창강 유원지 쪽을 가리켰다. 꽤나 끈질기고 고집이 있어 보이는 꼬마였다.

"너 고집쟁이로구나."

뭐라고 설명한들 어린 아이가 쉽게 알아들을 수 있겠는가. 꼬마의 맑고 초롱초롱한 눈망울을 나는 실망시키고 싶지 않았다.

"좋아, 아저씨가 도와줄게. 대신 너도 이 옆에 앉아 그림을 그려야 해. 같이 그릴 거지?"

꼬마가 눈빛을 반짝이며 머리를 끄덕였다.

아이의 스케치북에서 한 장을 뜯어서 캔버스에 올려놓고 스케치북을 꼬마 무릎 위에다 놓아주었다.

"이제 그려 볼까."

나는 아이의 통통한 볼을 손가락으로 가볍게 눌러주며 피식 웃었다. 꼬마는 힐끗 나를 보고는 회색 크레파스를 골라잡았다. 아이는 내가 그리는 모양을 따라 나름대로 그려 보지만 쉽지 않다는 표정이었다. 선은 울퉁불퉁 요철모양을 벗어나지만 나름대로 열심히 그리고 있었다.

"그림을 아주 잘 그리는구나."

머리를 쓰다듬어주는 내 칭찬에 아이는 하얀 치아가 다 드러나도록 해맑게 웃었다. 선을 따라 색을 입히는 아이의 손놀림에서 벗어난 거친 부분을 다듬어 주던 손길을 거두고 옆에 벗어놓은 잠바주머니에서 담배갑을 꺼내, 담배 한 개비를 뽑아 입술에 물고 불을 붙였다. 아무리 보아도 이 아이는 남과 같지 않다는 기분이 들었다. 어쩐지 이 아이를 보면 전에 만났던 소연을 많이 닮은 것 같았다.

그랬다. 소연은 이곳 금당계곡에서 나와 며칠 동안 지냈었다. 그리고 메모에 아이가 태어나게 되면 금당계곡에서 살 것이라는 글을 남겼던 메모지를 잘 간직하고 있지 않던가. 정말 괴롭기가 이루 말할 수 없었다. 담배를 폐부 깊숙이 빨아들였다. 잠시 뚝하고 멈칫하다가 이내 폐에 있던 담배 연기의 진공을 후련하게 토해냈다. 조금은 나아지는 것 같았다. 고개를 들고 하늘을 올려다 보았다. 솔잎 사이로 보이는 하늘은 구름 한 점 없이 푸르고 싱그럽고 투명했다.

"아저씨."

아이는 내 팔을 잡고 흔들었다.

"여긴 뭐로 칠해요?"

수면에 떠 있는 하얀 인공 백조를 나름대로 멋을 내고 그린 부분을 짚어 가리키며 색상을 물었다.

"음, 넌 무슨 색으로 칠하고 싶니?"

"이거."

아이는 빨간 크레파스를 꺼내들었다.

"그래, 빨갛게 칠하면 참 곱겠구나. 하지만 여기 이 분홍색으로 입히면 더 예쁜 백조가 될 거야."

아이는 뽑아든 빨간 크레파스를 제자리에 꽂고 내가 짚어준 분홍색 크레파스를 뽑아 색을 입혔다. 백조 위에 덧칠하는 손길이 거칠어 모양새가 이상하게 뭉개지듯 변해 가지만 아이는 열중했다.

반쯤 담배를 태웠다.

"아저씨."

아이는 스케치북을 내 앞에 내밀었다.

"얼마나 잘 그렸는지 한 번 볼까."

난 스케치북을 받아 들고 잠시 들여다 보고 있었다. 그때 누굴 부르는 여자 음성이 들려 왔다.

"성우야!"

아이를 부르는 여인이 저만큼 뒤에서 달려오고 있었다.

"엄마다!"

아이는 그쪽을 바라보다가 눈이 휘둥그레가지고 놀라며 내가 들고 있던 스케치북을 빼앗듯 빠르게 가로채갔다.

"아저씨 귀찮게 하면 못써."

가냘프고도 부드러운 여인의 목소리에 내 시선은 그 여인에게 빠르게 꽂혔다. 저만치 다가오는 긴 챙모자를 쓴 아담한 여인. 순간 나는 몸이 뻣뻣하게 경직되면서 낮게 신음소리를 흘려야 했다.

"아."

어렴풋이 그 누군가를 연상시키는 닮은 분위기, 점점 그 여인이 내 앞으로 다가왔을 때, 난 황망히 시선을 떨어뜨렸다. 의심의 여지없는 소연, 그녀가 분명했다. 우리나라 사람이 아닌 하나원 출신이라고 했던 소연이가 엉뚱하게도 이곳 평창에 있으리라고는 전혀 생각조차 못했다.

"죄송합니다, 얘가 버릇이 없어서……."

나는 입술을 비롯해서 얼굴 전신이 얼어붙은 듯 아무 말을 할 수가 없었다. 아니 뭐라고 어떻게 말을 꺼내야 하는지 당황함에 단 한 마디 말도 못하고 있었다. 아니 혹시 소연이 닮은 여자인가도 싶었다. 그렇지 않고서야 어찌 나를 알아보지 못하겠는가.

나는 찰나적인 짧은 시간에 수만 갈래의 갈등이 뒤엉키고 있었고, 그때 여인은 앉아있는 아이를 일으켜 세웠다.

"아저씨께 죄송합니다, 하고 말씀 드려야지."

그 여인은 아이에게 말을 시키고 있었다.

"죄송합니다."

아이가 멋쩍게 고개를 숙여 보였다.

"음, 괜찮아."

사내 아이의 머리를 쓰다듬으며 유심히 그 여인의 얼굴을 살폈다. 아, 소연이를 닮았다. 그래서 이 아이의 검은 눈동자며 오똑한 콧날이 소연이를 닮았다. 그리고 나머지는 나를 판에 박은 듯 닮아 있었다.

'윤소연.'

속으로 그녀의 이름을 불러 보았다. 동시에 놀라움과 반가움으로 치밀어 오르는 감당 못할 감정을 어금니로 꾹 눌러 깨물었다. 회한의 눈물이 마음 속으로 소리 없이 흘러 내렸다.

윤기가 흐르던 긴 검은 머리에 수채화처럼 티없이 맑았던 예전의 그 모습과는 달리 귀밑 커트에 앞머리를 뒤로 쓸어 넘긴 산뜻한 모습. 피부는 여전히 깨끗해 보였고 가늠할 수 없는 깊은 늪처럼 헤어나지 못하던 그녀의 이슬 맺힌 눈동자 역시 투명하게 빛나고 있었다.

희고 둥근 칼라에 잿빛 원피스가 그녀의 잘록한 허리를 지나 세련된 곡선을 연출해내고 있었다. 그 여인은 나를 향해 가볍게 고개를 숙이고는 이내 머리를 들어 나와 눈이 마주쳤다. 여인은 무슨 말을 하려고 하다가 그만 등을 보이고 돌아섰다.

분명 뭐라고 말을 걸려고 했었다. 아니 무엇인가 미심쩍다는 듯이 그녀의 발걸음이 무척이나 무겁게 떨어지고 있었다.

"하나원, 윤 소 연."

여인은 발걸음을 멈추었다. 여전히 등을 보인 채 말뚝처럼 굳어 보였다. 손을 잡고 있던 꼬마 아이가 고개를 돌려 나를 바라보고 생긋 웃으며 오라는 손짓을 했다. 그때 그 여인은 아이를 끌다시피 당겨서 걸음을 놓았다. 나는 손끝에 들려져 있던 붓을 바닥에 툭하고 떨어뜨렸다. 고개 숙여 떨어진 붓을 집었다. 줍는 손끝이 후덕거리며 떨렸다.

기억의 파편 조각이 더 잘게 참담함으로 부서지는 순간이었다. 가슴께 명치를 톡톡 찌르던 전율이 점차 거세지자 나는 참지 못할 고통 속으로 빠져들었다. 18세의 불청객 소연. 그녀의 버릇없고 황당한 6년 전 겨울 기억이 생생했다.

눈 내리는 겨울이었다.

금당계곡에 탐스럽게 내리는 함박눈이 나를 맞이했다. 눈은 어느새 한자나 넘게 쌓여가고 있었다. 눈앞에 내다보이는 금당산이 하얗게 눈에 묻히는구나 싶었다. 금당산 자락에 위치한 암자에서는 눈 속에 갇혀 다가올 크리스마스를 시샘하는 듯 불경을 외는 스님의 염불 소리만 은은하게 울려 퍼졌다.

오후에도 함박눈은 계속 내렸다. 나는 눈 내리는 금당계곡을 걸으며 먹이를 찾아 나서는 족제비처럼 장평으로 향하고 있었다.

장평터미널 앞에 도착했다. 공중전화부스 옆을 지나고 있는데, 놀랍게도 그 안에 소녀로 보이는 여자가 웅크리고 앉아있었다. 시간은 낮이지만 계절은 겨울이라 매서운 날씨인데 전화부스 안에 있는 여자의 옷차림은 너무나 엉성해 보였다. 가죽 잠바에 미니스커트 차림이었다.

술에 취해 자고 있는 철딱서니 없는 맹랑한 여자이거나 업소에서 웃음을 파는 여자가 내려왔거니 생각했다. 그런데 정상적인 여자라면 이 시각에 공중전화부스 안에서 이런 모습을 하고 있지는 않을 것이란 생각이 들었다. 왠지 그냥 내버려두기에는 좀 그렇고 해서 조심스럽게 접근해 보았다. 순간 놀랐다. 술에 취해 자고 있을 줄 알았던 그녀가 고개를 들고 멍하니 나를 바라보고 있는 게 아닌가. 당황한 나는 어색한 순간을 넘기기 위해 말문을 열었다.

"아가씨, 전화 다 쓰셨나요?"

어색함을 모면하기 위해 말문을 연 나를 바라보며 그녀는 서서히 무릎을 펴고 일어나 공중전화부스를 빠져 나왔다. 동시에 나는 들어가서 전화를 거는 척하고 나왔다. 사라졌을 줄 알았던 그녀는 그대로 내 뒤에 멍하니 서 있었다.

"오빠, 나 택시비 좀 주라."

예상치 못했던 그녀의 말에 짧은 순간이었지만 수많은 생각들이 떠올라 혼란스러웠다.

거리에서 남자를 꼬시는 소녀인가 하는 생각부터 시작하여 참 맹랑한 여자라는 생각까지 다양한 생각들이 내 머릿속을 맴돌았다.

하지만 그녀를 쳐다보며 곰곰이 생각해 보니, 나를 꼬드기려는 여자가 아니란 생각이 들었다. 만약 그랬다면 '시간 있으세요' 라고 했을 것이다. 하지만 다른 쪽으로 생각해 보면 또 이상한 점이 있었다. 보통의 여자가 정말 택시비가 필요했다면 '저기요. 죄송한데 택시비 좀 빌릴 수 있을까요?' 라고 말해야 옳은 표현일 것이다. 난생 처음 본 생면부지의 남자에게 '오빠. 택시비 좀 주라?' 고 말하다니, 그것도 반말로 말이다. 도대체 어떻게 생겨 먹은 여자이기에 그리도 당돌한지 확인차 나는 다시 그녀를 곰곰이 살펴보았다.

키는 아담했고 얼굴도 흔한 미인이었다. 옷차림은 언뜻 보았던 그대로 리어카 패션이었다. 첫 느낌을 굳이 표현하자면 정말 소갈머리 없는 정신 나간 여자아이였다. 아무리 그렇다고 해도 구원의 손길을 요청해 왔는데 모른 체할 수는 없었다.

"너, 몇 살인데? 집은 어딘데 안 들어가고."

"택시비 주기 싫으면 말지. 쪼잔하게 호구조사는 왜 하는데?"

"뭐, 뭐라고? 호구조사. 쪼잔?"

되바라지게 받아치는 그녀의 대꾸에 나는 좀 화가 치밀어 순간 말까지 더듬었다. 게다가 짜증 섞인 말투로 대하니 더 화가 치밀었다.

"이런 버르장머리 없는 지지배를 보았나. 말하는 꼬라지하곤. 그리고 얼굴에 화장하며 나이도 어린 게 미니스커트까지."

"얼씨구, 얼굴은 미련 곰탱이같이 생겨 애인도 없어 보이는구만."

"어허. 기가 막혀서 말이 다 안 나오네."

"누가 먼저 시비를 걸었는데, 기가 막힌다고 하는 건지 모르겠네."

물론 반말을 한 건 사실이지만 시비를 건 것도 나였다.

나는 더 이상 대꾸해 보았자 입만 아플 것 같아 발길을 돌렸다. 그때 등 뒤에서 그녀의 목소리가 들려 왔다.

"미련 곰탱이지만 힘은 잘 쓰게 생겼다. 어떤 여자인지 밤마다 고생 좀 하겠네."

그 소리에 나는 몸을 돌려 그녀에게 대들어 냅다 뺨따귀를 사정없이 올려붙였다. 이건 우발적이었다. 너무 강하게 때렸던지 뺨을 맞은 그녀의 골통이 퉁기며 길거리 하얀 눈 위에 내동댕이쳐졌다.

충격이 너무 컸던 탓일까. 당연히 일어서서 앙칼지게 대들 줄 알았던 그녀는 천천히 일어서며, 나를 째려 본 후 아무 말도 하지 않고 뒤돌아서 멀어져 가는 것이었다.

그녀로 인해서 화가 풀리지 않아 금당집 술집에 들어갔다. 들어와서도 화가 안 풀려 씩씩거리며 담배를 꺼내 불을 붙인 후 긴 한숨을 쉬며 혼자 넋두리를 했다.

"이놈의 세상이 도대체 어떻게 돌아가려고 이러는지 원. 머리에 피도 안 마른 게 뭐가 어쩌고 어째. 미련 곰탱이같이 생겼지만 밤일은 잘 하게 생겼다고. 세상 말세로다. 말세야."

유난히 장난끼가 많은 금당댁이 장난끼가 발동했던지 내 넋두리를 듣다가 한 마디 거들었다.

"그래도 그 여자애 사람 볼 줄 아네. 총각을 변강쇠인 줄도 알고."

소주 한 병을 마시고 그 술집에서 나왔다. 어느새 내렸는지 탐스러운 함박눈으로 변해 세상을 하얗게 염색하고 있었다. 택시를 잡기 위해 터미널 앞으로 걸어갔다.

그런데 이게 웬일인가. 공중전화부스 안에는 그녀가 그 자세 그대로 쭈그리고 앉아 있는 것이었다. 하지만 난 신경 끄기로 했다. 어차피 앞으로는 마주칠 일도 없을 것이고 자신이 신경 쓸 만한 하등의 이유가 없었다. 함박눈이 내려서인지 다니는 택시가 없었다. 다른 차들도 다니지 않았다. 그렇게 30여 분이 흘렀지만 자동차는 나타나지 않았다.

나는 이곳 장평에서 20리 길 수림대까지 걸어가야 했다. 이상한 건 나도 모르게 공중전화부스 안을 힐끔 들여다보게 된 것이었다. 여전히 그녀는 그 자세 그대로 전화부스 안에 있었고, 간간이 지나가던 행인들이 호기심어린 눈으로 가끔씩 들여다보며 지나갔다.

"거참 신경 쓰이네."

아무리 신경을 안 쓰려고 해도 신경이 쓰였다. 결국 난 그녀가 있는 전화부스로 다가갔다.

생각해 보면 그렇게 사정없이 뺨을 때린 것에 대한 미안함도 있었다. 더불어 아직까지 택시비도 못 구해서 이렇게 추운 날씨에 저렇게 앉아 있는 그녀를 보니 안쓰러운 생각도 들었다.

내가 전화부스 문에다 대고 노크를 했다. 그녀는 나를 쳐다보며 일어섰다.

"무슨 볼 일이라도 있으세요?"

갑작스런 존댓말에 난 적응이 안 되었다. 당연히 앙칼진 목소리가 튀어나오거나 아는 척도 안 할 줄 알았다. 그런데 의외로 깍듯한 존댓말을 하고 있으니 난 어안이 벙벙할 따름이었다.

대답 대신 지갑에서 5천원짜리 하나를 꺼내어 그녀에게 건네주었다.

"아까는 호구조사하시더니만 이번엔 아무 말도 안 하고 택시비를 주는 이유가 뭐예요?"

"아깐 내가 좀 심했습니다. 추운데 이렇게 있지 마시고 이걸로 택시비 해서 집에 가세요."

돈을 건네받는 그녀의 얼굴을 보니 아까 전에 내게 맞았던 손자국이 선명하게 남아있었다. 그래서인지 더욱더 미안한 마음이 들었다. 이러한 내 마음을 아는지 그녀는 다정하게 말을 건네 왔다.

"오빠, 생각보다 터프하고 착하네."

"……"

갑자기 다정하게 대드는 그녀의 말투에 적응하지 못해 나는 아무 말도 못하고 있었다. 그녀가 너무 뜻밖의 말을 꺼냈다.

"오빠, 나 배고픈데 밥 좀 사주면 안 될까?"

집에 가라고 택시비를 주었더니 가라는 집에는 안 가고 난데없이 밥을 사달라고 하는 당돌한 말에 순간적으로 헛웃음이 튀어 나왔다.

"왜? 내가 웃겨?"

"아니요. 그게 아니라 갑자기 밥을 사달라고 하니까 당황해서요."

"터프한 오빠가 왜 이래? 아까 내 뺨을 때릴 땐 아주 씩씩하더구만."

"그건 다시 한 번 사과 드리겠습니다."

"피이. 말로만 그러지 말고 나 밥 사주면 용서해 줄게. 오빠 밥 먹으러 가자. 그리고 존댓말하지 말고 우리 반말해. 알았지?"

밥 사주면 용서해 준다는 말과 함께 자연스럽게 내 팔짱을 끼는 그녀가 그리 낯설게 느껴지진 않았다. 아마도 너무나 자연스럽게 오빠라고 부르면서 친한 척을 해서 그 분위기에 동화되었는지도 모른다.

지나가는 행인들이 이 장면을 보았다면 연인이라고 느꼈을 만한 자연스러운 모습으로 그녀의 손에 이끌려 나 자신도 모르게 끌려가고 있었다. 이 여자는 뭐가 그리 신이 났는지 연신 콧노래를 부르면서 눈 위에서 깡충깡충 뛰고 있었다.

"무슨 좋은 일 있어요?"

"좋은 일? 있지. 아주아주 좋은 일이 있어."

"어떤 건데요?"

"응. 그건 말이지, 터프하고 착한 오빠를 만났다는 것."

"장난치지 말구 뭔데요?"

"피이, 정말이라니까. 그리고 말 놓으라니까."

듣기에 그렇게 싫지 않은 이야길 들으며 아까 들었던 술집에 들어섰다. 몸을 휘감고 도는 따스한 기운과 구수하게 코를 자극하는 진한 음식 냄새가 우리를 반갑게 맞아 주었다.

자리에 앉기가 무섭게 그녀는 무엇을 먹을 건지 물었다.

"아줌마, 여기 해장국밥 둘이요."

그녀의 목소리가 컸던지 주위의 술손님들이 다 쳐다보았다. 그때 그녀는 자리에서 일어났다.

"오빠, 나 화장실 좀 갔다 올게. 보고 싶어도 좀만 참어."

주위에서 킥킥거리는 소리가 들렸다. 하기야 화장실 갈 동안 보고 싶어도 참으라는 여자의 말에 내가 그들에게는 여자에게 꽉 잡혀 지내는 남자로 보였을 것이다. 김이 모락모락 피어나는 순대국밥이 도착함과 동시에 그녀도 돌아왔다.

"오빠, 내가 타이밍 하나는 기가 막히지."

"……뭐라고 부를까요."

"나 윤소연, 그냥 소연이라고 불러."

나는 아무런 대꾸도 하지 않고 숟가락을 들었다. 아니 못마땅했다. 그녀는 또 다시 말을 건네 왔다.

"그렇게 무게 안 잡아도 멋있으니까, 무게 좀 풀어. 그러다 체하겠다."

참말로 대책 없는 여자였다. 모르는 바는 아니지만 조금 전에 자신의 뺨을 그렇게 사정없이 내리쳤던 남자에게 하는 말이라고 그 누가 상상이나 할 수 있을까.

또 당사자인 나로서는 이런 상황에서 무슨 말을 할 수 있겠는가. 도대체 이 여자에 대해 아는 게 이름 외에는 아무 것도 없는 데다 이 여자 말처럼 반말을 할 수도 없고, 그렇다고 해서 같이 장단을 맞추어 다정한 척할 수도 없는 노릇이었다.

아무 대답없이 국밥을 떠먹는 나에게 더 이상 말을 걸기도 어색했던지 소연도 숟가락을 들어 국밥을 떠서 입으로 쑤셔 넣기 시작했다. 그 순간 나는 숟가락을 드는 그녀의 손을 보게 되었다.

놀랐다. 차마 손이라고 할 수 없을 정도로 손이 거칠게 부르터 있었다. 이 추운 날씨에도 불구하고 좀 전에 공중전화 부스에 있을 때에도 맨손으로 있었던 기억이 났다. 그녀는 내 시선을 의식했던지 잽싸게 숟가락을 내려놓고는 손을 탁자 밑으로 숨겨 버렸다. 그런 그녀의 행동에 웬지 몹쓸 짓을 한 것 같아 마음이 불편했다. 그래서 이 상황을 모면하기 위해 조금은 다정한 어감으로 그녀에게 말을 걸었다.

"왜, 맛이 없어?"

"……."

"지금 내 앞에서 내숭 떠는 거니?"

"내숭은 무슨. 그리고 오빠가 반말하니까 기분 좋은 걸."

애써 분위기를 반전시키기 위해 반말을 사용했고, 그녀는 마음에 들었는지 생글생글 웃으며 감추었던 손을 들어 숟가락을 잡고 다시 해장 국물을 입에 떠 넣기 시작했다.

나는 더 이상 얼굴을 들어 그녀의 손을 처다보지 않았다. 그렇게 어색한 시간이 흘렀고, 어느덧 앞에 놓인 그릇들은 허연 뱃살을 드러내고 있었다.

"아, 잘 먹었다. 정말 맛있었어. 오빠 땡큐우."

"으응. 맛있게 먹었다니 다행이다."

"오늘은 너무 좋은 일만 생기네. 터프하고 착한 오빠도 만나고 이렇게 맛있는 국밥도 먹고. 아, 맞다. 한 가지만 빼고."

"무언데?"

"응. 아까 오빠에게 시원스럽게 뺨 맞은 거."

"또 그 이야길 하네. 미안하다고 했잖아. 이젠 고만해라."

"그래도 좋아. 뺨 한 대 맞고 오빠도 생겼고, 맛있는 것도 먹고, 맨날 이런다면 뺨 열대라도 맞겠다."

뭐가 그리도 신이 났는지 그녀는 연신 싱글벙글이었다.

계산을 하기 위해 일어섰다. 그녀도 따라 일어나 자연스럽게 내 팔짱을 끼며 박하사탕을 집었다. 장평거리로 나섰다. 아직까지도 세상을 하얗게 물들이고 있는 함박눈이 앞을 가렸다. 탐스럽게 내리는 눈을 바라보며 담배를 꺼냈다. 그때 그녀는 무언가를 내게 건넸다. 그건 그녀가 챙겨 두었던 박하사탕이었다.

"오빠. 구름과자는 몸에 해로워. 대신 이것 먹어."

"구름과자? 너 그런 말도 알아?"

"누굴 꼬맹이로 알아. 그 정도 말은 기본이라구. 바보."

하기야 힘이 좋게 보여 밤일을 잘할 것 같다는 말까지 했던 그녀가 아니던가. 그까짓 구름과자 정도의 은어는 당연히 알고 있을 것이었다.

아무튼 이제는 헤어질 시간이다. 그녀에게 이만 잘 가라는 인사를 하려고 했지만 차마 그 말이 입밖에 나오지 않았다. 내 말에 앞서 그녀가 먼저 말문을 열었기 때문이었다.

"오빠. 나 부탁 하나 있는데 들어줄 거지?"

"부탁? 무언데."

그녀의 부탁이라는 말에 택시 비용을 좀 넉넉히 달라는 말을 하겠구나 싶은 생각에 나는 이내 호주머니에서 지갑을 꺼내어 1만원짜리 한 장을 집어 그녀에게 건넸다.

"이건 또 뭐야?"

"너 택시비 부족한 것 같아서 말이야."

"피. 오빠 부자인가 보다. 암튼 고마워."

"그럼 이만 간다. 잘 가라."

"어머. 오빠 내 부탁 안 들어 줄 거야?"

"……."

자신의 부탁을 안 들어 줄 거냐는 말을 듣고 보니 좀 난감했다. 돈을 좀 더 달라는 부탁을 할 줄 알고 돈을 주었는데 그게 아니었나 보다.

"부탁?"

"다른 게 아니고. 있잖아."

"그렇게 뜸들이지 말고, 빨리 말해."

"오빠, 나 이뻐?"

난데없이 자기가 예쁘냐고 물어보는데 어이가 없었다. 그렇다고 자기가 예쁘냐고 면전에서 물어보는데 안 예쁘다고 말할 수도 없었다. 그리고 실제로 예쁜 얼굴이기는 했다.

"이쁘다 왜?"

"그럼 있잖아. 오빠 나 오늘 하루만 재워주면 안 돼?"

"뭐. 뭐라고?"

"뭘 그리 놀래나. 나 이쁘다며. 싫어?"

"그게 아니라."

말문이 확 막혀 버렸다. 자기 뺨까지 때린 처음 본 남자에게 자기가 예뻐 보이냐며 하룻밤 재워달라니 기가 막힐 노릇이었다.

말로만 듣던 거리에서 남자들을 유혹하는 그런 여자인가 하는 생각이 들었다. 또 한편으론 도대체 어떻게 생겨 먹은 여자인지 궁금하기도 했다. 결코 평범한 여자는 아닌 것 같았다.

"근데 너 도대체 몇 살이냐? 그리고 사는 곳은?"

"또 호구조사하네. 나 그런 것 싫어. 그러니까 따지지 마."

"야! 너에 대해서 아는 게 아무것도 없는데 같이 밤을 보내자고?"

"남녀가 둘이 밤을 보내는데 꼭 그런 것 알 필요 있어? 다 알면서."

"알긴 뭘 알아. 너 꽃뱀 같은 그런 여자냐?"

무의식중에 튀어나온 말이었다. 하지만 이미 주워 담기에는 늦었다. 역시나 그녀는 화가 잔뜩 난 얼굴을 하고 있었다. 설령 진짜 꽃뱀이라고 해도 남자 피 빨아 먹고 사는 꽃뱀이라고 대놓고 이야기하면 성질이 날 것이다. 그러나 이미 내뱉은 말이고 지금 그녀의 행동으로 보아서 그리 틀린 말도 아니기에 가만히 있었다.

"재워주기 싫으면 싫다고 하지 꽃뱀은 또 뭐야. 정말 짜증나게."

"그게 아니라 니가 갑자기 재워달라고 하니까 이상하잖아."

"이상하긴 뭐가 이상해. 이쁜 여자가 재워달라고 하면 재워 주면 되지."

"허, 참으로 대책없는 아가씨네."

이런 상황에서 농담을 하는 그녀를 보니 웃음이 나왔다. 피식 웃는 모습을 본 그녀는 한술 더 떠서 이야기를 했다.

"오빠, 내가 입술 부르터지게 키스해 줄게. 나 좀 재워주라."

"야, 농담 따먹기 그만하고 얼른 집에 가. 내가 택시 잡아 줄게."

"오빠, 혹시 내시야. 그리구 눈이 이렇게 쌓였는데 택시가 어딨어. 저 여관에서 자야지."

"이게 남의 집 귀한 장손을 고자로 만드네."

그러고 보니 눈 때문에 차가 끊긴 건 사실이었다.

"그런데 왜 날 거부해? 혹시 여자가 무서워?"

의미를 두고 특별하게 대꾸할 만한 가치가 없다는 판단이 들었다. 그래서 귀찮다는 듯이 한 마디 했다.

"난 여자랑 같이 있으면 무서워서 잠을 못 자. 그러니까 이제 집에 가, 알았지."

"오빠 순진한 면도 있었네. 그러니까 더 귀여운데. 오빠 오늘밤에 나한테 죽었다 각오해."

"……."

마음 같아선 다시 한 번 뺨따귀를 날려 버리고 싶었지만 앞에서 생글 생글 웃으며 이야기하는 그녀를 때릴 수는 없었다. 그리고 순간적으로 야릇한 생각이 뇌리를 스쳤다.

열 여자 싫어하는 남자 없다는 옛말이 있듯이, 그냥 미친 척하고 하룻 밤 보내볼까 하는 생각이 들은 것도 사실이었다. 이런 농촌에 살면서 여 자를 보기도 드문데 이건 좋은 기회이기도 했다. 하지만 그럴 수는 없었 다. 성격상 그건 말도 안 되는 일이었다.

예전에 술집에서 일하는 친구 녀석이 접대하는 아가씨와 짜릿한 밤을 보내라고 여관에 보내준 적이 있었다. 그러나 난 친구 녀석이 간 후에 조용히 여관을 나왔었다. 결벽증은 아니지만 사랑하는 여자가 아닌 여 자하고는 잠자리를 하지 않는다는 것이 나의 철칙이었다.

"오빠, 빨리 가자. 그리고 각오 단단히 해."

금당계곡 수림대까지 가기로 하고 택시를 잡아탔다. 택시는 눈길을 기어가다시피 해서 재산까지 가는 데 성공했다. 재산서 금당계곡으로 접어들었다. 평창강 동산동교를 건너서 등매지까지 가서는 택시가 멈 추었다. 눈 때문에 도저히 수림대까지는 갈 수 없는 것이었다.

참으로 난감했다. 이곳 등매지에서 수림대까지는 10여리나 되는데 걸 어야 했다.

소연이 눈길을 걷기는 무리라 이 택시 타고 장평으로 다시 나가라고 했으나, 그녀는 고집을 부리고 오직 나를 따라오겠다며 눈길을 걸었다.

어슴프레한 밤을 뚫고 하얀 길을 따라 걸었다. 그저 하얀색만 바라보 고 걸어 나갔다. 그렇게 걷다 보니 소연은 점점 몸이 풀리고 처지고 있었다.

"나를 두고 가면 십리도 못 가서 발병 난다."

그녀는 아예 눈 위에 벌러덩 누웠다.

내가 생각해도 여자가 많이 쌓인 눈을 뚫고 가기란 쉽지 않았다.

"내가 뭐랬어. 그 택시 타고 장평으로 나가라니깐. 자, 업혀 봐."

나는 그녀에게 등을 대주었다. 그러자 그녀는 팔로 내 목을 감고 반쯤 업혀 걸었다.

"그런데 너 집은 어디야?"

"서울."

"서울인데 왜 여기에 와 있는 거지?"

그녀는 아무 말이 없었다.

말없이 얼마쯤 걸었다. 얼어붙은 강은 얼음 밑에 졸졸 물소리를 내며 흐르고 있었다.

"지금쯤 학교에 다녀야 하잖아. 그럼 가출했니?"

얼마를 걷다가 내가 먼저 말을 걸었다.

"고아야?"

"아니."

"부모는 뭘 하는데?"

"외국에 갔어. 나 외국이 싫었거든."

"아, 그래서 이리로 도망 왔구나."

그녀는 저만치 뛰어 나갔다. 그녀의 등을 바라보니 우는 듯했다. 얼만치 가다가 울음을 그치고 무슨 마음이 들었는지 뒤돌아 내게 달려들었다. 갑자기 내 앞으로 달려들어 가벼운 입맞춤을 했다. 순간 난 당황해

하며 그녀를 살며시 밀었다.

"바보. 그럴 땐 남자답게 진한 키스를 해줘야지. 터프한 척하더니만 완전히 쑥맥이네. 암튼 오빠 하는 짓이 너무 이뻐서 선물해 준 거야. 잘 가."

소연은 다시 앞질러 눈을 뚫고 저만치 뛰어 나갔다.

도무지 알 수 없는 그녀였다.

"민박집이다."

어느덧 대두리 유포교(다리)에 도착했을 때 소연은 소리쳤다.

"이 골짜기로 5리 정도 걸으면 내가 있는 집이야."

"나 죽으면 죽었지 더는 못 걸어."

소연은 거의 지쳐 있었다. 수림대까지 가는 것을 포기하고 유포교 다리 건너 민박집을 잡았다.

난 그녀에게 혼자 지내라고 했더니, 그녀는 나 없이 혼자라면 확 죽어 버린다는 말에 난 겁을 집어먹고 그녀와 같이 한 방에 있게 되었다.

그렇게 그녀와 같이 방에 있으면서 술을 많이 마셨는데, 어떻게 잠이 들었는지 기억이 안 난다.

새벽 공기를 가르며 은은하게 퍼지는 산사의 타종소리에 지그시 눈꺼풀을 들어올렸다. 간밤에 마신 술의 잔재가 몸에 남아있었고 심한 갈증을 느꼈다. 하지만 타는 목마름도 잠시일 뿐 무엇인지 뭉클하게 느껴지는 것이 있었다. 낯선 부드러움에 물을 찾아 몸을 일으키려는 내 동작이 일순간에 멈춰졌다.

아직은 일상이 시작되기 전인 새벽인지라 창문으로 통하여 들어오는 어슴프레한 하얀 눈빛으로는 내 앞 물체의 정체를 밝히기엔 부족했다. 얼마간의 시간이 지나 어둠에 익숙해진 나의 동공은 팽창하기 시작했고, 곧이어 눈 앞의 사물을 어렴풋이 알 수 있게 했다.

알 수 없는 물체는 나에게로 살포시 안겨들었고, 곧 사람이라는 걸 알아차렸다.

순간적으로 나는 꿈을 꾸고 있나 생각했다. 정신을 차리고 생각을 가다듬어도 분명 현실이었고, 느껴지는 따스한 기운은 분명 생시였다. 그런 찰나의 시간이 흐른 후 내 손은 품에 안긴 정체 모를 사람의 얼굴을 더듬거려 보았다. 더듬거리던 것도 잠시 내 손은 불에 덴 듯 소스라치게 놀라며 손을 거둬들여야 했다.

반신반의하며 얼굴을 더듬거리다 머리카락을 만지는 순간 내 손가락에 전해 오는 촉감은 분명 남자가 아닌 여자였기 때문이었다.

나는 잠시 놀란 가슴을 진정시키고 위를 쳐다봤다. 천장에다 붙여놓은 형광색 별과 달이 나를 내려다보고 있었다. 수많은 생각들이 주마등처럼 스쳐갔다.

내 품에 안겨 있는 정체 모를 여자로 인하여 술의 여독으로 인한 타는 목마름도 잊어버린 지 이미 오래였다. 단지 지금 이 순간 나에게 있어 가장 원하는 것이 있다면 앞에 있는 여자의 정체를 아는 것이었다.

아직도 선잠에서 깨어난 직후라 내 뇌에서 분비되는 아드레날린의 수치가 낮아서인지 아직까지 직면해 있는 이 상황을 좀처럼 이해할 수 없었다.

결국 내 품에 안겨 있는 여자를 조심스럽게 밀어 낸 후 놀란 가슴을 쓸어 담고 일어나 불을 켰다.

대번 어둠을 가르는 강렬한 형광등 불빛에 커져 버린 동공이 놀랐던지 순간적으로 눈을 감았다. 얼마 후 난 내 몸도 아무 것도 걸치지 않은 벌거숭이임을 알게 됐고, 눈앞에 펼쳐진 여자도 벌거벗은 몸을 확인하고 당혹스러웠다.

브래지어도 착용하지 않은 나신이었고, 하반신은 팬티도 걸치지 않은 채 뽀얀 속살을 그대로 드러내 놓고 있었다.

순간 동물적인 성적 욕구가 일었던 것일까, 나는 천천히 그 여자를 관찰했다.

얼굴은 동안인지 실제 어린 것인지 분간하기 힘든 묘한 분위기를 연출하고 있었다. 나이를 가늠할 수 없는 묘한 분위기의 얼굴이었는데, 어제 만났던 소연이었다.

아직 옆으로 누워 있어서 위에서 내려다 본 내 눈은 소연의 가슴이 보였다. 뽀얀 피부에 앙증맞게 솟아오른 가슴 언덕을 따라 내 시선이 멈춘 곳은 살며시 튀어나온 젖 몽우리였다.

무엇을 더 바랐던 것일까. 어머니의 젖이 그리운 남자의 본능적인 움직임이었을까. 그것도 저것도 아니면 정체불명의 여자 몸을 훔쳐보는 짜릿한 느낌을 만끽하고 있는 것일까. 아마도 후자였을 것이다.

어느새 내 시선은 잘록한 허리를 지나고 있었다. 남자의 것과는 비교할 수 없는 그녀의 엉덩이와 은밀한 부위를 드러낸 채 그 어떤 장애물도 없었다.

나도 모르는 사이 피가 가운데로 몰리면서 내 남근은 팽창되고 끊임없이 펌프질하던 심장은 터질 듯이 더욱더 기승을 부리고 있었다. 이런 나의 심정을 아는지 모르는지 세상은 모두 내 것이다 라는 식으로 여자는 여유로운 몸짓으로 누워 있었다.

윤소연.

어제 장평에서 만나 같이 금당계곡 눈길을 걸으면서 민박집에 들렀던 기억이 났다. 따스한 방에서 같이 술을 마셨고, 취기로 그대로 잠이 들었을 것이다. 아니 불편하다며 옷을 벗고 술을 마신 기억도 났다. 술 마시며 가위 바위 보로 옷 벗기 내기한 기억도 났다. 그리고 그녀의 가슴에 내 입술을 가져갔던 기억도 났다. 그리고 그 다음 기억은 없었다.

이 여자가 허락한다면 같이 이곳에서 한평생을 같이 지내고 싶은 욕심이 가득했다. 그러기 위해서 점찍어 두는 것도 괜찮다며 내 입술은 그녀의 가슴으로 다가갔다. 그리고 그녀의 도드라진 젖꼭지를 입 속에 넣으려는 순간이었다.

"응, 오빠 또 해?"

이게 무슨 말인가. 나는 놀란 가슴을 부여잡고 몸을 일으켰다.

"또라니? 무슨 뜻이야?"

"두 번이나 했잖아."

"내가?"

"응, 나 안아 줘."

어차피 엎어진 김이라 생각했다. 나는 그녀를 안고 짐승 이상으로 변해 버렸다. 그렇게 그녀와 살을 나눈 것이 처음이었다.

이제 눈은 내리지 않았다. 밤새 눈이 곱은 더 쌓여서 두 자나 되어 버려 꼼짝도 할 수 없었다.

그렇게 그녀와 3일을 민박집에서 보내는 동안 정도 들었고, 신혼부부처럼 행복함에 이대로 그녀와 한평생 살았으면 싶었다.

"결혼하자는 거야?"

"응."

"그런데 난 대한민국 사람이 아닌데 괜찮아?"

"서울이라면서."

그녀는 고개를 가로 저으면서 아무 말이 없었다. 미국 교포냐고 물어도 고개를 가로 저었다. 그렇다고 중국 동포도 아니었다. 다만 그녀의 말은 우리나라 사람이었지만 우리나라가 아니라는 말만 되풀이했다.

금당계곡 민박집에서 5일째 되는 날이었다.

아침에 눈을 떴을 때 옆이 허전해서 소연을 찾았지만 없었다. 그녀를 찾던 중에 메모를 발견했다.

그녀는 하나원 소속이었다.

─오빠가 출신을 캐묻는 등살에 더 이상 오빠와 같이 있을 수 없어서 나 떠나. 사실은 나 하나원 출신이야. 오빠 무슨 뜻인지 알지. 사실은 서울에서 하나원 출신이라는 따돌림에 견디다 못해 이곳으로 도망 나왔는데, 이제 어디로 가야 할지 몰라. 오빠 그 동안 행복했었어. 그리고 있잖아. 나 오빠의 아이를 낳으면 금당계곡에 다시 찾아올 거야. 하지만 꼭 믿지는 마. 그럼 안녕.

지갑 속에 간직해 두었던 6년 전의 메모지를 꺼내 소연에게 보였다.

"그걸 버리지 않고 아직도 보관하고 있었던가요?"

"어떻게 버려. 금당계곡에 다시 온다는데. 그리고 언제부터 대화에서 살았던 거야?"

"메모지에 적힌 그대로예요

"저 아이가 태어나면서?"

소연은 민족통일 부부가 되길 바라면서 이곳에 와서 기다렸는데, 몇 년 전 서울에서 내려온 것을 알았다는 것이다. 아이의 출생신고를 같이 하기 바랐는데, 내게 아내가 있었더라는 것이다. 그래서 몇 번이고 떠나려고 했는데, 그냥 모른 체하고 대화면 소재지에서 유치원을 운영하며 살아 왔다고 했다.

"오빠는 부인과 행복하지?"

"응."

나도 모르게 그렇게 대답하고 말았다.

"그래서 피했어. 난 하나원 출신이기도 했고, 무엇보다 오빠의 행복을 깨기 싫었어요."

"하나원? 부모는?"

"지금은 성남시에 정착해서 안정되게 잘 지내요. 그럼."

소연을 몸을 돌려 등을 보였다. 또 나를 슬프게 했다. 그리고 그녀는 뒤도 돌아보지 않고 걸음을 놓았다.

그런데 난 이혼남이라는 말이 목구멍까지 치밀었지만, 왜 입 밖으로 내뱉지 못했는지 모르고 있었다.

(2005년, 『평창문학』 제16집)

12
차가운 음성

어두운 방안을 푸르스름한 달빛이 스며들어 침대 위의 남녀를 희미한 빛으로 비추었다. 시리도록 차가운 블루 빛 달빛과 상반된 후끈한 침실의 열기, 시트가 바스락거리는 소리와 함께 간헐적으로 흘러 나오는 격한 숨소리가 푸른 빛으로 채색된 공간으로 울려 퍼졌다.

온몸에 열이 오른 것은 이미 오래 전 시간이었다. 그의 손길에 길들여진 몸은 조금만 스치고 지나가도 몸의 세포 하나하나가 반응했다. 귓불에 닿는 그의 거친 숨결에 온몸이 불에 덴 듯 뜨겁다. 벗은 등을 쓸고 지나가는 그의 손길에 목덜미 뒤 솜털이 쭈뼛쭈뼛 일어섰다. 그럴 적마다 그녀의 작은 얼굴에 어떻게 다 들어갔나 싶을 정도의 이·목·구·비는 다 박혀 있었다. 그녀는 작은 한숨을 내뱉고는 감았던 눈을 뜨고 그를 들여다보았다.

그는 20대 후반의 나이임에도 불구하고 화원그룹의 법인 등기이사라는 직책을 갖고 있는 권기훈, 그가 틀림이 없었다. 그런 직책을 갖게 된 것은 그의 아버지가 그룹회장이라는 덕이고, 장차 그룹의 총수후계자로 경영훈련을 받으며 자랐다. 거기다 모델이라고 해도 믿을 만큼 균형이 잘 잡힌 몸매를 가졌다.

그녀의 하얀 나신과는 상반되는 햇볕에 그을린 갈색 피부가 매력적이었다. 늘 차가운 그의 눈빛도 지금은 열기에 들떠 흔들리는 모습이었다.

그녀는 자신도 모르게 손을 뻗어 그의 뺨에 손을 대 보았다. 그러자 그의 검은 눈동자가 빛났다.

'난, 너였기 때문에 내 온몸의 세포가 반응하는데, 넌 그저 네 곁에 있는 여자이니까, 성욕 때문에 반응하는 것이지. 난 네게 어떤 특별한 존재가 아니라는 것을 알면서도 널 거부할 수가 없다. 너에게 난 평소보다 조금 더 오래가는, 가장 오래 만나고 있는 여자일 뿐인데.'

이예원을 의아하다는 눈빛으로 내려다보던 기훈은 그녀의 입술을 포갬으로써 그녀의 생각을 멈추게 했다.

그의 단단한 가슴이 그녀의 부드러운 가슴과 맞닿았다. 맞닿은 가슴에 서로의 뛰는 심장의 움직임이 느껴지는 것을 알고 서로의 동의를 얻고 있었다.

동의를 요구하고 닿아 있던 입술과 맞닿았던 서로의 가슴이 떨어지며, 목에서 가슴으로 이동하는 그의 입술이 미끄러지는 것을 느꼈다. 그런 그의 행동에 열기가 상승했다. 하지만 몸의 온도가 뜨거워질수록 그녀의 머릿속은 차갑게 식어갔다.

그에게 영원이라는 단어는 존재하지 않는다는 것을 알고 있었기에, 알면서도 그 앞에서는 언제나 무너지고 만다. 자기 의지라고는 없는 아이처럼 그렇게 손쉽게 무너지고 말았다.

"아!"

물기를 머금고 있던 부위가 맞아 들어가며 벌어진 입술 사이로 작은 신음이 흘러 나왔다. 그 신음이 절반은 통증이라면 나머지 반은 쾌감을 담은 신음이었다.

압박감, 쓰라림, 그리고 쾌감을 동반했지만 자신을 안고 있는 그의 강인한 팔의 느낌에 그가 옆에 있다는 것에 더 큰 위안을 받았다.

지금만을 생각하자, 지금 자신의 곁에 있는 그를 생각하자며 작은 미소를 입가에 달았다.

"예원아."

그는 그녀의 이름을 불렀다. 허스키한 그의 음성이 그녀의 귓가에 울렸다. 그런데 그 이름이 이예원을 부르는 것일까, 아니면 최예원을 부르는 것인지 잘 몰라 그녀는 잠시 머뭇거렸다.

그녀는 그냥 자신의 이름이라고 생각하고 싶었는지도 모른다. 비록 지금뿐이겠지만, 그의 입에서 흘러 나오는 그녀의 이름에 심장이 미친 듯이 뛰었다. 부르는 그 이름이 세상 그 어떤 음악보다도 아름답게 들렸다.

허기사 새날이 오면 깰 꿈이지만, 조금씩 속도가 붙어 가는 그의 움직임이 격렬해졌다. 풍랑 속에 흔들리는 배처럼 예원의 몸도 한없이 흔들렸다.

그녀는 자신을 어지럽게 흔드는 그의 억센 움직임이 어느 순간에 멈추고는 털썩 그녀의 몸 위로 맥을 놓고 무너졌다. 그런 그를 슬그머니 들여다보며 숨을 고르고 있었다.

철이라도 녹일 듯이 치솟아 오르던 몸의 열기가 조금씩 가라앉고, 거칠던 숨결 역시 고르게 변해 갔다.

얼마의 시간이 흘렀을까, 고른 숨소리에 고개를 돌린 그녀는 어느새 잠에 빠진 그를 들여다보았다.

'너는 언제까지 내 곁에 있을 것인가? 나는 언제까지 차가운 네 모습을 지켜볼 수 있을 것인가.'

슬픈 눈빛으로 그를 지긋한 시선으로 내려다보며 그녀는 자리에서 일어섰다.

하얀 나신에 달빛이 스며들어 은빛으로 빛났다. 검은 머릿결이 은빛 몸뚱이 위로 쏟아졌다. 슬픈 미소를 입가에 걸고 잠이 든 그를 잠시 바라본 후 그녀는 욕실로 들어갔다. 그리고 흐르는 물줄기에 몸을 맡기고 멍하니 서 있었다. 눈 위로 흐르는 눈물도 닦을 생각 없이 흐르는 물줄기에 눈물이 흐르도록 그대로 두었다.

하지만 막으려고 했던 울음소리는 입에서 조금씩 삐쳐 나왔다. 그 소리는 물소리에 묻혀 잘 들리지는 않았지만, 그녀의 어깨가 흔들렸다.

자꾸만 이전에 그가 했던 말들이 그녀의 머릿속을 휘젓고 다니며 눈물샘을 자극했다. 결국 자신은 그의 말 한 마디, 작은 행동 하나에 흔들리는 사람이라는 것에 가슴이 미어지도록 아픈지 계속 눈물은 흘러 나왔다.

'나도 알아. 난 평생 너에게 그녀의 대용일 뿐이라는 것을. 그래서 미운데, 미워도 너를 뿌리칠 수가 없다.'

한 발 물러선 어둠을 침침하게 만든 방안의 아침이었다. 그녀는 욕실에서 씻고 방으로 들어섰다. 작은 체구의 몸매가 조심스럽게 움직이며 고개를 돌렸다. 아직도 침대 위에 자고 있는 그를 발견하고 한숨을 낮게 쉬며 커튼을 열어 젖혔다. 커튼 사이로 밝은 햇살이 대번 어둠을 몰아냈다.

밝은 햇살이 마치 조명이라도 되는 듯이 침대에 누워 수면을 취하는 그의 눈가로 떨어지자, 그가 뒤척이며 다시 어둠 속으로 도피하려고 했다.

조각상같이 잘 다듬어진 얼굴을 소유한 남자의 모습을 본 예원은 가만히 바라보다 안 되겠던지 그의 어깨를 잡고 흔들며 깨웠다.

"기훈씨, 일어나."

보기에도 가냘픈 그녀가 그를 흔들고 또 흔들자 그가 일어났다.

그는 잔뜩 미간을 찌푸린 채 그렇게 일어나서 대뜸 내뱉는 한 마디의 말은, 깨우려고 노력한 사람을 무색하게 만들어 버렸다.

"나가."

정나미가 떨어지도록 너무나 차가운 음성이었다.

그런 그의 차가운 말에도 그녀는 이젠 익숙하다는 듯 몸을 돌렸다. 하지만 괜찮은 것만도 아니었다. 그녀의 두 손은 하얗게 뼈마디가 불거져 나올 정도로 주먹을 말아 쥐었다. 굳게 닫힌 입매 역시 그녀가 억지로 아무런 말없이 돌아섰다는 것을 나타냈다.

'아무리 시간이 흘렀어도, 잡을 수 없는 세월이 지나 갔어도, 난 너를 잡을 수가 없나 보다. 널 웃음 짓게 하는 사람은 나 이예원이 아니라 최 예원이겠지. 어젯밤 날 향하던 눈빛도, 날 안아주던 네 모습 모두 사라질 신기루겠지. 알면서도 널 놓지 못하는 내가 정말 싫다.'

"커피 만들어 놨으니까 식기 전에 나와서 마셔."

그녀의 음성은 필사적으로 분노를 참아내듯 차갑고 나지막했지만, 조각조각 부서진 마음과는 다르게 말은 또박또박 입 밖으로 흘려 보내고 있었다. 그 말을 내뱉고 그녀는 문 손잡이를 잡고 문 열고 나오며 고개를 돌려 뒤를 보자, 그는 여전히 침대에 누운 채 팔로 눈을 가리고 있는 모습이었다.

이예원은 여의도공원에 벚꽃이 만발한 공원거리를 걷다가 공원벤치에다 엉덩이를 걸쳤다. 그리고 지나가는 연인들의 모습을 시야에 담았다. 뭐가 그리도 좋은지, 모두 귀에다 입을 걸었다는 표현이 어울릴 만큼 함박웃음을 짓는 사람들을 물끄러미 바라보았다. 하지만 자신과 기훈은 저렇게 될 수가 없다는 생각이 들자, 혼자라는 처량한 느낌이 들어 걸치고 나온 연한 상아빛 재킷을 여미게 했다.

이예원은 그의 비서실에 근무를 하고 있었다. 그와 처음 관계를 갖게 된 것은 그의 애인이었던 모델 최예원이 죽은 후였다.

그는 심한 충격으로 인해 정신을 놓고 있을 정도였다. 마치 술 취한 사람처럼 취해 버렸다. 그런 상태로 있는 그가 너무 안 되어 그를 붙잡았다. 그는 예원에게서 죽은 연인의 모습을 보고 잡은 것이었다. 그러나 그녀는 그 죽은 최예원은 자살로 죽었다고 했지만, 그녀는 자살이 아닌 타살로 어떻게 죽었는지를 혼자만이 잘 알고 있었다.

한창 일본 최고스타인 카타야마 아츠하루와 이츠하루의 파트너 역으로 뜨고 있는 혼혈아(영국남자+한국여자) 모델인 최예원이었다. 최예원은 일본에서 일류 모델로 활동하고 있었고, 한국에서도 모델은 물론 드라마에 가끔씩 출연하기도 하는 만능아가씨였다. 특히 누가 보더라도 큰 키에 늘씬한 서구적인 몸매를 소유하고 있어 인기가 더했다.

그런 그녀는 일본에서 활동하다, 이른 봄에 인기와 포근한 바람과 함께 현해탄을 건너 서울에 들어왔다. 도착하자마자 신문방송 각 언론사 기자회견을 열고 권기훈과 결혼하겠다는 발표를 했다.

그렇게 되자, 다음날 아침에 그룹총수의 2세 권기훈과 일본에서 최고로 활동하고 있는 인기모델 최예원은 결혼할 것이라는 스포츠신문마다 1면을 다 차지할 정도로 보도되었다. 그런 신문보도를 보게 된 그의 부모는 완강하게 반대를 했다.

반대는 혼혈이라는 것이 싫었고, 연예계 모델이라는 것을 싫어했고, 한국과 일본을 왔다 갔다 하며 해외 생활을 더 많이 할 것을 싫어해서 결혼만은 반대했다.

그는 그런 반대에도 불구하고 결혼할 것이라는 고집을 피우고 있었고, 그보다 부모의 기를 꺾기 위해 최예원과 한 집에서 지냈다.

그렇게 되자, 그의 부모는 꼴 보기 싫어 아예 가출해서 양평에 있는 별장에서 지내고 있었다.

그곳에서 보름을 지낸 4월 3일이었다. 기훈은 신문을 보게 되었다. 신문에는 일본 최고 스타 카타야마 아츠하루가 한국에서 혼혈아 최예원과 같이 패션쇼를 열고 같이 무대에 오른다는 기사와 모 방송에도 같이 출연한다는 기사를 읽고 그는 몹시 기분이 나빴다. 그건 최예원과 같이 지내면서도 그러한 사실을 알지 못했던 것이다.

4월 7일 패션쇼가 열렸다. 기훈이 꽃다발을 안고 패션쇼 현장을 찾았을 때는 패션쇼는 거의 끝날 무렵이었다. 꽃다발을 전달하기 위해서 무대 뒤 대기실에 들어서려고 했다. 그런데 거기서 두 남녀가 빈틈없이 서로 부둥켜안고 키스를 진하게 하느라 서로의 입술은 숨겨져 있었다. 이건 단순한 키스가 아니었다. 색기가 들어가서 오랫동안 쾌락까지 느낄 정도로 보였다. 그런 남녀를 본 기훈은 핏발선 시선 속에서 갑자기 차갑게 굳어져 버렸다.

일본 스타 카타야마 아츠하루와 최예원임을 확인했기 때문이었다.

결혼을 약속한 여자가 저럴 수는 없었다. 그런 여자가 자신을 바보로 만든 독나방에 대한 배신과 저주 같은 섬광이 담겨 있었다.

눈물이 나올 만큼 억울했지만 이를 악물고 참고 참아, 얼른 몸을 돌려서 사무실로 돌아왔다. 사무실에 도착한 기훈은 쉬고 싶다면서 비서인 이예원에게 일본 도쿄행 비행기 탑승권을 구해 오라고 지시했다. 이예원이 일본행 비행기 탑승권을 구해 가지고 오자 그는 그 길로 일본으로 떠났다.

다음 날인 4월 8일 오후에 혼혈아 모델 최예원은 비서실에 찾아와 기훈의 소재를 물었고, 기훈은 일본에 출장중이라고 전했다. 혼혈아 최예원도 일본에 가겠다는 뜻을 보이고 사라져 버렸다.

4월 9일 오후였다. 비서 이예원이 일본에서 걸려온 안부전화를 받고 난 후였다. 그녀는 혼혈아 최예원이 끈으로 목을 맨 채 변사체로 발견됐다는 경찰의 전화연락을 받았다.

경찰은 일단 자살로 결론을 내렸다. 결혼 발표한 최예원은 왜 자살을 하게 되었는지, 의문을 가진 경찰은 기훈을 찾았다.

비서 이예원은 일본에 출장 가 있는 기훈에게 전화로 혼혈아 최예원이 죽었다고 전했고, 기훈은 서둘러 서울에 도착했다. 도착해서 그는 비서 이예원과 함께 그의 집으로 들어가야 했다. 조사를 하겠다는 경찰이 같이 오라고 해서였다.

집안으로 들어서는데 이예원은 그의 뒤를 따랐고, 안에서 경찰과 같이 불안하게 떨고 있던 그의 어머니는 그를 맞이하고 눈물부터 흘렸다.

경찰은 그에게 일본에 언제 갔고, 몇 시에 도착했고, 일본에 무슨 일로 갔냐는 조사를 하고 있었다. 그런 조사를 받고 있을 때, 그의 어머니는 이예원을 보고 따라오라는 시늉을 하자, 이예원은 그녀를 따라갔다.

안방이었다. 그의 어머니는 손에 작은 물건을 쥐어주면서 태워줄 것을 부탁하고는 얼른 이 집에서 사라져 달라고 했다.

이예원은 그걸 가지고 슬그머니 빠져 나와 자신의 집으로 돌아왔다. 우선 그의 어머니가 태우라고 했던 물건을 살폈다. USB디스크저장장치라는 걸 얼른 알 수 있었다. 태우기 전에 컴퓨터 USB 쪽에 그 저장디스크를 꽂고 폴더파일을 열었다. 사진과 동영상 파일이었다. 동영상 파일을 열자, 재생영상미디어가 재생되었고, 화면에는 사내 두 명이 혼혈아 최예원을 밧줄로 목을 매달고 있었다. 그리고 혼혈아 최예원은 죽은 채로 대롱대롱 목을 매달린 채 한참동안 있으면서 끝이었다.

이 동영상은 살인했다는 증거물이었다. 즉 살인 청부업자가 죽였다는 것을 증거로 보여주고 돈을 받아 가려는 자료였다. 그걸 바라보던 이예원은 공포에 질린 사람처럼 벌벌 떨며 무서워하고 있는데, 그때 전화벨이 울렸다.

그녀는 기겁하며 놀래 간이 콩알만해졌음을 느끼며 허겁지겁 핸드백에서 전화기를 꺼내 받았다.

기훈 어머니였다. 그 자료를 어떻게 했냐고 물었고, 그녀는 오던 중에 공사판에 불을 놓고 있는 곳에다 불 속 깊숙이 집어넣어 버렸다고 속였다. 혼혈아 모델 최예원은 자살이 아니라 살인청부로 죽었다는 것을 의

심하지 않을 수 없었다. 이예원은 기훈 어머니의 살인교사임을 의심하고 그 저장장치를 방에다 잘 숨겨 두었다.

그 후부터 기훈에게서는 승승장구하고 있던 그룹 이사의 표정을 찾을 수가 없었다. 그는 결혼을 약속해 두었던 혼혈아 최예원의 죽음에 무척이나 슬퍼했다. 자신을 추스를 수 없을 정도로 혼란에 빠져 있었다. 옆에서 지켜보고 있던 비서인 이예원은 무척 안타까웠다.

슬퍼하는 그가 안쓰러워 그녀는 기훈을 위로해 주기로 작정했다. 그녀는 기훈의 옆에서 애인 이상으로 잘해 주었다.

그러던 하루는 그가 묵고 있는 호텔 방엘 찾아갔다. 방에서 그는 예원이 이름을 부르면서 포근히 안아 주었다. 아무래도 이예원이 아닌 최예원으로 이름 불러도 이예원은 개의치 않았다. 그보다 그는 최예원으로 착각하고 있는지도 모른다.

어쨌든 예원은 따뜻하게 안아 주는 그에게 갔을 뿐이었다. 그냥 사람의 따뜻한 체온이 그리웠을 뿐이라고 말하고 싶었다.

며칠이 지났다. 그는 여전히 혼란스러워 했다. 그녀는 그런 그가 너무 안쓰러워 그를 다시 붙잡았다. 그녀는 기훈이 첫 남자여서 그랬는지도 모른다. 그도 그녀와 같은 이름과 비슷하게 생긴 그녀에게 더 놀랐고 해서, 잡는 자신을 뿌리치지 않았는지도 모른다.

예원은 그냥 그를 놓기 싫었을 뿐이었다. 힘들게만 하는 그를 알면서도 붙잡고 있었다.

처음 만났을 때 따뜻하게 안아 주던 그 손길은 그의 죽은 연인을 위한 것이라는 것을, 사라질 신기루였다는 것을 알았다면 그를 거부했을까 하는 의심도 해 보았다.

예원은 그의 얼굴에 미소를 되찾아 줄 수 없다는 것을 알았다. 그래도 그냥 그를 잡고 싶었다. 그가 그 날 밤처럼 따뜻한 사람이 아니라는 것을 알면서도, 그래도 그가 따뜻할 수도 있는 남자, 하지만 차가워진 남자라는 것에 연민을 느끼면서도 그를 떠날 수가 없었다. 그리고 점점 그에게 중독되어 갔다. 그녀는 자신도 모르는 사이에 그를 그리워했고, 그의 손길에 익숙해져 갔다.

그가 그녀에게 주는 아픔마저도 그렇고 느껴지니까. 또 어리석게도 언젠가는 그가 그녀 자신을 바라보지 않을까 하는 마음에 걱정을 앞세웠던 거였다.

예원은 왜 그렇게 아픈 사랑을 하게 되었는지 모른다.

'도대체 전생에 어떤 사이였기에 그는 내게 이렇게 상처를 주는 걸까. 내게 눈물을 흘리게 하는 그가 밉고, 언젠가 그도 울게 되는 것을 바라면 난 나쁜 사람인가.'

"어이, 아가씨? 이예원 씨 맞아?"

예원은 자신을 부르는 소리에 눈을 크게 떴고, 자신이 지난 생각들을 떠올리며 여의도공원 벤치에 앉아 있음을 알아차렸다.

사내의 음성은 건달의 목소리처럼 들려와서, 고개를 들고 목소리 나는 쪽으로 바라보았다.

그들은 바로 두 발짝 정도의 사이를 두고 다가와 서 있었다. 예원은 섬뜩 놀라면서 눈을 더 크게 떴다.

어디서 본 듯한 얼굴이었다. 그런데 어디서 보았는지 빨리 떠오르지 않아 자신을 짜증까지 나게 했다.

"이예원 씨가 맞냐고 물었는데······."

"그런데요. 누구시죠?"

"그렇게 놀랄 필요 없습니다. 우린 단지 심부름으로 아가씨를 모시러 왔을 뿐입니다."

"나를요?"

"네, 가 보시면 알 겁니다."

순간 그녀는 머리에 스치는 것이 있었다. 그건 다름 아닌 동영상에서 본 그 사내 두 명의 이미지가 떠올랐다.

"혹시, 회장 사모님께서 시키셨나요?"

예원은 자신이 희생 차례라는 생각에 무서움이 휩싸이면서 긴장해 있었다.

"아닙니다."

예원은 보관해 숨겨두었던 동영상 저장디스크 장치를 떠올렸다.

"지금 꼭 가야 하나요? 당장 현금 3천만원을 입금해야 할 일이 있거든 요."

예원은 차분하게 그들에게 대충 속인 것이다.

"아, 그거야. 가다가 은행에 같이 들러서 입금시키면 되지요."

그들의 눈빛이 묘해지며 마구 빛났다.

"그런데 현금이 집에 있어요. 현금 3천만원이면 상당히 부피가 있어 서요. 같이 들어갔다가 돈을 가지고 같이 은행에 가셨으면 좋겠는데 요."

"아, 그야······ 그렇게 합시다. 집이 어딥니까?"

예원은 자신의 유혹에 잘 넘어간 그들을 잘 이용해야겠다는 생각에 마음을 차분히 가라앉히면서 그들에게 이끌려 차에 올랐다.

승용차를 집 앞에 멈추어 세웠다. 운전했던 사내는 차에서 기다리게 하고 한 사내만이 예원과 같이 집안에 들어갔다.

그는 집안에 들어서기가 무섭게 욕실부터 찾았다. 예원은 욕실을 가르쳐주고, 얼른 방에 들어가 방문을 잠그고 유선전화로 경찰에게 살인범이 있다고 신고해 두었다.

예원이 유선전화를 사용했던 것은, 위치시스템으로 알아서 찾아오라고 유선전화를 사용했던 것이다.

화장실에 들어갔던 사내는 나와서 예원이 방에 있는 것을 알고 방문을 열어달라고 야단이었다. 그러나 그녀는 방문을 열어주지 않았다. 다급해진 사내는 승용차에 있는 사내를 불러들이고 미친개처럼 변해서 야단이었다. 그래도 그녀는 문을 열어주지 않자, 화가 머리 끝까지 치민 그들은 문을 발로 차대며 문짝을 부수고 있었다.

바로 그때였다. 유선 전화기에서 벨이 울렸다. 수화기를 들자, 경찰이 집 앞에 있다면서 범인들은 어디에 있냐고 물었다. 그녀는 집 앞의 승용차가 범인들의 차라고 했고, 범인은 지금 거실에서 방문을 부수고 있는 두 사람이라고 했다. 그러자 경찰은 범인이 잡힐 때까지 방문을 열지 말라고 전하고 전화를 끊었다.

경찰이 들이닥쳐 두 사내들을 붙잡아 포박했다.

경찰서에서 예원은 그들의 살인증거인 동영상이 저장된 USB를 건네주었다. 경찰은 증거물을 확보한 다음 예원을 돌려보냈다.

거리를 걷는 예원은 기훈 그에게 미안해 했다. 하지만 어쩔 수 없는 일이었다. 그의 여자가 될 수 없기에, 사랑이 될 수 없기에, 그것을 알고 있었지만 인정하지 않고 있었다. 하지만 그녀는 인정하려고 했다. 아무리 노력해도 그를 잊을 수는 없겠지만, 그가 그녀(최예원)를 잊을 수 없는 것처럼. 그래도 이제 자신의 인생 전부를 기훈이라는 사람 대신 그림으로 바꾸고 싶었다. 더 이상 이렇게는 버틸 수가 없었다. 한 순간에 무너져서 지반부터 흔들리는 모래성이 될 것 같아서. 아니 사랑은 이미 시작부터 견고한 지반을 가진 성이 아니라 파도에 휩쓸리고 마는 모래성이었다면서 그녀는 낮게 한숨을 쉬었다.

예원은 저녁에 경찰로부터 뜻밖의 소식을 듣게 되었다.

회장부인을 살인교사자로 수사를 했는데 그 부인은 범인이 아니었다. 범인은 엉뚱하게도 기훈이었다는 것이다.

경찰에 의하면 기훈은 일본으로 출장 갔을 때, 일본에서 청부살인업자를 불러 혼혈아 모델 최예원을 죽이고 그 증거자료로 동영상 디스크를 받았다는 것이다. 동영상 디스크를 기훈 자신의 모친한테 확인시켜 주면 살인청부비는 즉시 줄 것이라는 약속까지 했었다. 그래서 그 디스크를 그의 어머니가 가지고 있었던 차에 비서 예원에게 없앨 것을 부탁하며 전해 주게 되었던 것이다.

무엇보다 더 기막힌 것은 이번에 그 청부업자들에게 예원을 없앨 목적으로 작업들어가게 되었는데, 그만 예원의 꾀에 걸려들어 미수에 그치고 모든 것이 들통이 나게 되었다.

그러한 소식을 들은 예원은 그 자리에서 얼어붙는가 싶었는데, 그만 정신을 잃고 말았다.

―구속돼 있을 기훈에게.

네가 이 편지를 읽고 있을 때면, 나는 깊은 산 속 절간에 도착해 있을 거야.

난 너여야만 했는데 넌 아니라는 것을 알기에. 알면서도 네 곁에 있는 것을 원했던 나이기에 네 태도를 결코 원망하지 않는다.

하지만 지금 내겐 더 이상 버틸 힘이 없기에 이렇게 말없이, 편지 한 장 남겨 두고 널 떠나.

이젠 날 보며 인상 찌푸리는 일은 그만해도 되겠다. 나도 이제 너의 차가운 음성을 들을 일도 없겠지.

널 보면 흔들리는 내 마음을 굳이러 이렇게 훌쩍 떠나는 것.

이런 이별의 말은 상대방에게 직접 전하는 매너조차 보여주지 못하는 점, 정말 미안해. 이젠 나도 내 꿈을 찾아서, 사랑이 내 인생의 전부인 현재의 삶을 바꾸려고 한다.

하지만 너와 함께 했던 기억들을 영원히 지울 수는 없겠지. 날 바라보던 열정적인 네 눈빛, 날 안아 주는 네 모습, 비록 아침이면 사라지는 신기루였지만……. 그 모든 것을 난 잊을 수가 없을 거야.

그래도 언젠가는 그 기억들을 좋은 추억으로 생각할 수 있을 때, 그때 다시 웃으며 보자. 진작 너를 놓아주었어야 했는데, 그렇게 못해서 미안해.

아니 죽어주지 못해서 더 미안해.

안녕.

(2006년, 『포스트모던』 봄호)

정선교 창작소설집

차가운 음성

·

지은이 / 정선교
발행인 / 김재엽
발행처 / **한누리미디어**
디자인 / 지선숙

·

121-840, 서울시 마포구 서교동 395-13 서원빌딩 2층
전화 / (02)379-4514, 379-4519
Fax / (02)379-4516
E-mail/hannury2003@hanmail.net

·

신고번호 / 제300-2006-61호
등록일 / 1993. 11. 4

·

초판발행일 / 2009년 8월 8일

·

ⓒ 2009 정선교 Printed in KOREA

·

값 10,000원

·

※저자와 협의하여 인지는 생략합니다.
※잘못된 책은 바꿔드립니다.

ISBN 978-89-7969-351-5 03810